正妻無雙

3 完

文創風 860

含舟 著

目錄

第二十一章 005
第二十二章 033
第二十三章 061
第二十四章 089
第二十五章 117
第二十六章 145
第二十七章 179
第二十八章 209
第二十九章 243
第三十章 275
尾聲 301

第二十一章

昭文四年秋，震驚一時的皇太子遇刺案終於真相大白，皇帝本人親自問過後，經刑部、大理寺、都察院三司會審，因涉及宗室，又請宗人府旁聽，最後一同遞摺子請皇帝聖裁。

謝懷章早有預案，甚至都不需要猶豫，直接命人擬旨傳召內閣。

內閣雖覺得處罰略重，但太子是皇帝唯一的子嗣，陛下雷霆之怒也情有可原，若這時為罪魁求情，怕是會將現任天子乃至下一任天子都得罪了，斟酌之後除了次輔略有異議外，竟沒人敢反對，用印之後就將聖旨下發。

主謀鄭王以謀逆罪論處，先除王爵貶為庶人，念其為皇室血脈，留其全屍處絞刑。

鄭王是先帝第九子，正是當今皇帝的親弟弟，按理說他便是有錯，也該略減刑罰，貶為庶人或是高牆圈禁亦可，總之輕易不能處死，可他偏偏是不知死活的動了皇帝唯一的寶貝蛋，自己找死又怪得了誰？

謝懷章手上不是沒有沾過兄弟的性命，一回生二回熟，當初那些皇子殞命時非議頗多，現在朝臣們卻都裝聾作啞，有諂媚的還讚皇帝殺鄭王肯留個全屍是仁慈之舉。

當然，這還不算完。

鄭王之母淑太妃教子不嚴被賜白綾，就地縊死於寧壽殿。

淑太妃母族乃敬陵伯府，其兄敬陵伯是此次遇刺案中的執行者，便是他暗中聯絡刺客，一手謀劃了這次刺殺。他雖有爵位，卻不是皇親，謝懷章的處置絲毫不手軟，令其本家族誅，女眷為奴，其母、妻二族全族流放嶺南。

敬陵伯本人更是削爵關押，得眼睜睜看著家人赴死後再等待秋後凌遲處死，除此之外，皇帝還特地下了命令，強制所有在京謝氏皇族監刑。

名為監刑，其實是一種警告與震懾，其用意不言而喻。

這宗太子一根汗毛都沒傷的刺殺案以極其血腥的方式落下了帷幕，也讓人們在安生了數年之後，終於又一次見識到了什麼叫做天子一怒，伏屍百萬，血流成河，據說京城菜市口的地面都染成暗紅色，數月都沒能褪去。

那段時間京城風聲鶴唳，聽到馬蹄聲就以為是官兵來抓人，紛紛縮在家中不敢出去，就連原本幾個蠢蠢欲動的宗親都嚇得徹底老實了下來，這種緊張的氣氛直到臘月初才有所緩解，眾人終於從那佈滿血腥的鍘刀中回過神來，有了心思恢復日常的交際，一時間飲宴聚會比之前多了數倍，人們都急需用歌舞昇平的假象來平復心情。

自從福安大長公主的菊花宴之後，容辭感覺自己莫名其妙的就成了炙手可熱的人物，無論誰家設宴聚會，都不忘記邀請她。

這種局面正中謝懷章的下懷，生怕別人猜不出他的心思似的，他隔三差五的以太子的名義賞賜她各種物件，可太子才多大，哪裡就能這樣周到，於是消息再不靈通的人差不多也知道了皇帝怕是對端陽郡夫人有意，不管是真生了情意還是因為太子喜歡才起的心思，她進宮的事都是八九不離十了，剩下的只是猜測位分高低罷了。

「怕是不會低了。」

說話的是宮裡僅存的幾個太妃之一的順太妃，先帝在位時只是個嬪位，但她並沒有兒子，也就沒有機會參與奪嫡之爭，因此非常幸運的活到了現在，不像其他幾個高位妃嬪一樣被兒子牽連，死後連墳都找不到。

她唯一的女兒是謝懷章的八妹永康公主，此時坐在母親身邊道：「不可能吧，她並非初婚，又不是當年東宮所納，若是抬舉太過，讓宮中那些伺候了皇兄這麼多年的妃嬪怎麼想？」

這天是順太妃的生辰，由於她是個寡居之人又不太受重視，也不好張揚，便只擺了幾桌酒席，請了同住後宮的妃嬪、娘家的女眷和一些相熟的夫人來聚一聚，只是在送帖子時突然想到了現在風頭正盛的端陽夫人，她現在看皇帝的眼色生活，自然是想要討好他身邊的紅人，便略一思索，連帶許氏一起請了。

順太妃原本只是試試看，畢竟這位郡夫人行事並不張揚，即使現在人人都想巴結，但她仍舊是深居簡出，若非必要，應酬也不常去，自己只是宮中一個不起眼的太妃，兩人毫無交集，送這個帖子只是盡個心罷了，並沒指望她真願意賞光。

誰知有心栽花花不開，無心插柳柳成蔭，許氏竟真的賞了這個臉。

順太妃自覺有了面子，便看容辭分外順眼，此時看著她靜靜地坐在位子上喝茶，別人跟她搭話也微笑著聆聽，既不輕浮也不拘謹，倒有些明白皇帝對她另眼相看的原因了。

「伺候久了又如何？」順太妃一邊觀察著容辭，一邊分神跟閨女低聲說話。「在東宮時陛下敬重髮妻，對這些妃妾雖不虧待，但也沒什麼過分的恩寵；後來去了燕北，一別就是六年，中間又有孝端皇后珠玉在先，登基之後就更看不上她們了，現在她們不過白拿俸祿罷了，就連對德妃也不例外，妳且看陛下分不分得清承慶宮的門往哪邊開。」

永康公主驚異的張大了嘴。「我是聽說陛下冷落後宮，但難道真的一次也沒有……」她的聲音更低。「沒有留宿過嗎？」

順太妃搖搖頭。「就我知道的，一次也沒有。」

「拚著子嗣單薄也不寵幸後宮……」永康公主不禁浮想聯翩。「莫不是他的身體真的……」

順太妃輕輕打了她的手。「胡說什麼呢，妳瞧太子的長相，能說不是親父子嗎？」

「倒也是。」公主道：「陛下定是為了給太子找個合心意的養母，這才對許氏另眼相看，那為了太子的面子，給她的位分也不會太低。」

順太妃贊同的點了點頭。

容辭這次進宮其實並沒什麼深意，只是帖子送過來的時候恰逢謝懷章在，他便跟容辭說順太妃是之前他被貶為燕王時少數幾個謹言慎行、沒有落井下石的妃子。

容辭聽了這話，加上自己已有段日子沒有出過門，順手接了帖子想去散散心而已。

過了一會兒，德妃帶著幾個妃子也到了，順太妃便吩咐開了席。

有幾個公主、妃子插科打諢，席間也不枯燥，可容辭能明顯感覺到大家的目光若有若無的都集中在自己身上。

其他人容辭還可以不在意，可現在謝懷章的妃子們也在場，她們那神情各異的視線讓她很不自在，這便讓容辭一時間有些食不下嚥。

這時，殿外通傳趙公公求見，順太妃立即請他進來。

趙繼達帶著幾個端著托盤的小太監走近，朝太妃行了個禮，笑道：「陛下聽說今兒是娘娘生辰，正巧今天御膳中有道娘娘愛吃的菜，陛下便吩咐御膳房又做了幾盤，吩咐奴婢送來替您添宴。」

順太妃一聽皇帝竟然還記掛著自己，瞬間容光煥發，笑意都忍不住。「妾身謝陛下掛念。」

趙繼達便讓小太監將菜端到席上去。

順太妃生日一共也就擺了三張席面，她帶著眾妃一桌，娘家人與幾個公主一桌，其餘命婦一桌，太監便將三盤一模一樣的菜分別擺到席上，一桌擺在順妃面前，一桌擺在年紀最長的公主面前，最後一桌有意無意擺在了離容辭最近的地方，這才打開了蓋子。

順太妃看見上頭是一道紅燒鯉魚，笑容便是一頓，隨即很快恢復，嘴裡又是一番謝恩的話，把趙繼達送走了。

其他人不知內情，紛紛讚陛下孝順，庶母喜歡吃什麼還記在心上，只有順太妃和永康公主一邊笑一邊在心裡翻白眼。

——順太妃小時候被魚刺卡到過，從此就不愛吃魚，這菜根本就不是她喜歡的，至於是誰喜歡……

母女兩個都不動聲色的往命婦那桌上看，果然端陽夫人比剛才稍稍開了胃口，挾那道魚的次數比旁的加起來都多。

兩人同時推翻了之前的想法——這樣不動聲色的關心愛護、體貼周到，若只是用來對愛子將來的養母，陛下未免也太閒了……

順太妃與永康公主隔著兩張桌子以眼神交流了一瞬，彼此都明白了對方的意思。

紅燒鯉魚確實是容辭愛吃的菜，她一貫都是愛吃魚的，謝懷章在和容辭相處時就是再細心不過的人，可謂對她的喜好瞭若指掌。容辭看到這道菜就知道這是他特地送給自己的，魚本身倒是其次，但這份心意她卻是領受的，因此果然如謝懷章所願，拿起已經放下了的筷子，多吃了不少。

有皇帝賞臉，這頓飯吃得算是賓主盡歡，等酒菜撤下，順太妃特意叫了容辭上前來，滿臉和善的握著她的手道：「我之前就一直想見見妳，可惜一直無緣，這次終於得見，也算是全了我的心願了。」

容辭也不驚訝，只是含笑道：「太妃盛情，臣女受寵若驚。」

她不卑不亢，其實並沒有表現出受寵若驚的樣子來，只是就是這態度反讓旁人高看一眼。

永康公主也來湊趣。「夫人模樣標緻，性子也好，怨不得投了太子的眼緣，我看著都愛呢……」

還沒等容辭說話，旁邊就傳來了一道冷哼。「端陽夫人定是好口齒才能討得了太子歡心，要知道咱們這位小爺可是不好伺候呢。」

鄭嬪在呂昭儀身後拉了拉她的袖子。「娘娘……」

呂昭儀不為所動，仍舊冷著一張臉。「拉我做什麼，我說得有錯嗎？」說著眼帶譏諷的看著容辭。「本宮身處後宮與殿下朝夕相處，卻一直沒能討到好，夫人不如給我們講講，妳是用了什麼『與眾不同』的法子才成功的？」

這是在暗示容辭是以詭計弄巧來博得喜愛。

「朝夕相處嗎？」容辭意味不明的盯了呂昭儀一眼，隨即垂下眸子平靜的說：「臣女與殿下相處時並未說什麼特別的，想來是他喜歡安靜，不愛話多的人吧……」

呂昭儀一愣，想了半天才明白容辭是在說太子嫌她太吵，所以才不待見她，當即氣得眼前一黑。「妳、妳就是這麼跟本宮說話的嗎？以下犯上，好大的膽子！」

容辭挑了挑眉，並沒被這一聲呵斥嚇得請罪，反倒是韋修儀忍不住笑出了聲，得到呂昭儀轉身的瞪視才停下，好笑道：「行了，妳哪裡來的機會和太子殿下朝夕相處，統共跟那孩子也沒說過兩句話，端陽夫人說的不可能是妳，快消消氣吧。」

呂昭儀被她堵得說不出話來，只能繼續對著容辭斥道：「本宮妳都敢頂撞，現在就這麼不知尊卑，等妳進宮了怕要……」

「行了，」一直冷眼看著兩人衝突的德妃總算開了口，打斷了呂昭儀的話。「這是太妃娘娘的生辰宴，妳少說兩句不行嗎？」

呂昭儀其實剛才就自知失言，只是一時抹不開面子罷了，此時也只得悻悻的住了口，德妃說完了她，又轉過來對著容辭道：「呂昭儀心直口快，是個直率人，妳別放在心上。」

「娘娘，話可不能這樣說，」余才人在一旁笑道：「昭儀娘娘怎麼說也是上殿，端陽夫人出言無狀，怎麼能說是娘娘的錯呢？」

余才人對著容辭語重心長道：「夫人，妳是陛下封的郡夫人，一定要恪守尊卑禮節，才不負聖上隆恩，呂昭儀為尊，妳為卑，她為君，妳為臣，怎麼能出言頂撞呢？今天她看在德妃娘娘的面子上不計較，改天妳再衝撞了其他主子，又怎麼好呢？」

她說話時帶著微妙而含蓄的笑容，不知道的還以為嘴裡說的是什麼好話呢。「今日妳就跟昭儀娘娘磕頭道個歉，請她原諒，全了妳們的君臣之禮，豈不皆大歡喜嗎？」

德妃聽了若有所思，一時像是在思考什麼似的竟沒有制止。

這是容辭第一次直面後宮妃嬪的惡意，但她無論如何也不可能退讓道歉的。

容辭瞇著眼直視這個看似心懷善意的余才人，打量了好半晌，直到她臉上虛偽的笑意微微僵硬了才收回視線，用手揉了揉額角，像是困惑道：「請恕臣女無知，不知您是哪位？」

余才人的臉徹底僵了下來。「我、我是余才人。」

「哦，」容辭點點頭。「我不過是鄉野之人，不通禮儀不辨尊卑，實在不知該怎麼稱呼您，是應該稱『才人娘娘』嗎？」

鄭嬪輕聲細語的插了一句。「四品嬪位及以上才能稱作娘娘，余才人是六品……」

其他人都以袖遮嘴，用以掩飾笑意。

容辭也意味不明的笑了一聲。「那便是余才人了。」

余才人抿著嘴沒有應聲。

「余才人好為人師，便教教臣女剛才究竟說了什麼冒犯呂昭儀，以至於竟逾越了君臣之禮？」

余才人張了張嘴。「妳說……」

接下來竟然辭窮了，余才人也不過是想趁著呂昭儀的餘威給容辭一個下馬威罷了，連前因後果都沒聽明白就想以勢壓人，讓她當場道歉丟盡臉面。

她那番義正辭嚴的話其實也禁不住推敲，一是容辭剛才的話並不是什麼僭越之詞，二就是呂昭儀算不得臣下的「君」，在一國之中，君臣之別就是指皇帝與大臣的地位之差，皇后也可以勉強稱作君上，但呂昭儀只是妃妾，實在不能與君王之妻相提並論。

順太妃本就不滿這些妃子借著自己的地方打機鋒，看余才人吃癟也隱有快意，可身為主人不能任氣氛繼續僵化，只得打圓場。「余才人喝了兩盅酒，怎麼就醉成這個樣子了，不若快些送回宮去吧。」

余才人給人家下馬威不成，反自己丟人，看著其餘妃子嘲諷的眼神，一邊暗恨她們之前明明也不滿許氏，到這時候竟然跟著落井下石，甚至連呂昭儀都沒幫自己說話，一邊也覺得再待下去更丟臉面，乾脆順著太妃的話佯裝醉酒的樣子，任宮人將自己扶了下去。

順太妃繼續跟容辭寒暄，讓她不必跟個醉酒之人一般見識，容辭也像是什麼事也沒發生似的，若無其事的跟她交談。

其餘宮妃這時候倒是知道端陽夫人並非傳言那般任人欺凌、軟弱可欺了，也不知道她在恭毅侯府是因為什麼才過得那麼慘，按她現在這個表現，也不至於被擠對得有家不能回，到頭來還被休棄的地步吧？

又過了一會兒，時間便差不多了，眾人一起跟太妃告辭，妃嬪們先走，永康公主正在跟容辭說話，便多留了一會兒，等眾人走完了，才與容辭相攜離去。

永康公主說話風趣不擺架子，又是謝懷章的妹妹，容辭和她一道走倒不覺得難捱，兩人說笑著剛走出寧壽殿不遠，就看到趙繼達正等在路中央，像是一直沒走的樣子。

這是皇帝身邊的大內總管，永康公主不敢怠慢，便上前道：「公公已經回去覆命了嗎？怎麼不進去坐坐，也吃些酒水？」

「謝公主好意，奴才不敢叨擾太妃。」趙繼達朝她略彎了彎腰，接著扭頭飛快的跟容辭道：「夫人怎麼才出來，太子殿下說幾日不見，很是想念您，請您跟奴婢走一趟吧。」

現在去見太子？永康公主突然疑惑——太子現在在陛下的紫宸殿裡啊，那端陽夫人不是要去……

容辭也有些意外。「好，等我先與公主道別……」

要是剛才，永康公主說不定還會對趙繼達的鬼話深信不疑，可送來了那盤據說是「她母親喜歡吃」的紅燒魚之後，她就開始本能的對這些話起了懷疑。

這真的是太子的命令嗎？

她一個激靈，再不敢耽誤容辭的時間，以最快的速度跟她告別之後就飛快的走了。

不得不說永康公主的直覺準，事實上根本是謝懷章假借圓圓的名義來叫的容辭。

紫宸殿是皇帝辦公起居的地方，本來就是大明宮除了前兩殿之外最大氣雍容的宮殿，經過數代帝王的完善修葺更是精緻堂皇。

容辭不為這地方的金碧輝煌感到驚訝，只是對謝懷章和圓圓住的地方有些好奇，無論她之後會對這裡多麼熟悉，這畢竟是她第一次踏足紫宸殿。

紫宸殿的宮人們都被通了氣，見到陌生的女子進來絲毫不露驚色，對容辭極盡恭敬，拿出伺候皇帝和皇太子的精神來招待她，引路的時候腰都比平時彎的弧度大些。

容辭進來時謝懷章正斜坐在羅漢床上看摺子，見她上前便放下手裡的東西朝她伸手。「阿顏來了。」

容辭握著他的手，左右看了看。「圓圓呢？」

謝懷章微微一笑。「午睡呢。」

容辭道：「是我想多了嗎？之前你見我時總是帶著孩子，但自從獵場回來之後，好像你帶他的次數就少些了，圓圓知道我要來，是絕不可能睡的，莫不是你沒跟他說吧？」

今時不同往日，謝懷章暗道，之前的情況下要是沒有圓圓跟著，阿顏根本不可能見他，現在兩人好不容易和好如初，正是柔情密意的時候，中間總插著個三、四歲的孩子……咳，不是很方便……

他自然沒有明說，只是在容辭狐疑的目光裡鎮定自若道：「妳想多了，他現在要學的多了些，這才不像以前一樣有諸多空閒。」

他攬著容辭站起來。「我有東西要給妳看，回來孩子大概也就醒了。」

容辭還沒來得及坐穩，就被謝懷章拉著出了殿門。

外面寒風撲面，謝懷章身後的宮人們手忙腳亂的給容辭遮上披風，容辭愣了愣，看著自己身上已經裹得嚴實的衣服，這才明白這是要自己給謝懷章披上。

她猶豫了一下，感覺謝懷章正低頭注視著自己，最終還是當著太監宮女的面，親手給他披上這披風，又將繫帶繫好。

謝懷章眼裡浸滿了笑意，親暱的牽著容辭的手往前走，即使這些下人有了心理準備，知道他與端陽夫人正是兩情相悅的時候，還是不免暗自咋舌。

他們本以為按照陛下的性子，即使對哪個女子生了情意，應該也是不苟言笑，等著人家主動的，沒想到……

果然愛情使人面目全非嗎？看來即使是九五之尊也不能免俗啊。

謝懷章拉著容辭到了御花園稍微偏遠的一處林子裡，繞過一個高大的花壇，景致驟然變化，容辭睜大了眼睛看著眼前鋪天蓋地的梅花，驚訝得不知道該說什麼才好。

「這、這是？」

這片梅林比落月山謝園的還要大，梅花開得也更加繁多，枝頭纍纍的花朵令人目不暇接，顏色絢麗得不像是天然長成，而像是畫筆塗上去似的。

容辭忍不住伸手去觸碰，謝懷章看著她剛要開口解釋，便聽到梅林深處傳來了細碎的腳步聲。

謝懷章一怔，接著微微皺起了眉頭——這個地方在御花園的邊上，又靠近前庭，平日裡等閒不會有人注意，因此他才特地選了此地來移栽梅樹，本想著不會有人過來，這才一時疏忽沒派人提前清場，沒想到竟正好被打擾了雅興。

他的表情但凡出現了變化，趙繼達立刻就能明白他的意思，當即就要帶人去驅趕，不想對面兩人卻開始聊起了天。

是兩個女子的聲音，容辭起了一點好奇心，便一邊側耳傾聽，一邊抬手示意趙繼達稍緩緩。

「娘娘，您看這梅花多美啊，早就知道御花園裡新興了土木，不承想竟是添了這許多的梅花，幸好今天多走了幾步，不然還不得觀賞這美景呢。」

娘娘？

容辭看了謝懷章一眼——是後宮的哪個妃子嗎？

「是啊，宮裡的景致雖美，但年年歲歲都是一個樣子，好不容易有了新鮮的……」

「您說，陛下種這梅花是不是有什麼深意啊？」

「……什麼深意，就妳會想。」

「哈哈，」像是丫鬟的女子語帶揶揄。「這梅花倒像是正應了一個人的名字……」

「妳這丫頭，胡說些……陛下！」

兩個女子轉過彎來，話還沒說完就迎面撞上了謝懷章一行人，穿水藍色宮裝的女子當即又羞又怕，連容辭都沒注意到，拉著身邊的丫鬟盈盈下拜。

這不是……鄭嬪嗎？

容辭在順太妃的宴席上剛見過她，想來是離開寧壽殿之後沒有直接回宮，而是繞到了這裡來賞景。

不過……容辭回想著剛剛這丫頭的話，表情變得微妙起來。

謝懷章能因為某些原因記得她是鄭嬪就不錯了，早就忘了她叫什麼，也就沒能聽出剛才那話的深意，他沒什麼表情，只是壓低的眉宇透露出了內心的不悅。「妳們剛才在說什麼？」

鄭嬪羞得俏臉微紅，一句話也說不出來，反倒是那丫頭十分大膽，她偷偷抬頭向上看去，竟看見了容辭也跟在聖駕身邊，她心中頗為自己的主子感到不忿，覺得鄭嬪才是正經娘娘，結果還不如個沒名分的外命婦來得體面，陛下未免也太偏心了。

這丫頭眼珠轉了轉，回道：「回陛下的話，我們娘娘閨名之中帶了梅字，因此格外喜愛梅花，又覺得這片梅林跟她很是有緣，這才忍不住到此處賞梅。」

「軟紅！」鄭嬪嗔怪的輕斥了一句。「陛下面前不得無禮。」

不提謝懷章是怎麼想的，作為一手佈置了這梅林的趙繼達幾乎不忍直視陛下的臉了——這好不容易想了法子討好許夫人，結果該看的人還沒看到，不相干的人倒先自作多情了起來，還偏偏讓正主撞了個正著……這是何等的不巧啊！

謝懷章深吸了一口氣，忍耐道：「妳們……還不快些退下！」

那丫頭即使不服氣也不敢違背聖意，鄭嬪也心情複雜的直起身子準備走，這時才看到了站在一旁的容辭，她驚道：「許……端陽夫人？」

容辭倒很大方，蹲身行了一禮。「鄭嬪娘娘安好。」

鄭嬪的臉色由紅轉白，不知想到了什麼，脫口而出。「我不是……」解釋的話說到了一半，突然反應過來許容辭如今已不是顧宗霖的妻子了，自己不需要擔心她會回去說什麼，反而是她此刻與陛下一道並肩而立更加不合常理。

鄭嬪心情複雜，一時不知道該鬆口氣還是該酸澀，只能默默的看了容辭一眼，眼神中像是有千言萬語要說。

容辭覺得現在氣氛尷尬極了，她回想當初對鄭嬪的印象，竟能多少猜測出她想對自己說的話，無非是問是不是介意她才與顧宗霖和離，再勸自己與夫君和好，再不然就是欲言又止的問自己和謝懷章的關係究竟是怎麼回事……不外乎就是這幾種，但無論是哪一種，都不是她想聽的。

容辭雖與鄭映梅只說了一次話，但無疑對她的性子很是瞭解。

鄭映梅初始聽說恭毅侯夫婦和離的消息時，震驚之後確實是百感交集，一方面猜測顧宗霖可能還想著自己便覺得甜蜜，另一方面又覺得對不起容辭，很是愧疚，也一直想找機會勸他們和好……直到有消息說陛下有意召容辭入宮。

謝懷章不想關心鄭嬪那千迴百轉、複雜難言的想法，只想讓她快點離開視線好騰出空來讓自己把這事跟容辭解釋清楚，見她遲遲不走，眼看就要發怒，還是趙繼達趕著將鄭嬪主僕勸走了，這才解了危機。

外人是走了，可謝懷章看著費了好大心思才移栽的梅林，也沒那個臉面邀容辭同賞了，兩人乘興而來敗興而歸，就這麼打道回府了。

因為容辭更熟悉趙繼達一些，班永年只得留守紫宸殿，正暗自鬱悶的時候，就見剛出門的人不知怎的這樣快就回來了，夫人挺正常，就是陛下的臉色不是太好看。

班永年不敢在這種時候多嘴爭寵，便親自端了兩盞茶上去伺候主子。

容辭也沒去管謝懷章，逕自道謝之後喝了口茶，只覺得這茶沁人心脾，滋味清爽，與自己平日所用大不相同，不禁讚道：「好清氣的茶。」

班永年笑得本就不大的眼睛幾乎看不見了。「這是今年特貢的特等龍井，統共就那麼一點兒……」

謝懷章本來還在想那片敗興的梅林，耳朵裡聽見了班永年的話，卻立即將容辭手中的蓋碗覆住不許她再用。「阿顏，綠茶性涼不宜女子飲用。」然後對班永年道：「還不快換普洱來。」

看著班永年忙不迭的請罪換茶，謝懷章的手又有力堅定，容辭只得悶悶的將杯子放下。

「我又不是泥捏的，一口茶還能凍壞了不成。」

謝懷章將那杯子端開，斟酌著說道：「阿顏，剛才的事……」

容辭沒想到他還在想這個，納悶道：「這有什麼值得解釋的，你喜愛梅花，我……」

「沒有！」謝懷章蹙眉道：「我根本不知道鄭嬪叫什麼名字，也不喜歡梅花，特意種上只是想讓妳高興罷了，我記得妳很喜歡謝園的梅林。」

「……不喜歡梅花？」容辭古怪的看著他。「嗯……二哥，你還記不記得是誰當初跟我說過，他覺得梅花高潔，與眾不同，最愛梅花來著？」

謝懷章一愣，這才想到當初兩人認識沒多久時他鬼使神差說過的話，便有些不自在。「我那不是為了討妳高興嘛……」

容辭不可置信。「我們才見了兩次面吧？你就……我當時可還懷著圓圓呢！」

謝懷章覺得有口難辯。「並非如此，我那時沒想太多，只是跟妳相處得愉快，下意識的想要迎合朋友罷了。」

容辭挑眉，想故意逗他。「虧我那時堅信你是個謙謙君子，沒想到對著剛認識的姑娘開口就能撒謊。」

謝懷章無言以對，抿著嘴盯著她好長時間，容辭還沒取笑完就本能的覺得危險，還沒來得及逃就被男人拉著手腕向前按在榻上，被他高大的身軀籠罩在底下。

謝懷章的目光變得幽深。「阿顏，我不是個君子嗎？」

形勢瞬間逆轉。

容辭雙手抵著他的胸膛忙不迭的求饒道：「二哥當然是君子了，天下沒人比你更正直了，饒了我吧，我錯了還不成嗎？」

謝懷章微微一笑，低頭蹭著她沁涼的臉龐，輕聲道：「阿顏一開始說的才是對的，怎麼反倒改口了呢？」

他這一刻雖看著平靜，但所蘊含的攻擊性強得可怕，就像在大長公主府那次一般讓容辭無法招架，這裡是謝懷章的寢殿，處處瀰漫的都是他的氣息與痕跡，她心下戰慄，說不上是因為畏懼還是激動，只能側了側頭緊閉雙眼，語氣中帶著明顯的顫抖。「我、我錯了，二哥別這樣。」

謝懷章定定的看著容辭好半晌，直到她的額上出了一層薄薄的汗珠，才克制的輕輕吻了吻她因為緊張抿緊的雙唇，等她微微睜眼，才又貼上去啟唇，與她氣息交纏。

這是他自來就有的溫柔，剛才的強勢已經消散，容辭像是被安撫了似的，慢慢鬆開了緊握的雙手，隨後不知不覺的搭在他的上臂處……

「陛下，小爺醒……」

班永年剛進來就看到這一幕，頓時心下一緊，直覺就是撲通一聲跪下，剛好躲過了迎面而來的茶杯。

隨著瓷器破碎的聲音，班永年一刻也沒耽誤，連滾帶爬的求饒道：「陛下饒命，奴婢什麼也沒看見！」

這話更加讓容辭無地自容，她飛快的從謝懷章手臂下鑽出來，用手背冰了冰滾燙的臉頰，起身不去看尚在喘息的皇帝。「圓圓醒了，我要去看看，二哥你自便吧……」

謝懷章一下子拉住她，兩人沈默了一會兒，他才說：「我與妳同去。」

圓圓剛剛醒來就看見父母相攜而來，他看了看周圍的擺設還以為是在作夢呢，等容辭走進才知道，她這是真的進宮來看自己了。

容辭接過赤著腳撲進自己懷裡的兒子，將他抱起來坐在床上，圓圓摟著她道：「夫人怎麼進宮來了，是不是以後不走了？」

容辭道：「我是給太妃娘娘祝壽才來的，過一會兒就……」

謝懷章截住話頭。「今天要走，但過一段時間就可以永遠留下來陪你。」

「真的嗎？」圓圓高興地在容辭懷裡打滾。

「……嗯。」容辭略微遲疑，但最後還是應了，隨後將圓圓從懷裡挖出來，細細的打量著他的臉，想看看他這幾天有沒有變化，隨即卻猶疑地看向謝懷章道：「二哥，你看這孩子的臉是不是有些紅？」

謝懷章聞言也凝神看去，只見圓圓幸福的躺在母親懷裡，小臉確實紅撲撲的。「是比平時深一些，是不是剛睡醒的緣故？」

容辭用臉試了試孩子的額頭，放鬆了一點。「還好，也不算熱。」

謝懷章一邊摸著兒子的臉一邊道：「他前天晚上發了一次熱，還沒等御醫過來自己就退了，想來是這幾天轉寒，他人小，不太受得住。」

「孩子生病了你怎麼也不跟我說一聲。」容辭不滿道。

「也不嚴重，燒了沒有半個時辰就退熱了，」謝懷章道：「妳若是在宮裡自然可以照顧他，可妳在宮外，知道了也不過白白著急罷了。」
容辭知道他這話的意思，偏偏無言以對，只得一邊再次貼著圓圓的臉，一邊問：「御醫怎麼說，可有大礙？」
謝懷章摸了摸圓圓的頭，坐在容辭身邊。「御醫到的時候他已經好多了，所以也並沒有查出是什麼緣故，只說多半是受涼所致，這是我的疏忽。」
謝懷章在容辭面前就是這樣，十分懂得示弱，他一這樣，容辭怎麼可能真的怪他。
「……撫養一個孩子並不容易，我這當娘的一點忙都沒幫上，又怎麼能怨你做得不好呢。」
謝懷章輕輕笑了。
圓圓看上去還有些睏倦，他揉了揉眼睛插言道：「父皇和夫人在說什麼呀，我並沒有生病啊。」
謝懷章道：「你那時候睡著了，不知道。」
容辭摟著兒子聽他撒嬌。「那夫人多來看看我，我就不會病了。」
她忍不住親暱的點了點圓圓的臉。「這是什麼話，還真像你父皇說的是個小魔星。」
謝懷章朗聲笑了起來。「他磨人的時候妳沒見到，說正經話倒是遭了妳的嫌棄。」
圓圓打了個呵欠。
容辭看著有些不安心。「圓圓還想睡嗎？起來跟我說說話好不好？」
圓圓其實也很想跟娘親多說話，但這幾天不知怎的，比平常更愛睡覺，早上起床都格外費勁，午後本就容易犯懶，此時躺在娘親的懷裡倍覺安心舒適，說了沒兩句就睜不開眼了，容辭見狀便拍了拍他的背，輕聲哄道：「實在犯睏就睡吧，我守著你。」

圓圓又打了個呵欠，臨睡前還重複道：「夫人來陪我，我就不生病……」

謝懷章輕聲道：「你別急，你母親就快能長久與咱們為伴了。」

容辭一愣，這是他今天第二次說這話了，語氣實在不像是在敷衍孩子，剛想說什麼就見懷裡的圓圓閉上眼睛，飛快的入睡了。

「他最近都是這樣嗜睡嗎？」

「有幾天了，」謝懷章道：「御醫說應該是長得太快了，所以才總是睡不夠。」

容辭放了心，這才有心情問道：「你跟孩子說，我就快進宮了？」

謝懷章伸出手溫柔的摩挲著她的鬢角，笑而不語。

容辭抓住他的手。「你……是想召我入宮嗎？」

「召？」謝懷章笑意一凝。「為什麼用這個字？」

他的臉色沈下來。「阿顏，妳把我當作什麼人？」

容辭便知道是哪裡誤會了，急忙道：「你先別生氣，是、是我想岔了，我沒想到……」

「妳怎麼能沒想到？」謝懷章是真的有些生氣了，他將容辭的手攥得緊緊的。「我們經歷了這麼多，一同生育了孩兒，費盡了千辛萬苦才走到今天這一步，難道就是為了讓我所愛之人屈居妃妾嗎？」

容辭的手被攥得生疼，又聽了這不是指責勝似指責的話，心裡不知是什麼滋味，只能被他另一隻手強行抬起下巴，被迫直視著謝懷章強勢的目光，聽他繼續一字一頓道：「阿顏，妳未免也太看輕了我！」

容辭眼中不禁隱隱浮現淚光，聲音中有著不易察覺的哽咽。「我不是看輕你，只是……皇后之尊並非等閒，我不想你為了這事與朝臣起衝突，也不想讓你為難……」

謝懷章鬆了手，將她和圓圓一起抱在懷中。「我說過，世上最難的事就是得到妳的心，既然我已經做到了，其他的都不過是小事，本不配妳為此憂心。」

容辭怕圓圓醒了之後不好脫身，便不顧謝懷章一再想讓她留下的暗示，沒待多長時間就出了宮。

回到房間之後，她還在想著謝懷章說的那番話。

她又如何不想跟謝懷章做堂堂正正的夫妻，若謝懷章只是個普通人，哪怕是個世家之子，她也絕不可能答應做妾的，可是他卻偏偏是九五之尊，整個天下的主人，他的妻子不單單是妻子，更是母儀天下的中宮皇后，容辭不是刻意妄自菲薄，而是她目前的狀況要想真的一步登天被冊為皇后，難度真的太大了。

她一開始為此不安，甚至想要勸說謝懷章打消這個念頭……或者退一步、迂迴一些，以後再說后位的歸屬也行。但他的心意卻堅定無比，每個字都帶著斬釘截鐵不容辯駁的意味，這樣的語氣強勢卻也能安撫人心，容辭搖擺不定的心竟真的鎮定了下來。

就像是謝懷章說的那樣，他為她做了那樣多，把一切都考慮好了，甚至把該鋪的路都完完整整的鋪在她的腳下，她怎麼能連踏上去的勇氣都沒有呢？本來就是平白賺的一輩子，就算豁出去，再差還能差過前世如同行屍走肉的日子嗎？

這樣自我安慰了一番，容辭便也勉強恢復了平靜，不再為這件事憂心。

不知是不是也受了風寒，第二天容辭便有些咳嗽，想著也許久沒回過落月山了，就帶上李嬤嬤等人回了溫泉山莊泡了兩天溫泉，祛了祛身上的寒氣，果然風寒馬上就好全了，這才又拖著一家子回了京城。

不想一進府門，下人便上前來回報。「夫人，伯府的二太太和三太太來了，像是很急的樣子，說是有話要跟您商量，已經等了大半天了。」

容辭之前就跟母親說過自己在京城的住處，只是前些日子因為鄭王謀反案弄得京城風聲鶴唳，溫氏被關在伯府一直不得出來，母女兩個也就一直沒能見面，倒是郭氏之前幾次派人來請她回許府團聚，只是都被她推了。

這回就不知道母親是因為什麼事來得這麼急，還把二太太陳氏也帶了來。

等一進房門，溫氏並陳氏就迎了上來。「顏顏，妳可算回來了！」

容辭一邊吩咐鎖朱來給二位續茶，一邊請她們坐下。「娘，二伯母，妳們這是有什麼急事嗎？」

溫氏和陳氏的臉上都是如出一轍的焦急，不同的是溫氏明顯是想問什麼但當著陳氏不好開口的表情，反倒是陳氏沒顧慮許多，直接問道：「孩子，妳跟我們透個底，那傳言是不是真的？」

「您是說……」

「哎呀，就是說陛下因為太子的緣故，想要讓妳進宮的事。」

容辭愣了愣，看著陳氏和溫氏都是一臉迫切，還是默默地點了點頭。

溫氏欲言又止，陳氏則是深呼吸了幾下，激動地快要暈過去，拍著胸口順了好一會兒氣，才興奮道：「陛下真的說要冊立妳為中宮的主子嗎？」

容辭皺起了眉頭。「您這又是哪裡聽來的？」

「妳還不知道？」陳氏臉上是止不住的笑意。「昨天傍晚家裡來了旨意，封了妳二伯父為承恩伯，還賜了官服宅邸，命我們儘快搬進去，馬上這消息就傳遍了京城，這還有什麼猜不透的？」

容辭恍然大悟，歷來帝后大婚之後才會賜予皇后之母誥命等級，但冊封皇后前卻先要推恩及新后的父兄，以加重後族的門庭，以示對中宮的重視，這「承恩」二字就是約定俗稱賜予皇后父親的封號，若生父早逝，則賜予兄長。

如今容辭父兄皆無，以謝懷章的性子，確實不可能讓她毫無背景後臺的進宮被人恥笑，定是要抬高她的娘家，好讓她面子上過得去，靖遠伯對容辭的態度皇帝心中有數，不貶斥就算好的了，絕不可能再抬舉，這才讓好處落在了二老爺許訟的身上。

容辭想，怪不得謝懷章那天曾問及二伯父的人品，還問她陳氏對她們母女是什麼態度，原來根源在這裡。

許訟夫妻對他們這一房其實算是不錯了，容辭未出閣時相處得客客氣氣，至於容辭嫁了人之後，上一世陳氏雖一直以為容辭嫁進恭毅侯府是使了手段的，但實在憐憫溫氏孤苦，便時有照顧，連她的葬禮都是陳氏忙著張羅的；這一世陳氏明白容辭是被冤枉的，便更是想與她交好，即便後來看她離開侯府也不曾改變，還是對溫氏多加照拂，妯娌兩個在許府也沒幾個能說得上話的人，一來二去倒真生了些情誼。

陳氏激動道：「我的天啊，咱們家要出皇后娘娘了！莫不是我在作夢吧？」

溫氏則一臉複雜，看不出多麼高興，只是道：「前一陣子妳三姐和妳起衝突的事過了好些天我們才知道，伯夫人又急又氣直接病倒了，還想來找妳麻煩，還是老太太命人把她攔住的……我當時還覺得奇怪，容菀出了那麼大的事，老太太居然是向著妳的，原來她早聽到了風聲，知道聖上有意讓妳伴駕。」

老太太雖然是陳氏丈夫的生母，但她本人對這個婆婆其實也頗感冒。「老太太也被這旨意驚呆了，她身體不好出不得門，這才肯放妳娘出來找妳把事情問清楚，還要我們來問為什麼推恩推及的不是妳大伯父……真是笑話，因為什麼她心裡不知道嗎？聖上慧眼如炬，世上的事無所不知，咱們家裡的事瞞得過他嗎？」

陳氏即將平白得一個誥命，還能與大嫂吳氏平起平坐——隱約還要高一些，自然是欣喜若狂，但此時即使還有滿腔的話想說，也知道溫氏現在有私房話要單獨跟女兒說，便識趣的先告辭，留了時間給她們母女。

溫氏等她一走，便迫不及待道：「妳不是說有個宗親和妳……現在陛下又是怎麼回事？」

她一臉憂心忡忡，看女兒臉色古怪，重新將上次女兒說的那番話咀嚼了一遍，這才有些明悟。「妳說的那人該不會就是……？」

容辭摸了摸鼻子，點了點頭。

溫氏不知道該說什麼好，進宮當娘娘是別人求之不得的事，可是女兒分明已經有了心上人，她之前一直憂心女兒會因此難過，現在知道她即將要嫁的和這心上人是同一個人，既是為女兒高興又更加擔憂。

她靠在椅背上嘆了口氣。「前人說『齊大非偶』，沒想到……」

容辭剛想安慰一下母親，便見有下人通傳，說是趙公公求見。

她看了母親一眼，還是讓趙繼達進來了。

容辭本以為趙繼達是來替謝懷章傳什麼話的，不想他一進門連禮也顧不得行，便急著道：「夫人，小爺有些不好……」

容辭騰地一下站起來，眼前就是一黑，伸手扶住了椅背才站穩。「你說什麼？」

趙繼達看著容辭變得煞白的臉，慌忙使勁往自己臉上搧了個耳光，一邊上前扶住她一邊道：「是奴婢該死沒說清楚，小爺只是發熱，您千萬不要著急。」

容辭抓緊了他的手。「只是發熱？多長時間了？」

其實太子已經燒了快一天了，但容辭這個表情讓趙繼達不敢說出實情，便低頭支吾道：「這個……小爺現在難受得緊，吵著讓您去看看呢。」

容辭沒有二話，先對還摸不著頭腦的母親道：「娘，太子殿下怕是病了，我得趕著去看看，現在先讓溫平送您回去……」

溫氏雖不明白為什麼太子病了要自己女兒進宮，但她能看出女兒已經急得冒汗了，自然知道這是重要的事，也不囉嗦，握了握容辭的手權當安慰，接著就出門了。

第二十二章

容辭的身分已經今時不同往日了，又有大內總管隨從，便連車都沒下，直接從右銀臺門長驅直入，直達紫宸殿。

殿門口圍了幾個並非紫宸殿的宮女，還有身穿官服的大臣，正各站一邊在低聲交談，突然見到明顯不是宮制的馬車停在臺階下，都有些錯愕，只見皇帝身邊的大內總管先跳下來，之後恭敬的伸出手親自攙扶了一位女子下了車。

眾人齊齊震動，都認識這是皇帝親封的端陽夫人，雖然也知道她的伯父甚至已經被封為承恩伯，陛下的用意很是引人深思，可怎麼也沒想到她竟能在宮中乘車，甚至平時眼高於頂的趙內官也對她這樣恭敬，此等恩寵實在引人側目。

況且……官員們不約而同的斜了斜眼睛，不動聲色的觀察起了站在旁邊的某個同僚……

容辭扶著趙繼達的手下了車，並沒注意到旁邊有什麼人在場，迫不及待的就要進殿，可剛剛上了臺階，還沒等進門檻就被人拉住了手腕。

容辭一驚，用力將手甩開，這才看清楚剛剛拉著自己的人竟然是顧宗霖。

「你怎麼在這裡？」

顧宗霖臉皮緊繃，一雙眼睛緊緊地盯著她，眼神極為凌厲。「這話應該是我問妳吧？」

趙繼達湊到容辭耳邊道：「恭毅侯在北境辦完了差事，今日剛剛回京便進宮述職，陛下今天一直在看顧太子便沒時間去前殿，連召見臣工都要抽空在後殿見，這才……」

容辭現在急著去看孩子，一時沒什麼心思管顧宗霖，聞言點點頭，連看也沒看他一眼就進了殿門。

顧宗霖為趙繼達對她熟稔的態度而抿緊了嘴唇，手臂才剛剛有動作就被留在這裡的趙繼達擋住了。

明明顧宗霖比他高大許多，趙繼達也絲毫不懼，反而牢牢的擋在他身前，似笑非笑道：「顧侯爺，陛下還沒宣召，請您還是在殿外等候吧。」

顧宗霖的手驟然攥緊成拳，盯著這高大的殿門許久，才沈默著退回了原處。

這一幕被不少人看在眼中，他們面面相覷，不知該說什麼好，對這個官運亨通，不久前又高升一次的侯爵既幸災樂禍，又不免同情。

說實在的，要是換了他們，剛剛和離了的妻子轉眼間就被皇帝陛下看中，即將入宮為妃——甚至為后，是個男人都會接受不了，這頭上的草都能壓得人抬不起頭來了。

這顧大人未免也太倒楣了些，休妻也能休到未來的娘娘身上，嘖嘖，市面上最不靠譜的話本都沒這麼敢扯。

圓圓被安置在偏殿，容辭徑直走進去，沒想到卻正好見到幾個妃子也在，看到她紛紛一愣，韋修儀先開口道：「端陽夫人是奉旨過來看望太子的嗎？」

容辭縱然心急如焚，也只得匆匆行禮，嘴巴剛張開要回答，就聽見床上圓圓帶著哭腔的喚聲。「夫人、夫人快來，好疼啊！」

容辭臉色一變，當即什麼都想不起來，快步從眾妃身前走過撲到床邊。「太子，你怎麼了？是哪裡痛？」

太醫們跪了一地，謝懷章坐在床邊摟著圓圓，將他略微扶起，露出了孩童被燒得通紅的臉，容辭一看，心疼得眼淚都快掉了下來，一邊試了試圓圓滾燙的額頭，一邊看向謝懷章急問道：「二……陛下，太子是怎麼了？前兩天不是還好好的嗎？」

謝懷章照顧了圓圓一天，眼睜睜的看著兒子從活蹦亂跳到虛弱得坐不起來，心裡也很焦急。「昨天傍晚又像上次一樣，短暫的發了一次熱，也是很快好轉了，但這都是第二次了，我不敢掉以輕心，親自帶著他睡了一晚，結果早上又燒了起來，到現在也不見消退……」

圓圓含著淚委屈巴巴的瞅著容辭，無力的向她張開雙臂，聲音十分沙啞。「頭好痛，背也痛。」

容辭這時也顧不上有多少外人在看著了，她將孩子從謝懷章身上抱過來，讓他枕在自己手臂上，心神不定的捂住他的額頭，喃喃道：「怎麼這麼燙，為什麼這麼燙？」

「嗚……夫人，好疼好疼……」圓圓本來還咬牙撐著，現在見了容辭登時繃不住了，揪著她的衣袖閉著眼斷斷續續的哭得說不出話來。

容辭怎麼受得了孩子在自己懷裡這樣痛苦，也禁不住掉下淚來，偏嘴裡還要哄他。「圓圓不哭，咱、咱們堅強一點……」

謝懷章看他們母子二人這樣，也是心如刀絞，只是他是男子，又是一國之君，只能盡力保持冷靜，對著一眾太醫忍怒道：「太子究竟是怎麼染的病？你們說是風寒化熱，好，那為何藥也服了，針灸也做過了卻全不見效？」

太醫們滿臉的汗流下來都要匯成溪了，戰戰兢兢地一個勁兒的磕頭，就是說不出個所以然來。

「陛下……臣等無能……」

李太醫已經因為診治無力被杖責了五板子，刑罰雖不重，對他這個年紀來說也算是受了一些罪，可這身體上的疼痛還是小事，心裡的不安才讓他驚懼不已。

他是太醫院的院判，既是經驗最豐富的，也是醫術最強的，比其他大夫想得多一些，但他只是隱約有所預感，卻萬萬不敢隨意開口，只得磕著頭道：「陛下，藥物不起效，就說明辨證不對，可這麼多太醫都沒辨對，為今之計就只有等待，等……殿下會不會出現新的、新的症狀。」

容辭本能的覺得他這話不對，聞言淚也顧不得擦，抬起頭問：「……新的症狀，李太醫，你這是何意？」

李太醫死死的低下頭不敢看她。「請夫人再等等……」

謝懷章沈下臉，把已經空了的藥碗拂到地上，呵斥道：「再等等？太子年幼，又燒得這麼厲害，我跟夫人等得起，他一個小孩子也等得起嗎？」

呂昭儀看著謝懷章和容辭兩人守在太子身邊，就如同天底下最普通不過的父母擔憂自己的兒女，他們倒是像極了一家三口，自己這些正經妃嬪反像是局外人一般被排斥在外，半點插不上手，便忍不住插言。「陛下不必擔心，小孩子嬌嫩，但生了病很快就會好……」

之後的話就被謝懷章含有隱怒的目光嚇得說不下去了。

謝懷章這才發現這些妃子竟然還沒走，現在也沒工夫跟她們糾纏，不耐煩道：「妳們來看望太子的心意朕領了，且退下吧。」

這些人其實都察覺到皇帝此刻心情差到了一定程度，就像一座待噴發的火山，說不準什麼時候就會將近前的人燒得一乾二淨，實在不是個獻殷勤的好時機，便一句話也不敢說，乖乖的依次向後退去，只有呂昭儀尚還不甘心，非要添一句。「那端陽……啊！」

韋修儀狠狠地掐了她一把打斷了話頭。「呂昭儀是說，請端陽夫人多費心，一定能照看好太子的。」

謝懷章因呂氏而陰沈的臉略微放鬆，他點頭擺了一下手腕，示意她們可以走了。

德妃退出殿前最後回頭望了一眼，之前才怒氣沖天的皇帝正站在許氏身後，手輕輕按在她的肩膀上，微微彎下腰像是在安慰她，表情憂愁又帶著滿滿的……將要溢出的溫柔。

她收回視線低下頭跨出了紫宸殿，輕輕將門合上。

太醫一籌莫展，想不出辦法來，謝懷章只得按他們說的繼續等待，涼水不斷地送進來，將圓圓額頭上的帕子重新浸濕，再由容辭不厭其煩的換上另外一塊。

圓圓已經昏睡了過去，又過了一會兒，容辭握著他的手感覺到他的體溫像是下降了一點，剛要高興，眼神卻猛地一凝，慢慢的鬆開了那稚嫩的手腕……

只見白嫩的小臂上端，不知什麼時候長出了兩個紅色的疹子。

容辭的心猛地沈了下去。「——太醫近前來！二哥，你來看看，圓圓身上這是什麼？」

幾個太醫和謝懷章同時上前，看清那疹子的一瞬太醫們紛紛倒抽了一口涼氣，七手八腳的把圓圓的手臂抬起來仔細查看。

謝懷章心裡咯噔一聲，用力握緊了容辭的手，這對父母對視一眼，從彼此眼中看出了相同的恐慌。

「二哥……」容辭的聲音小得幾乎聽不見。

「阿顏不怕……」謝懷章將腿軟得幾乎站不住的容辭緊緊抱在懷裡，安慰她也安慰著自己。「圓圓不會有事的，就算真的……他福大命大，也會好起來的。」

容辭聽著他的話好不容易止住了顫抖，但即使再怎麼安慰自己，當她看到眾多太醫跪在面前，每人都是如出一轍的如喪考妣時，還是禁不住倒退了一步，眼睛有一瞬間像是失明了一般，好半天才能看清東西……

李太醫的嘴一張一合，像是在說些什麼，但容辭努力睜大眼睛，豎起耳朵卻一個字也聽不見，只能聽見耳中無比混亂的嘈雜聲。

她靠在謝懷章的懷裡用力的擺了擺頭，想要弄清楚狀況，到最後卻只能感受到謝懷章抓著她手臂的力量越來越重。

下一刻，謝懷章握著她的雙肩向她快速的說著什麼，她卻迷茫得幾乎無法思考，只能木愣愣的看著他充斥著焦急的雙眼。

男人看著她的神色明白了什麼，也不再急著解釋，而是直接拉著她快步朝門外去，一路不顧容辭反射性的掙扎直把她帶到殿門外，攬著她的肩膀強硬且不容反抗的將她推到了聞訊趕來的趙繼達身前。

「你照顧好夫人，沒有朕的准許，不許她靠近殿內一步！」

趙繼達一愣，雖弄不清原因，但主子的命令他是無條件執行的，馬上聽命拉住了容辭。

謝懷章站在容辭面前，輕柔的撫摸著她的臉頰道：「妳乖乖在外面等著，別讓我擔心。」

說完最後深深地看了她一眼，向後退回了殿內，眼看著就要關上大門。

容辭眨了眨眼，這時候才終於恢復了正常的神智，看著面前正在合攏的大門瞬間反應過來他的意思，立即用盡全身的力氣掙脫趙繼達衝了過去，直撲到門上。「二哥，等等！你放我進去！」

謝懷章不為所動，繼續關門。

眼看殿門即將關閉，只剩下寸許的縫隙，容辭重重的喘息了一聲，連猶豫也沒有就直接將手伸入門縫，想要以此阻擋大門的關閉。

謝懷章登時大驚，可殿門不算輕，慣性讓它以不容阻止的勢頭閉攏，眼看就要夾住容辭脆弱的手指。

千鈞一髮之際，旁邊一人以迅雷不及掩耳之速捉住容辭的手臂將她拉了回來，下一刻，殿門便完全合攏，沈重的聲音顯示著若是剛才容辭沒有及時抽手，那柔弱似是無骨的手指說不定就會被夾得傷筋斷骨。

動作的人是顧宗霖，他方才一直守在殿門口看著他們，直到容辭險些受傷才按捺不住出手救人。

殿門馬上重新打開，謝懷章飛快的將容辭的手搶過來。「妳怎麼樣？有沒有受傷？」

顧宗霖的手微抬，卻只能空落落的停在半空中，那一刻他像是丟失了重要的東西一般，手指無謂的收攏，虛虛一攥，卻是什麼也沒抓到。

他緩緩抬起頭，面前的兩人極其親近的站在一處，影子都合成了一個，誰也沒注意到他的失魂落魄。

容辭的手被門框重重的蹭了一下，手背紅了一片，掌指關節的地方有多處磨破，看得謝懷章很是心疼，容辭卻沒有絲毫在意，她用力的推拒著他的胸膛，急得眼淚流出。「你讓開，我要進去！」

謝懷章卻沒動。「妳聽見御醫說的了嗎？太子很可能是見喜了，妳還沒出過痘，很容易被染上，就先在外面等消息，我親自照顧他，一定……」

容辭卻流著淚搖頭，一邊掙扎一邊道：「你別說了，我不走，圓圓病得那樣重，我怎麼能不在他身邊？」

謝懷章很輕易就能制住她。「妳……」

「嗚……夫人妳在哪兒！」

圓圓沙啞又聲嘶力竭的哭聲從殿內傳來，一聲聲的喚著容辭，讓她的情緒更加激動，她的手指緊緊抓住了謝懷章前襟的衣服。「你聽見了嗎？孩子在叫我！他在哭著叫我啊！」

「陛下，陛下！殿下已經醒了，哭著在找端陽夫人……」這是太醫焦急的聲音。

謝懷章沒有回應，而是將容辭緊緊鎖在懷裡。「妳聽話……」

「夫人……嗚嗚……娘，娘！圓圓疼……嗚……」

容辭用力的搖頭，聽著裡面圓圓的聲音越哭越無力，開始還記得叫夫人，後來難受得緊了就一聲聲的喊著娘親，那聲音讓容辭想起了他還是個嬰孩的時候，時時黏著自己，每次見不到人也會又哭又喊，吵著找她。

可那時候圓圓的聲音是中氣十足的，吵得人耳朵疼，現在他生了重病，本能的想找最為依賴的母親陪伴，卻連哭喊都透著虛弱與沙啞，她身為母親與他只有短短數尺之隔，可偏偏被攔在門外連面都不能見，這種痛苦真是與剜心無異。

容辭的臉被迫貼在謝懷章胸前，全身都動彈不得，只得緊抓著他的衣裳哭著哀求道：「二哥……二哥……我求你了，放我進去吧，兒子在叫我……我就看一眼……」

謝懷章此時便如同鐵石心腸一般，對兒子的哭聲和容辭的哀求充耳不聞，只是用再堅定不過的語氣重複。「阿顏聽話，先離開這裡，咱們的孩子會好起來的……」

自己的孩子奄奄一息，容辭怎麼可能聽話，她用盡全力掙扎無果，眼淚卻已經將謝懷章的衣襟弄濕，她的努力沒有半點效果，漸漸便控制不住情緒，一邊痛哭一邊像瘋了一般掙扎，雙手握拳在他胸前胡亂的捶打。「謝睦你放開我！你聽見沒有！讓我去看看他，你走開啊！」

她失去理智，情急之下喊出的竟是兩人初見時他的化名，謝懷章的眼睛瞬間泛紅，好似有水光閃過，但面上仍然如舊，像是絲毫不為所動。

謝懷章將她死死地摁在身前，容辭便在他的肩頭用力咬下，他剛剛一直在圓圓溫暖如春的房間裡，只穿了一件家常的長衫，即使出來也沒來得及添衣，容辭惱恨之下並沒有留力，不過一會兒就嚐到了血腥味，可謝懷章就像沒有知覺似的紋絲不動，就這樣任她打罵呵斥。

反倒是容辭察覺到咬傷了他，怔怔的鬆了口，渾身像是癱軟了一般失去了掙扎的力氣，接著在他懷裡泣不成聲。

謝懷章心中又何曾好受半分，他開始還頂得住，後來察覺到懷裡的女子雖不再掙扎，卻哭得越來越凶，最後像是上不來氣一般全身打起了擺子，開始劇烈的喘息起來，他的臉色便狠狠一變，當即在容辭後頸的某處一按。

女人的哭聲戛然而止，她瞬間渾身一軟，結結實實的倒在他手臂間，謝懷章將她打橫抱起，聽著室內圓圓微弱的哭喊聲，還是狠下心，抱著容辭去了正殿。

剛才的一切被顧宗霖一絲不漏的看在眼內，他低垂著頭，腦子裡混亂成一團，前世今生就像是一場荒誕無比的夢，讓他渾身透著徹骨的寒冷，他想著容辭對皇帝那有些耳熟的稱呼，想著兩人緊緊相擁時的自然，直到想著她對太子宛如親生一般的疼惜愛護時，不知怎的就回憶起了他即使重活一世都不忍回想的前塵往事。

——他的妻子竟然這樣喜愛孩子嗎？他為什麼從未察覺？

——對了，是因為她從未在他面前與任何一個孩童相處過，明明……明明他們之間也曾有過屬於自己的孩子……

可那孩子又在哪兒呢……

謝懷章將容辭抱去了自己所居的寢殿，這裡離圓圓的房間不遠，但又不至於近得能傳染病氣，他將她安置在龍榻上，對緊跟而來的趙繼達道：「你留在這裡照顧好她。」

趙繼達已經聽明白發生了什麼事，他是最清楚容辭在謝懷章心裡有不亞於皇太子地位的人，也知道看護好許夫人，與治癒太子在皇帝心中的重要性一般無二，便恭敬的應了是。

謝懷章又環視了殿內的眾女官內侍，冷聲道：「你們好好伺候端陽夫人，但絕不許她踏出此處，若是看護不力……她走出寢殿一步你們就要領十板子，兩步就是二十板子，若你們這麼多人看不住她一人，由著她跑出去見到了太子，便直接打死算完，朕再另挑聽得懂話的人與夫人使！」

謝懷章不會故意嚇唬人，從來都是言出必行，他這話一點都不像玩笑，嚇得包括趙繼達在內的人出了一身冷汗，都忙不迭的跪在地上道：「謹遵聖諭！」

皇帝勉強放心，最後碰了碰容辭的臉，便去偏殿守著孩子去了。

謝懷章下手自然有數，正好能令容辭睡上一晚又不傷身體，第二天容辭滿頭是汗的從噩夢中睜眼，首先入目的就是滿眼的明黃色，身下的床能容六、七人，被子上繡著再顯眼不過的五爪金龍。

容辭從這風格鮮明的裝飾中馬上明白了自己身處何地，她捂著胸口深吸了幾口氣，掀開被子下床就要往外走。

這時候天剛矇矇亮，宮人們沒想到容辭這麼早就醒了，見這情景紛紛上前來，其中一個女官道：「夫人，奴婢替您梳妝吧？」

容辭哪有心情打扮，她身子還沒站穩就一邊快步往外一邊道：「太子怎麼樣了？」

她走一步宮人們就跟一步。「小爺那邊還沒消息，陛下親自守了一夜，想來沒有大礙……」

眼見容辭三步併作兩步走，眨眼就越過了屏風，眾人都急了。「夫人！夫人且慢！陛下有旨，不許您踏出寢殿一步！」

容辭像是沒聽到似的繼續，腳步都沒停一下，這下所有人都嚇得肝膽俱裂，也顧不得規矩，幾步搶在容辭前面，跪在她跟前擋住去路，幾個女官抱著她的腿說什麼也不讓她走，苦苦哀求道：「求夫人饒命，陛下說要是您出去，就將奴婢們通通處死……」

容辭頓住，看著跪了一地的宮女太監的臉上盡是恐懼，登時心亂如麻，趙繼達端著茶杯走了進來，見此情景將托盤隨意一扔，將幾個小太監踢開，跪行至容辭身前。「夫人，奴婢們賤命死不足惜，可是太子安危為重啊！」

他先重重的在地上磕了幾個頭，抬起時額上已經紅腫了一片。「奴婢死罪！便說句不好的……若是太子得的真是天花，陛下幼年曾得過一次是沒有危險的，可您卻不一定，萬一在照顧小爺時也……那您不僅沒法看顧小爺，還有性命之危，若陛下是那等只顧子嗣的男子也就罷了，可這您是再清楚不過的——他絕不是那樣的人！您說他是先顧哪一頭好呢？母親病重，父親又沒法全心照料，這對小爺也沒半分好處，求夫人三思吧！」

若是平時，容辭可能早就想到這些了，可眼下親生骨肉疑似感染了天花，眼看九死一生，說不定就要天人永隔，有多少冷靜也不夠用的，現在聽了趙繼達的一番話，總算找回了幾分理智。

容辭閉了閉眼，心中掙扎了一番，好不容易才下了決心，慢慢退了回去。

宮人們鬆了一口氣，紛紛上前伺候她梳洗，又忙著擺早膳，可惜容辭沒有半分胃口，原樣又端回了御膳房。

天花是使人聞之色變的重症，且很容易傳人，在未確診之前，謝懷章就下令將紫宸殿隔離，所有人無詔不得靠近，他親自照顧太子，連朝會都暫時取消，所有政事移交內閣處置。

容辭就在這忐忑不安中等待了整整兩天兩夜，多虧每隔兩個時辰便有人來送信傳遞消息，讓她知道圓圓的病情並未加重，否則她可能早就在這封閉的殿閣中急得崩潰了。

這兩天她除了被勸得喝了兩口水，一粒米都沒吃進去，連硬塞進一口菜都會嘔吐出來，嚇得宮人們不敢再勸。

直到第三天清晨，謝懷章大步踏進房內，還沒等容辭反應便握住她的手，用低啞的聲音說了一句。「不是天花……」

容辭閉上眼，心臟像是被人從萬里高峰上扔回了地面，震得她胸腔發出「轟隆」的巨響。

她倒在謝懷章的手臂上，按著胸口道：「確定嗎？」

謝懷章扶著她認真道：「他的疹子與天花極像，這才險些誤診，可兩天過去仍舊發熱，那疹子卻消退了，這與天花完全不同，再有就是，我不在圓圓身邊的時候，一直是他的乳母在貼身服侍他，其中湯氏並未出過痘，若是天花，她不應倖免才是，可直到今天，湯氏仍沒表現出任何症狀，這也不像是會傳人的病症應有的樣子，幾位太醫商量了許久，一致認為不是天花……」

「那可有查出究竟是什麼緣故？」

「並未，」謝懷章嘆了一聲。「好消息是不是天花就不會過人，壞消息就是到現在還不知道究竟是什麼病。」

他晝夜不停地看顧了兒子兩天，現在看上去疲憊非常，但仍舊不敢有絲毫懈怠，說罷吻了吻容辭的臉，輕聲道：「妳好好休息，我再去看看孩子。」

容辭抓住他，踉踉蹌蹌的起了身。「既然不是天花不會過人，我要去守著他。」

說著丟下他朝外走去。

謝懷章看她的臉色實在不好看，本想先告知好消息，讓她寬心，也好進些米水再好好睡一覺來養好身子，不承想容辭一刻也不肯耽誤就要去照顧圓圓。

他情知自己若再攔，容辭怕就要翻臉了，便追上拉著她一起去了偏殿。

圓圓的體溫略微降了些，但形勢非但並未好轉，反而越發嚴重，正半閉著眼躺在床上。乳母端上來剛熬好的藥，這藥極苦，便是大人喝過一次也斷不肯再喝第二次，更何況一個三、四歲的小孩子了。圓圓偏過頭去不肯喝，眾人想盡辦法哄都沒有效，正焦急的想著是不是把陛下找來給太子餵藥，便見端陽夫人與皇帝並肩走進來。

太醫、宮女並乳母等人都像是見了救星一般，忙不迭的端著藥走到謝懷章身邊。「陛下，小爺怎麼也不肯喝藥，您看？」
謝懷章將藥碗端過來，朝他們擺了擺手，眾人便垂首退到一邊不敢作聲了。
圓圓模糊聽見父皇來了，便費力的將眼睜開一條縫去看，卻見容辭紅著眼睛坐到了床邊。
他雙目微亮，剛想撒嬌問母親怎麼才來看自己，但喉嚨腫得幾乎要堵住嗓子眼，只微微張開了嘴，卻只發出一點「呵呵」的聲音，他的眸光熄滅，委屈的啪嗒啪嗒掉起了眼淚。
容辭見狀嚇了一跳，俯下身邊給他擦淚邊急切的問道：「怎麼了，哪裡還疼？」
圓圓其實渾身都痛，換作平時早就撲進容辭懷裡哭訴了，可現在起也起不來，說也說不出話，連哭都哭不出聲音，只能瞅著容辭一個勁兒的掉眼淚。
容辭心疼得渾身顫抖，她哽咽的對謝懷章道：「孩子為什麼不說話，他、他……」
謝懷章的臉色很凝重，他擔心容辭憂慮過度，本想避重就輕將兒子的病情掩蓋過去，可轉念一想，若……真有萬一，到時候容辭全無心理準備，可能更不是什麼好事，便只得把實情道出。「他體內熱毒積聚，以致口舌生瘡、咽喉腫痛……現在已經說不出話了。」
容辭的心越發沈了，她不是沒生過重病，自然清楚這話是什麼意思，可就因為知道才更不願意去細想。
她盡力保持著冷靜，將眼淚擦乾，溫柔的對圓圓道：「若是喉嚨還疼就不要說話了……娘在這裡守著你。」

眼看兒子病成了這樣，她也不管會不會引誰懷疑了，看著圓圓含著滿眼的淚朝自己點頭，就將謝懷章手裡的藥端了過來。「乖孩子聽話，咱們把藥吃了好不好？到時候病好了，娘就帶你出宮去玩。」

圓圓的眼皮也已經腫得厲害，連睜眼都困難，但他還是固執的一眨不眨看著母親，聽話的張開了小嘴。

藥已經是溫的了，容辭略微嚐了嚐就熟練地餵到孩子口中。

圓圓嘴裡潰爛，喉嚨也痛得緊，加上這藥的味道實在不是孩童所能接受的，到了嘴中他便顯出了痛苦之色，但他眼看著娘親神色緊張，害怕自己吃不進藥，就咬牙堅持著用盡全身力氣將藥從窄細的喉中嚥下去，那一刻他下巴抬高，把脖子伸得老長，連腦袋上都掙出了青筋，這才費力的嚥下了這小小的一湯匙藥汁。

容辭看得眼睛通紅，幾乎不忍再逼他，但她當著謝懷章可以痛哭可以脆弱，在兒子面前卻只能堅強，便硬著心腸一勺一勺的把藥餵下去，一邊低聲說著話來分散孩子的注意力。

「到時候我和你父皇帶你回落月山看看……你就是在那裡出生的，在那裡長到了將近兩歲才進的宮，圓圓還記不記得？」

圓圓剛剛又嚥下一口藥，聽到這裡果然被吸引了心神，他歪著小腦袋想了想，最後點了點頭，做出了一個「記得」的口形。

容辭忍著淚意誇讚道：「娘的圓圓真聰明……再來喝一口……」

等圓圓喝完最後一口藥，立即疲憊的昏睡過去，容辭將碗往桌子上一放，還是忍不住捂著嘴無聲的哭了起來。

謝懷章的眼中也有淚意，站在旁邊將容辭圈了起來，她埋在他腰腹處哽咽道：「二哥……我、我好怕啊……咱們該怎麼辦才好？怎麼樣才能讓孩子好起來……若能拿我的命換……」

謝懷章一下子捂住她的嘴，強硬道：「不許胡說！」

容辭在他的手掌下搖著頭越發無助，這一刻她真的在想，若是能讓孩子痊癒，就讓她立即去死她也是求之不得。

有容辭在，圓圓喝起藥來配合了許多，但這藥也不過是無奈之下的拖延之舉，只能延緩病情進展，卻不能真的治癒，而且再拖也有到盡頭的時候。偏偏整個太醫院翻盡各種醫書和典籍也沒能找到疾病的根源，皇城開始從外界尋訪民間大夫，可是效果也不大。

有太醫也提出太子是不是中了毒，可他們在太子的飲食、衣物甚至玩具書籍中都沒找到有毒的蛛絲馬跡，這種猜測也只能不了了之。

謝懷章和容辭都不放心別人，有了彼此倒能輕鬆一些，兩人輪換著照顧孩子，謝懷章有必須處理的政事便留容辭在內，容辭若撐不住了便讓謝懷章來，為了更有精力照顧圓圓，容辭即使見了飯菜就反胃，也還是逼迫自己吃下去，吐出來仍繼續吃，早晚能留一點在腹中就不怕餓死。

可即便是這樣，即使有了父母全心全意的照顧，圓圓的病還是一天重似一天，到最後便開始了長時間的昏迷，除了清水，連粥都餵不怎麼進去了。

謝懷章見狀便是再想往好處想也騙不了自己了，看著容辭像是往常一般替孩子擦拭臉蛋，即使已經很長時間得不到回應也一遍遍的跟他說話，她不過數天就已經瘦了好些，手腕幾乎只能摸到骨頭，幾天睡不著覺讓她眼底青黑，偏偏眼中卻炯炯有神，精神反常的亢奮，一點也不顯得疲憊。

這樣的她讓謝懷章在心裡隱約生出擔憂恐懼，他怕最後若留不住孩子，連容辭也一併失去，那……他一個人活在世上還有什麼意思？

皇太子病重的陰雲籠罩著皇城上空，整個京城似乎都安靜了下來，所有人都默默的等候著大明宮傳出的消息，這樣的氛圍裡，昭文四年的最後一天匆匆而過。

除夕當天，原本宮裡該張燈結綵大擺宮宴來迎接新年，可現在所有人都不敢提這一茬，皇帝在為愛子的性命擔憂，即使新年到來也不能引起他分毫的興趣，相反若是有人在皇太子痛苦掙扎時大肆歡慶新年才是真的不想活了。因此，這天晚上京城靜悄悄的，不光沒有鞭炮禮花聲，比平時還要寂靜三分，連平民百姓都將子女的嘴巴捂上，似乎孩子的歡笑聲會傳到紫宸殿中惹怒皇帝似的。

太醫就在這樣的壓力下看著太子嘴唇變得乾枯，臉頰也出現黑色的紋路，面色變得青白，明白再不通知陛下，拖到最後便只能跟著太子一起走了。

幾個太醫你推我我推你把皇帝叫到外間，支支吾吾的表示太子的情況可能拖不下去了。

謝懷章這幾天一直擔心的情況終於在太醫的嘴裡得到了證實，即使早有預料還是覺得難以接受，他眼前烏黑一片，險些栽倒在地上，旁人慌忙去扶，他卻自己站穩了，轉頭看著室內的容辭還伏在床邊定定的看著孩子。

他緊緊的閉了閉眼，移開視線不忍再看下去。

謝懷章心裡像被火灼燒一般，又不敢在容辭面前表露出來，便乾脆帶著趙繼達出了紫宸殿，來到奉先殿。

奉先殿是謝氏皇族供奉歷代先祖的地方，非重大儀式或者先人忌日輕易不曾有人踏足，整個殿中雖點著無數明燭，算得上燈火通明，卻總是瀰漫著陰森之感。

謝懷章毫不在意，他注視著先祖的畫像牌位，大梁至今傳承了四代，加上被追封為帝的太祖之父也不過五任皇帝，在牆上掛著的有四位，還有與其並立的五位皇后（加上太祖繼后）。

謝懷章從最前面一個開始依次跪地叩頭，每一次都無比虔誠，嘴裡不停地說著祝禱之詞，他的話聽在趙繼達耳朵裡瞬間讓他震驚得瞪大了眼，他很想制止，卻不敢在這個時候多做什麼，只能看著皇帝一次次的跪在畫像前祈願。

等到了先帝的畫像牌位前，謝懷章先是一頓，隨即面不改色的照舊跪下，用與對其他先祖一般無二的恭敬態度向他磕頭——這可能是謝懷章一生中對昌平帝跪得最心甘情願的一次。

出了奉先殿，謝懷章低聲向趙繼達問道：「谷餘什麼時候能到？」

趙繼達算了算，有些嘆息。「最快也要明天了。」

謝懷章深吸了口氣，點點頭表示知道了。

谷餘是最後的希望，但也只是希望而已，即使再高明的大夫也並不是神仙，謝懷章甚至不敢將谷餘有可能趕到的消息告訴容辭，萬一他趕不到，或者趕到了卻治不好，希望之後便是絕望，容辭絕對受不了這打擊。

跟在謝懷章身後，趙繼達猶豫道：「陛下，您剛才怎麼能說那樣的話呢？若是先祖有靈……」

謝懷章身著狐裘站在雪地上，抬起頭遙望著廣袤無垠的天空，最終輕聲說道：「若是先祖有靈讓朕得償所願，豈不是更好嗎？」

大年初一晚上，容辭握著圓圓的手在床邊瞇著眼睛歇了一會兒，突然手中一緊再是一鬆，孩子的手從她的手心滑落。她立即驚醒，馬上察覺到不對，她顫抖的伸手探了探兒子的鼻息，卻沒感覺到有任何動靜……

「太醫！太醫！」

太醫們慌忙上前把脈，見這情景就知道這時候灌藥已經來不及了，只得用銀針急救。

謝懷章剛剛從奉先殿回來就看見這一幕，馬上將幾乎滑倒在地上的容辭拉起來扶住。看著眼前混亂成一團的場面，容辭恐懼的揪緊了謝懷章的衣襟。

謝懷章咬緊了牙關握著容辭的手，直到一個個太醫滿頭汗水的退下來，每一個都是一臉惶惶，不敢與兩人對視，他的心猛然沈到谷底。

容辭掌心冰涼，胸口一團氣頂得她無法呼吸，圓圓緊閉雙眼，數十根銀針扎在身上都沒有半分回應，眼看就要不行了，就在連太醫都要放棄時，李太醫咬牙一狠心，將最後幾根針從百會、水溝等處重重的扎下去，銀針入體，圓圓終於有了反應，他眼皮動了動，微弱的咳起來，呼吸雖弱，胸膛總算有了起伏。

李太醫長長的吐出一口氣，額上的汗珠將頭髮都濕透了。

「救回來了——太子有呼吸了！」

「活過來了！活過來了！」

謝懷章也不免面露狂喜之色，正待扶著容辭上前看兒子，剛低頭就驚見她漲紅著臉按著胸口，滿臉的痛苦之色。

「阿顏、阿顏妳怎麼了？快，太醫快來瞧瞧夫人。」謝懷章剛從兒子險些喪命的驚懼之中脫離，就見容辭也有不好，登時急得頭重腳輕，莫名想起了前幾日她說過的話——

「若能拿我的命換……」

謝懷章緊繃著臉喚來太醫，但他們還沒來得及近身，容辭的喉頭就費力的動了動，張開嘴一口血就噴了出來，她下意識的用手去捂，血卻從指縫裡流了出來。

容辭在謝懷章驚恐的神色中前後晃了一晃，眼睛一翻便昏迷在他的懷中。

「阿顏！」

等太醫們戰戰兢兢地給容辭把了脈，一顆心這才落回到肚子裡，這段時間只要從他們嘴裡說出來的都是噩耗，從沒有好消息，要是他們是患者的家人也早就心生厭惡了，這次太醫們總算沒再當烏鴉，爭先恐後道：「回稟陛下，端陽夫人是抑鬱氣結瘀血於胸，若日久恐生不測，方才先是大悲後又大喜，情緒氣息激盪，身子一時承受不住，反把瘀血吐了出來，這不算是壞事，還請陛下放心。」

謝懷章看著床上緊閉雙眼的容辭，卻沒露出喜色，反問道：「吐血之症既是無礙，那旁的呢？她的身子可還康健？」

太醫剛剛報了好消息，這時卻俱是一愣，支支吾吾起來。「這、這……若之後情緒恢復如初，不再抑鬱難解……便、便……」

謝懷章深吸了一口氣——圓圓這個樣子，阿顏的心情怎麼可能好，太醫的話說來好聽，但深意就是只要太子痊癒，容辭就不藥而癒，一旦太子有什麼不好，她這些天熬油似的把身體熬得精力抽乾，全靠想清醒著照顧孩子的一口氣撐著，一旦遭受打擊……恐怕便會有不測。

太醫道：「請陛下想法子開解夫人……讓她分散注意力，想來不會有事……」

這話他們說著都心虛，端陽夫人把太子視作親生，現在就是天塌下來也不能把她從太子病床前拉走，陛下也更無法可想。

謝懷章沈著臉擺擺手。「你們去伺候太子吧，再仔細些。」

容辭昏迷了其實也就是一刻鐘，現在圓圓危在旦夕，她便是昏倒也昏不安心，不多會兒就幽幽轉醒。

她睜開眼見到謝懷章守在床前，第一句話就是：「圓圓怎麼樣了？」

說著便坐起身來準備下床。

謝懷章忙摁住她的手腕，感覺她像是瘦得只剩骨頭。「他沒事，妳先不要急，多休息一下，太醫都守著呢。」

容辭頭還暈著，她揉著額角搖頭道：「我沒事，就是看到他被救回來太高興，這才……」

「……阿顏，妳這樣不行。」謝懷章打斷她。

容辭的手頓了頓，抬起消瘦的臉頰看著他，謝懷章臉色凝重，嘴開合數次，還是儘量鎮靜道：「圓圓的病若是好了固然皆大歡喜，但萬一他……」

「你別說這話……」容辭哀求道：「孩子現在還醒不過來，咱們做父母的不要說喪氣話好不好？」

「……就算沒有孩子，妳身邊有那樣多的人關心妳，妳想想妳母親，想想……我……」容辭很不想聽他說「就算沒有孩子」的話，但還是道：「二哥，咱們能不能先不說這些？」

她鼻子發酸很想哭，但這段時間她的淚流得太多，現在眼眶乾涸，心裡再難受也流不出一滴淚。「我現在根本顧不到別的，圓圓就……」她哽了一下。「就剩下一口氣了……有什麼事以後再說不行嗎？」

她說著下了床就要回去，卻不想被謝懷章拉住了手，他先是緊閉雙唇，下巴的線條繃得稜角極其分明，然後才開口道：「阿顏，妳懷這孩子是不得已的不是嗎？」

容辭腳下驟然停住，猛地回頭不可置信的望著他。「你這是什麼意思？」

這房間也在紫宸殿偏殿中，緊挨著圓圓的臥室，算是他日常活動的地方，本來也有不少宮人，可是全都被謝懷章打發走了，只留了趙繼達一人在旁伺候。

趙繼達從剛才聽皇帝的話就覺得不好，現在更是渾身汗毛都豎了起來，他簡直不敢相信自己主子竟在一個母親的面前說這話……即使出於好意，未免也太讓人難受了，況且容辭還是一個正面臨孩子性命垂危的母親——她們這個時候是沒有理智的。

按規矩他不該在主子說話時插嘴，更何況這種夫妻吵架的時候，旁人摻和進去就是一個死，但他是真一心一意為了主子好，這時候不得不硬著頭皮來打圓場。

「夫人、夫人息怒，陛下他是關心則亂，不是……」

「你退下。」謝懷章直接道。

等趙繼達心驚膽戰的退到一邊，謝懷章面對著容辭，視線卻微微偏移，慢慢道：「圓圓本就不是妳期待的孩子，他的出生也是陰差陽錯……」

容辭的胸口劇烈的起伏，她盯著他一字一頓道：「陛下，你把剛才的話再說一遍！」

謝懷章抿著唇，繼續道：「孕育他給妳帶來的只有痛苦，他能出生本是意外……若上天要修正這個意外，妳就當他從未……」

——啪！

一個清脆的耳光打在了謝懷章的臉上，一旁的趙繼達驚呆在當場，用雙手緊捂住嘴巴才止住驚呼。

謝懷章面色絲毫沒有改變，好像被搧了一巴掌的九五之尊不是他本人一般，低著頭語速不變道：「——從未出生過。」

容辭幾乎要被氣瘋了，她倒退了幾步喊道：「圓圓是不是意外是不是痛苦只有我才有資格評論，我說是就是說不是就不是，不論以前怎麼樣，現在他就是我的寶貝，你有什麼資格說這種話？真正讓我痛苦恥辱的根源是你不是孩子！」

室內溫暖的溫度幾乎被凍成冰封的，就在兩人僵持的時候，遠遠傳來方同興奮的聲音。

「陛下，主子！奴婢與陸都督前來覆命——谷大夫接來了！」

兩人同時一愣，容辭先反應過來，也顧不得再跟謝懷章爭執，直接推開他衝了出去。

謝懷章也馬上回神，幾步便追上了容辭，拉著她與她一道回到了圓圓的臥室。

谷餘八、九十歲的人了，即使保養得再好，經過數日的日月兼程趕路也很是吃不消，渾身蔫蔫的，皺紋都多了幾條，但人命關天，再疲憊也影響不了他的醫術，便也沒休息，直接到了病床前把脈。

容辭站在謝懷章身邊，兩人怕打擾谷餘思考不敢靠近，但兩雙眼睛卻緊緊盯著他。容辭已經把剛才和謝懷章的爭吵瞬間拋到了九霄雲外，就像她說的，除生死之外無大事，現在圓圓的性命才是最重要的。

谷餘將兩隻手的脈象都把了一遍，隨即皺著眉頭將圓圓的嘴巴撬開，仔細查看了舌頭和嘴裡潰爛腫脹之處。

「再重新把他的病情症狀從頭到尾講一遍。」

這時太醫們也不嫌棄民間大夫搶自己的飯碗了，巴不得全天下都是神醫，一帖藥就能把太子治得活蹦亂跳，好解救他們於水火，紛紛七嘴八舌將這病仔仔細細的講了一遍，這一遍講得尤其細，甚至說到了太子莫名其妙發的兩次熱，還有他比平時嗜睡的症狀，甚至連口味略有變化也講到了。

谷餘摸著鬍子邊聽邊點頭，剛才只看圓圓身上的體徵他差不多就有判斷了，此時瞭解始末就更加確定，聽罷就叫來紙筆，二話不說先開起了藥。

他的動作讓容辭和謝懷章都很激動——一個大夫若不是胸有成竹，不會這麼快就斟酌好藥方的。這幾天宮裡任何一個太醫開個處方都要糾結半天，總是拿不準不敢下筆，寫好了還要眾人都討論一遍才肯抓藥。

「谷大夫，您這是有法子了？」李太醫揪著鬍子問道。

「若再遲一、兩天，天王老子也難救了，現在麼，不說十拿九穩，六、七成的把握是有的。」

天下所有大夫都是這毛病，就算再有把握也只會往小裡說，這話外行，像是謝懷章和容辭聽了還會緊張，太醫們反倒放了心。

李太醫像是撿回了一條命般呼出一口氣，但又有些好奇這究竟是什麼病？所有人都束手無策，他卻有這樣大的把握能治好——要知道，太子真的眼看就不行了，他問道：「這究竟是什麼怪病？」

谷餘一邊飛快下筆，一邊在所有人緊張的視線中斬釘截鐵道：「非是病，而是毒！」

第二十三章

谷餘的藥終於對了症，當天夜裡，圓圓持續了多日的低熱終於退去，雖人還沒有醒，但這已經是之前從未有過的好轉了。

容辭幾乎喜極而泣，摸著圓圓已經恢復尋常溫度的手，不捨得放開。

第二天上午，孩子那起伏微弱的胸膛動靜慢慢變得越來越明顯，脈搏也不像是瀕死之人的脈象了，太醫們嘖嘖稱奇，之前他們聽過谷餘的名字，也知道這人被民間百姓譽為妙手神醫，還知道這名頭是家傳的，他早已過世的父親就曾獲此讚譽。

太醫們當初嘴上都說很是佩服，有機會見面一定要好好討教云云，但都說文無第一武無第二，其實醫術這玩意兒和文采一樣，這些太醫嘴上說得謙虛，其實在太醫院供職的太醫都算得上天底下醫術最拔尖的，又怎麼可能沒有傲氣？心裡對谷餘的名頭未必是沒有腹誹的，多的是人私下裡說那群百姓沒見過世面，隨便什麼三腳貓碰巧治好了幾個看上去嚴重的病症，就能吹噓成神醫了。

但今時不同往日，現在把他們折磨得欲生欲死的怪病就這樣被谷餘三下五除二解決了，雖然還沒完全治癒，但這裡都是內行人，他們用盡全力也不過是延緩病症加重，可人家區區一天就能讓太子明顯好轉，這就不能不讓他們懷疑自己幾十年的醫術都是白學的了。

「這不是醫術高低的問題，不過是老頭子我多走了幾步路，多見識了幾種藥物罷了。」

谷餘對這些開始被他弄得懷疑人生的同行小輩還算客氣，解釋道：「若我第一次碰上這病，不知它的來歷緣由，一樣會束手無策，現在開的解藥看上去效果神奇，實際不過是因為我在雲遊時曾碰上過這種奇藥，也僥倖在此藥的產地跟當地人瞭解過如何去解罷了。所以說，我們的醫術之差並沒有你們想像的那般大，有的不過是經驗多少的差別。」

眾太醫這才有所釋然，紛紛讚揚谷餘見多識廣，可比他們這些井底之蛙強上百倍。

谷餘聽得頗為得意，過了一會兒眾人散去，只剩下李太醫在，他很是憂慮的問了一聲。

「谷神醫……您說殿下是中了毒，可是我等曾奉命仔細查過殿下的住處，並沒有發現任何不妥，我們雖無能，辨不出是病是毒，但若毒物真的就在眼前，也絕不會視若無睹的。」

「嘖，」谷餘道：「我是管治病的，查案可不是咱們當大夫的長處。」

「神醫，您久居民間，並不瞭解宮廷，太醫院看著風光，實際上上下下都是把腦袋別在褲腰帶上活的，陛下雖比之前幾位理智些，那也不過是沒被戳中痛處，這次若太子或者郡夫人哪一個出了事，陛下都不會善罷甘休，若是查不出個所以然來，我們就是最好的頂罪羊——誰叫我們不僅沒照顧好太子，連他從何處沾染的毒物都弄不清楚？」

谷餘沈吟了片刻。「這藥對大人沒什麼作用，只有小兒嬌嫩之體沾上才會出禍端，而且太子之前輕微毒發過兩次，可見藥量並非是一天之內就加重至此，必然是一點點累積——甚至不是直接經飲食從口而入的，然後又因某種契機，導致病症突然爆發——不過這些你們陛下未必沒有想到，就由著他去查吧，咱們還是先把太子瞧好再說。」

李太醫點頭表示同意。

藥物一對症，這病的風險驟降，效果也出奇得快，圓圓兩服藥下去之後，沒多久就迷迷糊糊的睜開了眼。

容辭一直守在床邊，第一個發現了兒子的動靜，頓時又驚又喜，摸著他的臉喚道：「圓圓、圓圓快醒醒！」

圓圓努力將那條眼縫撐大，他年紀還小，根本不知道自己一隻腳踏進了鬼門關，好不容易才出來，只以為自己生病睡了一覺，醒來看見母親在身邊倍覺安心，他的嘴輕輕的動了動，容辭見了忙道：「你想要什麼？喝不喝水？」

圓圓的頭用力向容辭的手邊挪了挪，用臉蛋蹭了蹭她溫軟的掌心，張開嘴竟然嘶啞的出了聲。「……餓。」

容辭見他竟然能說話，還會喊餓，高興得不知道該說什麼好，只能高聲道：「來人！太子餓了，快去準備吃的！」

殿內的宮人見了也都歡欣鼓舞，忙去御膳房傳膳，更有機靈的，乘機去把好消息通知了謝懷章。

圓圓數日沒有正經吃過飯了，脾胃虛弱至極，太醫們都特意囑咐只准進清粥，旁的一概不許呈上，御膳房便以極快的速度做好了一碗白米粥端上來，與之同道的還有聽到消息快步趕來的謝懷章。
容辭見他來了，略有些不自在，他卻像之前的爭執沒發生一般彎下身將她與圓圓的手一起握住，溫聲道：「好孩子，你可算是醒了，把我和你母親的三魂七魄都嚇丟了。」
圓圓不明白這是什麼意思，只能歪著頭疑惑的瞅著他。
謝懷章看他好轉了這樣多，並且精神尚佳、思維敏捷，與之前奄奄一息讓人心疼不忍多看的樣子截然不同，梗在胸口的那塊石頭總算移開了大半。
容辭淺笑著看著他們父子說話，將那碗粥端過來，吹涼了用湯匙餵給圓圓，這孩子可能確實餓了，也不管嘴裡喉中的隱痛，乖乖的一口嚥進。
謝懷章與容辭相視一眼，彼此臉上都不約而同的浮現了笑容。
等到第二口餵到圓圓嘴邊時，他卻不肯張嘴了，將容辭的手略向外推了推。
容辭擔憂道：「怎麼不吃了？可是嫌味道太寡淡了？你先忍一忍，等病好了，想吃什麼都依著你。」
圓圓搖了搖頭，費力道：「娘——也吃……」
容辭的手猛地一顫，眼睛裡便有了熱意，她掩飾的移開了視線，將那勺的粥吃了。
這粥裡除了白米什麼都沒加，她卻覺得從沒吃過這麼美味的東西，吃到嘴裡只覺得又香又甜，竟勾起了久違的食慾，不知不覺陪著圓圓你一勺我一勺的將大半碗都吃完了。
謝懷章在一旁看著也欣慰，不只為孩子，更加為容辭，要知道她這些天吃了吐吐了吃，但留在肚子裡的不一定比圓圓吃的多，現在一看，果然就如同太醫說的，只要心病去了，便萬事周全、百病皆消，現在也能吃得進東西了。

他看圓圓吃粥的速度開始變慢，知道他已經飽了，便捏了捏他的鼻尖，玩笑道：「只肯分給你娘吃嗎？父皇可還什麼都沒有吃呢。」

圓圓已經吃飽了，聞言便大方的將粥碗推到了謝懷章和容辭之間，示意讓他們二人分著吃。

容辭現在是萬事都肯依著圓圓的，她看著碗中只有一個勺子，便想讓宮人再拿一個，不想謝懷章卻搶先拿了勺子，還沒等容辭制止就吃了進去，接著在容辭不滿的視線中重新盛了一勺，含笑送到她唇邊。

容辭頓了頓，想到他們都已經……現在說不想和他共用勺子未免顯得太過矯情，便忍下心裡的彆扭，輕輕瞪了謝懷章一眼，最後還是順從地低頭，就著他的手將粥喝了。

他們一家三口共用完了一碗粥，圓圓到底還未病癒，精神撐不了多久，過沒一會兒就心滿意足的睡著了，接著谷餘便與眾太醫前來診脈。

容辭聽他們你一言我一語，說的都是再過幾天就能將餘毒拔盡，再好生休養一段時間，應該就能徹底恢復，她心裡越發鬆緩，這些時間她沒睡過幾個時辰的覺，都是晝夜煎熬的看著孩子，生怕一沒注意，他就會在昏睡中離世。

現在憂慮盡消，她的身體終於有些扛不住了，之前隱藏在內的疲憊通通展現了出來，讓她覺得睏倦非常，在太醫還在說話的時候就趴在床頭睡著了。

謝懷章見狀，輕輕將她打橫抱起，毫不費力的抱到了正殿寢宮中，將她放在床上，拒絕了宮女的服侍，親自將內側的被子扯過來替她蓋上。

容辭睡夢中略有所覺，慢慢張開了眼睛，靜靜地看著他。

謝懷章一怔，隨即替她將被子掖好，輕聲道：「妳累了，趁這個時候好好睡一覺，兒子那邊我去盯著。」

容辭垂下眼點了點頭，半晌才道：「谷大夫說的毒可有眉目了？」

提起這個，謝懷章眼神中的溫柔盡褪，露出了不常顯露的凌厲。「紫宸殿守得跟鐵桶一般，不承想還是被歹人鑽了空子，只是圓圓那邊的東西都已經查了無數遍，都沒有半點收穫……」

「谷大夫說得絕不會有錯，但凡是毒都會有跡可循，可為什麼……難不成是在乳母……不，這還是不對……」

後宅傾軋，若想加害孩童又不好直接下手，一般都會從奶娘身上下手，方法就是給她服用對大人傷害很小的藥物，奶娘的身子並不會顯出什麼症狀，可是吃她奶水的小孩子就會深受其害，從而引起小兒生病或者夭折。

但圓圓十個多月時便已經斷奶，兩個乳母也並不曾餵過他奶水，這個招數無法用在他身上。

謝懷章的眼垂下，遮住了眸中的陰霾。「圓圓那邊的東西既然沒有問題……我大概知道那些歹人的想法了，現在正派人去查——妳別急，我不會輕易放下這事的，到時候該算的帳一筆也不落下。」

他說著摸了摸容辭的頭髮，放緩了語氣。「那天是我說錯了話，妳生氣可以，但不要再氣壞了身子。」

容辭正跟他說中毒的事，不承想他話鋒一拐又提及了這個，便冷哼了一聲，翻身背對著他。「你倒是知道自己說的是混帳話……我要睡了，你自便吧。」

謝懷章輕嘆了一聲，最後試了試她額頭的溫度，起身去了偏殿。

容辭躺在床上還沒來得及閉上眼，就有宮人來通報說是趙總管求見。

她坐起來讓趙繼達進來，疑惑道：「趙公公可是有話要與我說？」

趙繼達躊躇了一會兒，看出容辭神情疲憊就不敢再拖，便道：「夫人，之前那天陛下說那絕情的話是有緣故的。」說著就迅速將那日太醫談及容辭身體狀況不容樂觀的事複述了一遍，接著道：「您當時吐了一地的血，把陛下急得什麼似的，小爺又是那樣的情況，太醫們都說若是他有個三長兩短，您大概也會跟著不好……這不是要陛下的命嘛。」

容辭默然不語，半晌才低聲道：「我又何嘗猜不出來呢……」

她便是一開始被他的那些混帳話激怒，可是等谷餘來了，她從憤怒中醒過神來，便想到謝懷章本不是那樣的人，他在圓圓面前不只是父皇，而更像個普通又慈愛的父親，他疼愛孩子的一舉一動都發自內心，絕不是假的。

容辭一旦回憶起自己的愛人是什麼性格，便知道那話說得必有緣由，再一細想自己當時的狀況，還有什麼猜不出來的呢，這份心意自然是為了自己。

只是……

她吐出一口氣。「當時太子能不能活下來尚未可知，不論因為什麼，他都不該說那樣的話，我當時聽到的第一反應就是，若是那孩子知道他父皇說過這樣的話，他該有多麼傷心……」

趙繼達其實也是這麼想的，他甚至覺得皇帝在那時候說那話就是上趕著找罵，可到底是自己的主子，他也只能硬著頭皮幫著說和，怎麼著也不能火上添油。

他苦著臉無奈道：「陛下是什麼性子您清楚，他的心事藏在心裡輕易不與旁人提起，心裡有苦楚也不說……您知道當時太子病中，他在奉先殿祭奠是怎麼說的嗎？」

容辭低頭不言語。

趙繼達嘆道：「陛下挨個兒對著眾位先祖祈願，連先帝都沒漏下，他說『願以身代之，以求得愛子平安，縱百死不悔。』唉，夫人啊，陛下不是不愛惜太子，他視小爺重逾性命，只是——他更加不能失去您哪。」

小孩子的身體遠比成人強健，病起來如山嶽崩塌，一度使人束手無策心急如焚，可是但凡要病癒，那速度也比大人們好得快多了，圓圓就這樣在眾人的眼皮子底下越來越活潑，嘴裡的瘡也飛速癒合，沒幾天吃起東西來就很方便了，也不嚷著喉嚨疼了。

皇帝眼見兒子脫離了危險，解決了後顧之憂，終於能全心全意的騰出手來徹查毒藥之事。

既然太子住的偏殿中真的毫無破綻，這次司禮監帶著幾個最能識別毒物的太醫直接奉皇命將整個紫宸殿翻了個頂朝天，沒放過任何可疑的東西。

畢竟太子日常活動的地方除了偏殿，便是皇帝處理政務的正殿，其次是御駕寢殿。

即使在谷餘咬定圓圓是中毒的時候，謝懷章就已經隱約有了猜測，可是當證據真的擺在面前時，才發現這種怒火真的不是單單用理智可以平息的。

容辭坐在他的身邊，看他拿著摺子的手都在顫抖，便嚇了一跳，她忙按住謝懷章的手。

「二哥？」

謝懷章將摺子遞給容辭，緩緩道：「妳確實應該怪我的。」

容辭一愣，低下頭仔細看上面寫了什麼。

片刻之後，她將奏摺一合，驚疑的抬頭與謝懷章對視。

謝懷章面上緊繃，眸光一片晦暗。「妳看到了，他們是利用我——一國的皇帝，也是太子的父親來害他，妳那天打得對，我……真是不配為人父。」

容辭看到真相也是驚怒交加，恨不得將幕後之人碎屍萬段，但此時謝懷章的反應更加讓她擔心，她憂慮的去握他的手，覺得平常溫暖堅定的手掌此時冰涼一片，在這地龍炙熱溫暖的室內握起來就像握著一塊冰一般。

底下前來稟報結果的方同眼觀鼻鼻觀心，眼神絕不亂看，就算真看到了什麼不該看的也當作沒看見。

方同現在是屏息凝神，他其實挺理解皇帝陛下此時怒意滔天的心情。

他們將整座宮殿翻來覆去的搜了一遍，起初並沒有什麼效果，就在皇帝沈著臉一催再催，他們幾乎被逼得焦頭爛額時，方同不知道哪根弦連上了，突然靈光一閃，一下想到了他們還有沒查的地方，立馬請來了御用監的掌印太監，向他索要了近半年內紫宸殿中廢棄之物。

作為一國之君，皇帝的日常用度自然不凡，就算謝懷章並不喜愛奢靡，可也萬萬沒有讓聖上一直使用舊物的道理，因此他所用的毛筆等物一般隔上個把月，不等用舊便會換新。且宮內的規矩，凡是御用之物一概不許隨意丟棄，都交由御用監封存留檔，監內便有專門存放此類物品的倉庫，直到這一任皇帝駕崩，才會根據遺詔或是隨葬或是付之一炬。

事關太子，御用監的譚掌印即使再不甘願也不敢拒絕，磨蹭了一會兒只得帶著方同一行人返回監內，親自取了只有他一人可用的庫房鑰匙，打開大門，請方同進內查驗。

當著御用監十餘人的面，方同打開相應的幾個匣子，並沒有看出哪裡不妥，接著又請了太醫前來。

李太醫幾個不只隨叫隨到，還叫上了谷餘一道。然後拿出匣子裡的東西細細翻看，一開始還正常，直到打開標注著四年臘月的匣子，谷餘查過了幾份寫廢了的紙張之後，又撿起了一枝朱筆。

他單看了一眼其深紅的色澤，表情微妙了起來。「這顏色……你們陛下的御筆都是這樣的嗎？」

譚掌印上前道：「陛下用來批摺子的朱筆向來是這樣的，與旁的不一樣。」

谷餘聞過之後，用桌上的茶水沾了沾手，又用手緊握毛筆，過了好半天，他鬆開筆，將自己的手伸到幾個太醫面前。「可有顏色？」

這手掌乍一看沒什麼不同，但若是貼近了仔細看去，便能見掌紋中十分淺淡的粉紅色，因本就與掌心顏色相近，因此十分不易察覺。

「這、這是？」

谷餘用清水將手掌沖洗，又要來了烈酒仔細擦拭了一番，這才道：「這叫做赤櫻岩，是南邊坡羅國邊境一山脈處特有的礦石，顏色或粉或紅，小兒接觸少許之後便會發熱，若時間不長，便很快熱退，可若是用得多了，便會首先高熱不退，出現類似天花的疹子，疹消後出現熱毒上攻心脈之症，口舌生瘡喉頭腫大不能進食，之後高熱轉為低熱，病症卻會更加凶險，之後患兒要不就是被心火灼熱致死，要不就是因為不能飲食活活餓死——總之，就是太子所經歷的病症。」

眾人倒抽了一口冷氣，心驚於幕後之人的狠毒與殘忍。唯有御用監的眾人心驚膽戰，要知道御用之物都是從此監經手，再派往紫宸殿的，這裡當真出了紕漏，他們便都脫不了干係。

「這不可能！天下筆墨都以湖州為冠，御筆都是他們精心挑選最上等者進貢皇城，不是什麼坡羅國來的，況且這是陛下批紅所用朱筆，任何人不得擅動，太子殿下也不例外，即使這筆有問題，又跟殿下何干？」

方同冷冷的瞥了他一眼。「這就不勞譚掌印費心了，煩勞你們跟兄弟們走一趟吧。」

他現在看著威風，其實手心背後全是冷汗，這是因為他已經大致猜出了這毒是通過什麼手段讓太子沾染上的，若這猜想屬實，那真凶未免也太歹毒了些——利用陛下愛子之心來暗害太子，真是殺人還要誅心，他都不敢想像陛下得知真相後的反應了。

毒物來源查清楚了，但是這筆是怎麼混進御用監的、主使者是誰、中間又有多少人經過手，這些都還未知，需要時間查明白，方同擦著冷汗將事情說清楚，就忙不迭的告退。

謝懷章始終一言不發，宮人們就像是泥塑石雕的立在一旁，容辭看了看謝懷章的神情，先讓其他人出去，然後半跪於御座前由下向上注視著他的眼睛。

她將雙手放在謝懷章手上。「二哥，你在想些什麼？」

謝懷章反握住容辭，語速緩慢而艱難。「妳真該責怪我的……是我險些害了孩子。」

「你在說什麼啊？」容辭微微蹙眉，憂慮道：「冤有頭債有主，總不能現在還沒找到真凶就急著把罪名背到自己身上吧？」

謝懷章輕輕的摩挲著容辭變得有些消瘦的下頷，目光像是一片純黑的夜幕，沒有一點光亮。「以前還猜測凶手是從圓圓的乳母身上下的手，將那兩人翻來覆去的查了好久都沒看出不對。」他說著竟然輕輕的笑了，但眼中卻沒有半分笑意。「我們都忽略了一點，旁人對孩子的乳母下手，是因為幼童平時最常接觸的人就是以奴僕之身暫代母職的奶娘，可是圓圓不同，他是我親手帶大的，連處理政務時都不敢讓他遠離——他最常接觸的人不是乳母，而是我。」

是的，毒藥確實是被下在朱筆的筆身上，赤櫻岩有紅有粉，下手之人選擇了粉色的藥沫滲入筆中。眾所周知，皇帝每天都要批摺子，長時間握筆，手掌不可避免的會微微出汗，赤櫻岩遇汗水則化，沾到他的手掌上，因為其色淡粉，輕易不會被人察覺，若及時用烈酒清洗還好，但若沒及時淨手，或是只用清水擦拭，藥物沾在掌紋中留存，再與圓圓接觸……

謝懷章仰起頭。「果然是思慮周到全無破綻，一開始只是在處理政務期間偶爾哄一哄圓圓，他便只是輕微的發了兩次熱，是我後來因為不放心，搬到他房裡邊批摺子邊守了他一夜，這才使毒物入體的量加重，一入心脈便不可收拾——呵，不知是什麼人有這樣的遠慮，連我的反應都算到了。」

容辭當然不會因此事怪他，設身處地的想想，若那人是利用自己的拳拳愛子之心來傷害圓圓，連累得他險些送命，那自己的心情……自責崩潰恐怕也不比他少到哪裡去。

她跪坐在地毯上，輕輕將頭枕在謝懷章膝上。「你要是覺得愧疚，便一定找出真凶給孩子報仇，那人處心積慮行此誅心之舉，想來也不只意在太子，我若真的因此怨恨你，豈不是令親者痛，仇者快嗎？」

謝懷章心中滋味複雜，因為之前那番爭執，容辭一直餘怒未消，可現在他最痛苦自責的時候，她卻站在他這一邊，反過來安慰他……

他握著容辭的胳膊將她拉起來，讓她坐在身邊。

容辭則是冷不防被他突然一拉，坐下之後才反應過來現在她身子底下的是代表至高權力的龍椅，立即便想站起來，但謝懷章牢牢按著她使她動彈不得。

她嗔怪的推了推他。「你快放開些。」

謝懷章便伸出雙臂將她摟住。「不過是把椅子罷了，不值什麼。」

容辭聽他的語氣不像剛才沈重，想來心情也好轉了不少，便放下了那一分擔憂，窩在他懷裡道：「只是把椅子？那為什麼你們這些鳳子龍孫要為了它爭得頭破血流？」

「因為不爭便是人為刀俎，我為魚肉。」

謝懷章低頭吻了吻容辭的髮頂。「我本慶幸是我最終搶得了這椅子，可以護得你們母子周全，誰知……」

容辭聽了想抬頭，卻被他的手掌壓住後腦。「宮廷中自來就有這樣多的毒辣手段，先帝在時，後宮中群芳爭豔，鬥爭尤為殘忍，皇子皇女加起來夭折了不下二十人之數。」

感覺到容辭在自己懷裡瑟縮了一下，謝懷章順著她的脊背撫慰著。「我年幼時剛住到東宮，沒有母親庇佑，試菜的太監都折了好幾個，很長時間連正常的飯菜都不敢入口，只吃些沒有味道、不容易下手的白粥頂餓……那時候同樣是太子之尊，卻連飯也不敢吃，餓得比圓圓瘦多了。」

容辭聽得揪心極了，她帶著怒意道：「先帝當真一點都不管嗎？虎毒還不食子呢！」

謝懷章沈默了片刻。「我不知道。」

「什麼？」

「我不知道他到底是什麼心思，飯菜中有毒，路過水池的路上被抹了菜油，連東宮的轎輦都被人動過手腳，要是我的運氣再差一點，有多少命都不夠送的，可東宮的人想向他稟報這件事，求他保護我這個兒子，他卻只推說忙，連一面都不見。

「等到福安姑母知道這件事才捅到紫宸殿，據說他當時很是沈默，雖不高興，但也不憤怒，只說隨姑母處置，姑母為了殺雞儆猴，很是處置了一批人，把後宮弄得人仰馬翻，他始終未表意見，對小郭氏的告狀也同樣置之不理。」

容辭覺得這種曖昧不明的方式似曾相識，像是在誰身上見過似的，還沒等她細想，就聽謝懷章繼續道：「等我再大一點，有了自保之力，開始可以反擊了，那時我便想，若我有了孩兒，一定要做個好父親，將自己的孩子看得牢牢的，不許任何人碰他一根手指頭，可是現在想來，卻是我太過天真了。」

他將容辭抱緊了。「多謝妳沒有因此怪我，反倒耐心安慰，我本以為在妳心中，孩子的事遠重要於我……」

「你怎麼會這樣想？」容辭一頓，驚訝於他的不自信，她掙脫他的雙臂挑眉道：「我是圓圓的娘，自然把他放在第一位，但你和孩子都是我最重要的人，哪裡能分出伯仲呢？」

謝懷章的臉上一下子逸出了笑意，嘴上道：「妳這樣說我可當真了？」

容辭哼了一聲，但手卻輕輕撫上了他的臉頰，輕聲問：「還疼嗎？」

這是在問幾天前她打的那一耳光。

謝懷章將她的手輕壓在臉上，歪了歪頭道：「像小貓爪墊子碰了一下似的。」

容辭一怔，反應過來後就輕斥道：「呸，我是認真的，你怎麼又油嘴滑舌起來？」

「我說的也是真的啊。」謝懷章也忍不住笑起來。「我其實已經做好挨打的準備了，結果沒想到一點都沒感覺到疼。」說著笑容便消失了。「當時我就在想，我的阿顏竟然這樣虛弱，連打人都像是撫摸似的……」

容辭低頭看了看自己纖細的手指，聽謝懷章道：「我那時很害怕，因為我看過唯一一次女人打男子，就是我母親狠狠搧了先帝一耳光，力氣大得把他的臉都打腫了，她身子那般康健，最後還是鬱鬱而終，妳卻連打人的力氣都沒有……」

謝懷章的本意是想勸容辭愛惜自己的身子，她卻被這話裡其他的訊息吸引了。「娘娘曾經打過先帝？這又是為什麼？」

「那時我太小了，」謝懷章思索道：「只隱約記得像是先帝要把母親費心給我準備的啟蒙師傅指給大皇兄，母親忍無可忍，這才對他動了手。」

「後來娘娘沒事吧？」

「這倒不用擔心，雖然他二人在小郭氏進宮時便已經離心，不復之前恩愛，但先帝對母親還是頗為忍讓，偶爾得她一個好臉也能高興好多天。」

容辭想起先帝做的這些自相矛盾的事，實在難以理解。「做皇帝的心思都這麼難猜嗎？」

謝懷章聽了這話，一下子什麼感慨都沒了，他挑了挑眉，握著容辭的肩看她的眼睛。「妳才知道幾個皇帝，這說的是誰？」

容辭被他看得笑了起來。「就是先帝啊，還能有誰？」

謝懷章用手指刮了刮她的鼻子，認真道：「我和先帝不同，心思再明顯不過，妳不用猜，我喜歡妳、愛慕妳、想要娶妳，以有妳相伴而高興和自豪，恨不得全天下的人都知道，也沒有什麼好遮掩的。」

容辭的臉不知不覺有些發紅。「誰跟你說這些了，怎麼能把這些話掛在嘴上……」

謝懷章重新攬住她。「這有什麼不好說的，情之所至，所說的都發乎於心，最真摯不過。」

容辭枕著他肩膀悶悶道：「剛認識的時候，你惜字如金，可沒跟誰說過心事，我瞧趙公公和宏小爺為了猜你的心思，嘴上急得都要長疱了。」

「今時不同往日，況且……旁人怎麼能跟妳比？」他輕輕說道：「妳即將是我的妻子，我們理應親密無間，坦誠相對。」

「夫妻便該如此嗎？」容辭有些迷茫，隨即自嘲道：「彷彿我之前成親是假的一般。」

這一點上謝懷章與她是如出一轍的運氣差，他們的頭一次婚姻都是令人一言難盡，可現在兩人親密的靠在一處，便是世上最圓滿的一對，之前的挫折彷彿都是真正幸福來臨前的考驗，再想起來只會感慨真愛難得，更想珍惜眼前人。

又過了幾天，圓圓終於被允許吃白粥之外的東西，御膳房便使出渾身解數，做了一桌子每盤都分量不多，但花樣繁多，令人眼花撩亂又不油膩的美食擺到了他面前。

圓圓之前其實已經有點大孩子樣了，喜歡在容辭面前表現自己已經長大，但是現在他大病一場，被容辭當作寶貝一般捧在手心怕摔了，含在嘴裡怕化了，在他醒著的時候寸步不離，照顧得無微不至。

徜徉在溫暖的母愛裡，圓圓顧不得他小大人的面子了，每每撒起嬌來比小時候還要厲害。

現在便是看著滿桌子的菜饞得都要流口水了，還是忍住不撲上去，而是賴在容辭懷裡打滾撒嬌，嚷著要她餵自己。

容辭現在對他正是無所不應的時候，看著一個勁兒黏著自己的兒子，別說是餵飯了，就算要她的心肝也能立馬給掏出來。

她在湯匙上堆了碧粳米，米飯上是帶著肉末的茄子和一點點青菜，力求讓圓圓每一口都盡可能吃到愛吃的菜。

圓圓坐在床上，靠在母親懷裡，把嘴巴張得老大，啊嗚一口把一整勺飯菜吃進嘴裡，滿足的瞇著眼睛嚼了好半天才捨得吞下去。

「好吃嗎？」

圓圓用力的點頭。「比白粥好吃多了！」

容辭便笑著接著餵，不一會兒便聽到宮人們口呼陛下行禮的聲音，她也沒回頭，繼續把一勺飯塞到兒子嘴裡，嘴裡道：「這便下朝了？」

謝懷章應了一聲，將披風和外衣脫下來扔到內侍手中，自己坐到圓圓邊上，故作不滿道：「我好不容易才讓他改了這嬌氣的毛病，怎麼這就又餵上了？他的乳母呢？總不能白拿俸祿，讓她餵就好。」

容辭本來還以為他是怕自己過於溺愛圓圓，嬌寵得他不願意自己吃飯，誰知還沒等她愧疚，人家的話就急轉直下，原來不是嫌圓圓嬌氣要人餵，而是嫌餵飯的人是自己……

乳母朱氏和湯氏就老老實實的侍立在一旁，萬萬沒想到他們說話還能扯到自己身上，急忙雙雙跪地道：「陛下恕罪，您是知道的，小爺一向是自己吃飯，從不愛旁人餵他……」

謝懷章也就是看著圓圓的待遇眼熱罷了，並沒有真的生氣，聞言只是揮揮手讓她們下去，輕輕擰了擰兒子的臉蛋。「不鬧旁人，專挑你母親鬧。」

圓圓得意道：「娘是喜歡圓圓才這樣的，旁人才沒機會呢。」

要不怎麼說這孩子聰明？旁人這麼點大說不定都還在乳母懷裡吃奶，他就能敏銳的察覺到父親的醋意，還能一句話正戳痛處。

謝懷章點點他。「真是白疼你了。」

容辭笑道：「你快別鬧他了，這飯還沒吃完呢。」

謝懷章果然不再說了，只是專注的看著兒子吃飯。

等把一小碗飯餵完，容辭把炕桌推到一邊，摟著圓圓問謝懷章道：「這幾天是有什麼事嗎？我聽到外頭像是有動靜。」

宮中規矩多，人人都得屏息凝神、規行矩步，走路沒有半點動靜才好，有時候明明宮人們走來走去的在忙差事，她閉上眼，卻覺得自己像是一個人在房裡似的。若不是事有緣由，絕不會弄得連容辭都能聽見聲音。

謝懷章道：「妳不記得再過幾天是什麼日子嗎？」

容辭忙著照顧孩子，兩耳不聞窗外事，早就不知道今夕是何夕了，現在還得掐著指頭算一算才恍然大悟。「呀，這麼快就要到正月十五了。」

「正是，除夕那天本有新年正宴，因為圓圓病著的關係，誰也沒心思辦，現在孩子也好得差不多了，上元宴便無論如何也不能省了，現在就在張羅此事呢。」

「還是含元殿嗎？」

謝懷章點頭。「是，每年只有幾次正宴設於此殿，其餘的都在麟德殿……還記得嗎？妳第一次得知我的身分就是在三年前的元宵節。」

容辭自然記得，甚至回想起來覺得還在昨天似的，連當時的細節都記得清清楚楚。

「已經三年了啊。」她先是感嘆，接著又想起了什麼，不禁揶揄道：「我還記得當初你面不改色的說要施恩圖報，要我看在你大冬天跳進池塘裡救了我的分上原諒你隱瞞身分。」

想到當初的情景，謝懷章反以為榮，輕笑道：「我說的難道不對嗎？妳這不是以身相……」

容辭忙掩住他的嘴。「快住口，圓圓在這兒呢。」

圓圓窩在容辭懷裡，睜著亮晶晶的眼睛正認真的聽父母說話，謝懷章摸了摸他的頭。「妳落水的那一次，這孩子還在妳肚子裡呢。」

圓圓好奇的插話。「我在哪裡？」他下意識的向容辭平坦的腹部望去，有些懵懵的問：「在肚子裡？」

謝懷章將他的手拉到容辭的肚子上。「你當時就住在這裡。」

容辭的腰本來就瘦，這些日子又消瘦了不少，腰腹部更加纖細，圓圓驚恐道：「我會把娘的肚子撐破的！」

容辭聽了這童言童語，忍不住笑得前俯後仰，狠狠地在圓圓臉上親了一口才忍著笑道：「我的寶貝呀，你那時候還不知道有沒有巴掌大呢，撐不破我的肚子。」

圓圓有些不信。「真的嗎？」

容辭道：「自然是真的，你一開始只有綠豆那麼大，我跟你父皇好不容易才把你養到這麼大的。」

圓圓聽了，用手比了比綠豆的大小，隨即有些驚嚇的拱進了容辭懷裡。

他的父母瞧他這樣子卻笑得更歡了，笑過之後，謝懷章才說起了正事。「過幾天的宮宴妳也要參加，趁現在便準備準備吧。」

容辭現在是正二品的郡夫人，自然有資格參加上元宴，可是她卻有些擔心。「要從這裡直接去嗎，會不會惹人非議？要不我先出宮去……」

她這幾天一直住在圓圓這裡，在宮裡待了這麼長時間，即使已經派人跟家裡人知會過了，但他們也必定擔心得緊。

「有什麼可非議的？」謝懷章道：「他們都知道妳這段時間在照顧太子，要是趕在宮宴之前出去，偏又在那天進宮赴宴，這才是欲蓋彌彰，倒不如大大方方隨他們看去。」

圓圓如今還沒好全，容辭也捨不得撇下他不管，便點了點頭，接著猶豫了一會兒才道：「……二哥，顧宗霖現在在京裡嗎？」

謝懷章微微挑眉，隨即緩緩道：「問他做什麼？」

容辭以前還以為謝懷章既然知道自己與顧宗霖從未有過男女之情，應該不會在意她這個前夫。可兩人到現在風風雨雨過了這麼久，她也沒那樣天真了——這世上所有男人都小心眼，即使他表現得再雲淡風輕也不例外，所以現在提起顧宗霖才有些踟躕。

「上次見他正撞上圓圓病重，我也沒工夫理他，拖到現在我們還沒把話說清楚呢……」

「還要怎麼清楚？」謝懷章淡淡道：「等到時候妳與我成親，他自然就什麼都明白了，『男婚女嫁各不相干』，這可是他自己寫在和離書上的，白紙黑字，還有什麼好說的？」

容辭欲言又止，最終還是不堅持了。「也罷，你說得也對，他又不蠢，該知道的必定能猜出來……」

謝懷章眼中便有了微微的笑意，嘴上卻道：「他在北境的那兩個月頗立了些功績，現在除了侯爵之位，已經升到了從三品的指揮同知了，年紀輕輕便能升此高位，正是風光得意的時候，必定一門心思的鑽研仕途，哪還有心思想別的。」

容辭無奈。「行了，你不願意，我就不去了還不行嗎？」

到了正月十五這一天，宮裡張燈結綵，熱鬧更勝以往，彷彿都憋著一口氣要將錯過的除夕宴補回來似的。

這一次與上次不同，容辭不必早早起身，還要提前穿戴好了在宮門外排隊，她現在就在離含元殿幾步之遙的紫宸殿，兩座宮殿間只隔了一座宣政殿，走不到一刻鐘便能到。

直到下午，幾個宮女並嬤嬤端著衣物首飾前來替她梳妝。

這次是二品的紫衣，首飾以金玉為主，比她做世子夫人的那一套更加繁瑣複雜，和她還是侯夫人時的禮服也有不同之處。

謝懷章進來時容辭正對著鏡子梳妝，他近前來，讓紛紛行禮的宮人們免禮，見她朱唇之上輕點口脂，柳眉彎彎，烏髮如雲，梳成驚鴻垂雲髻層層堆疊於髮頂，點綴著各色金玉釵環，樣式華美的步搖斜插於髮髻，邊上的碧玉珠串垂於髮側，襯得她如玉石一般白皙光潔的臉蛋更加動人，便用帶著幾分驚豔的目光看著容辭。「不常見妳特意打扮，現在一看，真是豔壓群芳。」

容辭並不信這話。「這便是『吾妻之美我者，私我也』嗎？」

謝懷章在她身後站定，伸手穿過去摩挲著她雪白細膩的下頜。「我是真心話，妳越看越美，無人可比。」

不管他是真這麼覺得，還是貪親忘了醜，容辭都被他誇得有些高興，連被首飾壓得脖子疼的難受都消去了幾分，這時卻冷不防的聽他問：「既然阿顏提起鄒忌，那我倒也想問一句『吾與顧侯孰美』？」

容辭沒能防備，此時當場張口結舌——即使她與謝懷章的感情比與顧宗霖更深一百倍，也不得不說單論五官俊美，還是顧宗霖更勝一籌。

謝懷章見她的表情就知道答案，輕輕地哼了一聲，收回了手背在身後。「顧侯有京城第一美男子之稱，我比不得自是理所應當，只是……看來阿顏還沒有『私我』的心意。」

容辭有些心虛，還是強自辯解道：「不是這個道理，就像……就像你看馮芷菡姑娘，難道能說我比她好看嗎？」

謝懷章一時想不起馮芷菡是什麼人，沈吟了好半天才記得當初選妃風波時不少人提過這個名字，幾次宮宴也打過照面，他只記得似乎是個長得還過得去的姑娘。

「怎麼不能？在我心裡妳就是比她美。」

容辭自知自己容貌如何，要說能跟馮芷菡比，那未免也太自視甚高了，實在不信他真覺得馮芷菡不如自己好看，可他偏偏就能把話說得理直氣壯，跟真的一樣。

話說到這裡，正在容辭被堵得不知說什麼的時候，圓圓一身正式的禮服，搖搖晃晃的讓班永年牽著走了進來。

容辭立馬將孩子接過抱起來。「咱們太子殿下這麼打扮可真好看。」

謝懷章見她落荒而逃，只意味不明的一笑，也不追問。

容辭自是知道這是放自己一馬的意思，便悄悄鬆了一口氣。

圓圓一身杏黃色蟒袍被容辭抱在懷裡，好奇的伸手摸了摸她頭上的步搖，他現在也大了，並不怕這些飾品傷著，容辭一邊微微低著頭任他作怪，一邊對謝懷章說：「這孩子才剛剛能下床走動，今晚還要露面嗎？」

謝懷章摸摸圓圓大病一場之後已經顯出了稜角的臉蛋。「大梁的儲君乃一國之本，皇太子就算仍然病重也得適時露個面，以防有心人蠢蠢欲動，暗謀奪儲之爭——何況圓圓的情況已經好多了。」

容辭明白，兒子既然是這樣的身分，不可避免的就要承擔比平常的孩童重得多的責任，便沒有再把心疼的話說出口，反而是圓圓「啵啵」一聲在她臉上響亮的親了一口，手上不自覺的用力一拽，她髮髻上的簪子掉下來一支，被謝懷章眼疾手快的接在手中。

圓圓一看惹了禍，吐著舌頭摟緊了容辭的脖子。

幸好這支簪子只是裝飾用的，而不是用來盤髮的，否則這一拽，又要花將近一個時辰來梳頭。

謝懷章回身正想把簪子重新插回她頭上，突然手中動作一頓，隨即把簪子放到桌子上，接著輕車熟路的把當初他送與容辭的鳳尾簪從梳妝匣中翻了出來，斜插在她的髮中。

即使人人都知道容辭現在就住在紫宸殿，可是她始終覺得要是自己與皇帝及太子一同入殿未免也太張揚了些，於是她便先行一步。

等她一個人進了含元殿，這才明白為什麼剛才跟謝懷章說不想太引人注意，拒絕與他們父子倆同行，他同意時表情為什麼那麼意味深長——現在這個時間，除了皇帝和太子之外，所有人都早已到場，已正襟危坐的等待聖駕，這時候就算她一個人進殿，仍舊會引起所有人側目。

容辭一進門，涵義各異的無數道目光瞬間聚集在她身上，一下子就成了這偌大的含元殿中所有人矚目的焦點所在。

她本能的有些退縮，但在腳步往後退之前卻硬生生的止住了這種衝動，她深吸了一口氣閉了閉眼，再睜開時眼中的怯懦已經消失，只剩下堅定與鎮靜。

努力告訴自己不要在意這些探究、審視或是憤怒的視線，容辭就這麼昂著頭，大大方方的從大殿中間穿過，一步一步穩穩的走到了自己的座位跪坐下來。

這個位置離御座已經很近了，她的上首不是宗室親王、王妃或者公主，就是已經上了年紀，頭髮都已經灰白的老大人及同品級的家眷。福安大長公主一閒下來就出了京，這次還是沒出席，也就是說，容辭身邊全是陌生人，一個認識的都沒有。

但現在她已經飛快的做好了心理準備，並沒有表現出絲毫的惶恐或者不安，甚至有閒心掃視殿內的其他人。

這一眼望去看見了不少熟悉的人，有垂著頭看不見表情的顧宗霖，他旁邊坐著的是極力保持平靜的王氏，此時遙望著容辭的眼睛幾乎都要噴出火來，容辭漠然的看了她一眼，很快便移開了視線，接著又看見了戰戰兢兢坐得無比板正，連頭都不敢抬的許訟夫婦。

許訟現在已有了承恩伯的爵位，他與陳氏自然有資格參與宮宴，不知有意無意，他們兩個的位置還在靖遠伯許訓與伯夫人吳氏之上，這是一種很明顯的暗示，宮宴的座次是前朝之人揣測聖心的重要手段，也是皇帝傳達心意的途徑，這麼安排一番，大家心照不宣，端陽夫人無兄無父，陛下想要拔擢她家裡人以此抬舉她的態度十分明顯，這麼一看，怕是這好處會落到承恩伯這一房身上，靖遠伯反倒撈不著分毫。

正當容辭收回視線時，旁邊有人低聲喚了一聲。「郡夫人可還認得老身？」

第二十四章

容辭側目望去，見與自己案桌挨著的是一對老年夫妻，都是六十來歲的樣子，身上著紫衣，老夫人霞帔上繡的是雲霞翟紋，而老大人身上的補子則是錦雞，便知這位老人必定是二品的高官，而容辭的座次位於諸侯爵之上，能排在她前面的肯定是握有實權的文武官員而非勛貴。

容辭略睜大了眼，馬上反應了過來。「您是……杜老夫人？」

容辭的大堂姐，即靖遠伯府的嫡長女許容慧，自小是郭氏親自教養的，為人端莊持重，與其母吳氏截然不同，及笄後便嫁了內閣杜閣老的長孫杜遠誠。

這杜老夫人便是杜閣老的髮妻，杜遠誠的祖母，算起來和容辭也算有親戚關係。現在勛貴式微，遠不如朝中官員金貴，更何況杜閣老又兼戶部尚書，已是位極人臣，這親事還是伯府高攀了，若不是許容慧本人實在沒得挑，次輔家的長孫怎麼也輪不到吳氏的女兒。

他們家世代官宦，代代都出名臣，名聲也一向很好，只是幾年前杜氏之女杜依青殺人未遂的事讓這清白名聲蒙上了一層陰影，連帶著長子、長孫和杜依青之父也被貶官數級。

容辭雖算是和他家有點拐彎抹角的關係，但其實不常來往，此時也就不明白杜老夫人為什麼主動搭話。

杜老夫人道：「容慧在家裡也常提起妳們姐妹，常說容菀有些驕縱，倒是妳不愛言語，心中卻自有丘壑，我們老倆口一直好奇，今日才有緣一見。」

容辭說不上受寵若驚，但也是滿心的驚訝。「當不起二位錯愛，容慧姐姐承蒙貴府照顧。」

她的態度十分謙和，並不因為聖眷優渥而目中無人，也沒有因為知道杜閣老的身分而加以諂媚。杜老夫人和杜閣老見狀對視一眼，彼此心中便有了打算。

靜鞭響過，眾人紛紛收了心思屏息凝神，等禮樂一響，便伏地行禮。

這場冗長的禮儀與之前容辭參加過的那一次並沒有不同，唯一的區別就是皇帝不再是孤零零一個人，他身邊雖仍舊沒有皇后相伴，但手中卻牽著與他一個模子刻出來的皇太子，眾臣口裡賀詞之中除了皇帝陛下，也多了太子的名號。

流程走過之後，皇帝先與眾人共飲了一杯，然後歌奏舞起，宴會便正式開始了。

容辭桌上的是特供的果酒，氣味香甜又不醉人，她端著杯子準備喝第二口。

這時，上座的德妃突然帶著眾妃嬪敬了皇帝和太子一杯酒，隨即便道：「陛下，妾身姐妹為恭賀太子殿下大安，特意命司樂坊編排了一支歌舞，不過私下娛樂之作，登不得大雅之堂，還望陛下不要嫌棄過分寒酸。」

其他妃子有的期待，有的面露驚訝，可見這一齣並非如德妃所說的那樣是眾人一起安排的。

戴嬪問韋修儀道：「娘娘，這是妳們一起商量的嗎？怎麼我們不知道？」

韋修儀擰著眉頭。「我哪有那閒工夫，什麼歌舞，和我可沒關係。」

她看著身邊的呂昭儀像是並不高興，但臉上並沒有驚訝，看來也是知情的，反而是余才人等位分不高的人一臉期待，與德妃如出一轍。

謝懷章並不在意這些，給圓圓挾了一道菜之後，這才放下筷子無可無不可的點了點頭。

德妃等人馬上面帶喜色，拍了拍手掌示意節目開始。

一眾身著彩色水袖舞衣的妙齡女子魚貫而入，開始了她們精心準備已久的禮物。

中間一名女子與其他人不同，介於青色與藍色之間的舞衣被彩衣襯得分外清麗，她面戴紗絹，只有一雙春目含情的眼睛露在外面，有種介於清純與魅惑之間的美麗。

這下所有人都知道這些……或者這個女子是來做什麼的了，眾人交頭接耳，感嘆德妃等人看著無欲無求，現在卻也終於坐不住，要進獻美女以邀得聖寵。

誰也不知道這事最終能不能成，一方面這麼多年陛下除了對許氏表現過另眼相看的意思，面對如馮芷菡這樣的美人都目不斜視，不像是會被勾引的樣子；另一方面陛下平日所見都是良家女子，萬一看這出身卑微、能歌善舞的舞女覺得新鮮，感上那麼點興趣也說得過去，畢竟男人麼，表面上要求女子賢良淑德，其實有時候可能更偏愛「放得開」的女子，說不準陛下也是這樣的人呢？

就在眾人和妃嬪們都緊張的觀察謝懷章的反應，想知道他有沒有被吸引住時，謝懷章卻壓根兒沒看舞蹈，而是眼瞅著容辭貪戀果酒美味，飲了有兩、三杯了。

果酒比不得尋常白酒性烈，但喝多了也會醉人，他知道容辭酒量不好，生怕她酒醉頭暈，晚上睡不著覺。

德妃尚在等待，余才人已經迫不及待的開了口。「陛下瞧這歌舞如何？妾身瞧著居中舞女的舞姿相當出眾，不同凡俗呢。」

謝懷章長這麼大從沒誇過容辭之外的女人，聞言往臺下瞥了一眼，隨口評價道：「嗯，中規中矩，也算不錯。」

能得他這一句評價是看在這舞蹈是為了慶祝太子病癒才安排的緣故，已經分外給面子，卻不知聽到這話的人臉都不約而同的扭曲了一瞬，臉上的笑都僵得不能再僵，連近側的宗室們都憋得滿臉通紅——他們雖然以前就知道皇帝陛下有些不解風情，卻萬萬沒想到他能不解風情到這樣的地步。

殿中央正在優美起舞的青衣女子並不能聽見他們的對話，還在努力舒展身姿，用盡全力展現自己最美的樣子，可這樣子映在知情的人眼中，卻顯得滑稽可憐了起來。

容辭其實也隱約猜到眾妃安排這一齣是醉翁之意不在酒，但她不是個愛亂吃飛醋的人，又與謝懷章心意相通，從不輕易在這種事上起疑，因此並沒有多加關注，反倒第一次品嚐這種頂級僅供御用的果酒，不知不覺就多喝了幾杯。

這時，御座上的皇帝突然揚聲道：「端陽坐到朕身邊來。」

不只其他人吃了一驚，容辭也驚訝的抬頭，見謝懷章向她點了點頭，這才反應過來他叫的就是自己。

之前她曾因謝懷章當眾表現出的親近羞愧不已，但現在出格的事做得多了——她現在可還在紫宸殿住著呢，因此便有些破罐子破摔害羞不起來了，除了有一點點尷尬外，面色不曾改變，只是沈默的起身走到御座前。

雖然平時人們已經更加習慣坐在椅子上，但像這種宮廷正宴，大梁仍舊採用跪坐制，就是面前一張矮案，身下是席墊，人就跪坐於席墊之上。

皇帝面前的龍案很長，就算三、四個人並排坐也不會擠，事實上，這種龍案一開始是由帝后並坐的，只是孝成皇后去世後，先帝身邊的位子就被各個寵妃占據，誰得寵誰就坐在皇帝旁邊，反把皇后擠在另一桌上，渾然不提上下尊卑；而謝懷章則是常年一個人坐，有了太子之後才把太子帶在身邊方便照顧，他登基之後，從沒有女子能與他並肩。

等容辭走近，班永年立即機靈的將一張新的席墊放置於謝懷章身側，又重擺了一套餐具，隨即滿足的得到了皇帝讚許的目光。

「夫人請坐。」

容辭剛剛坐好，謝懷章就將酒杯端了起來，對容辭道：「多謝端陽夫人辛苦照顧太子，我們父子趁此佳節敬夫人一杯。」

圓圓見此也忙不迭將他盛著清水的小杯子舉起來。「敬您！」

容辭剛端起酒杯就被謝懷章按住。「太子年幼不能飲酒，就請夫人陪他飲一杯清水吧。」

容辭這才明白他繞了這麼大圈子就是想委婉的勸自己不要貪杯，心中嗔怪他小題大做的同時，也不免有些甜意，便順著他的意思放下酒杯，只用清水與他們對飲。

說是清水也不盡然，杯中盛的其實是可以解酒的蜂蜜水，一入咽喉，嘴裡心中的甜蜜一起湧上來，讓容辭不禁對著謝懷章輕輕一笑。

謝懷章一掃之前的嚴肅冷淡，嘴角也不由得略微向上翹起，在案桌底下悄悄的握住了她的手，兩個人對視許久，一時都捨不得移開視線。

他們兩人這邊含情脈脈，雖極力掩飾，也沒有什麼出格之舉，但就是能讓人看著莫名牙酸。

中間那舞女拋了這麼長時間的媚眼給瞎子看，心緒早已不穩，眼看一個姿容不凡的女子坐到了陛下身邊，舞女不知這女子是哪宮的娘娘，只能見到她與陛下正低聲談話，時不時還相視一笑，把自己這些人視若無物，心下便有些著急。

她對自己的容貌舞姿十分有信心，此時以面紗覆面也不過是想先用舞姿引誘至尊，再引得他親自摘下自己的面紗，到時候再露出一副絕世容顏，一定使人印象深刻，一舉博得聖寵。

她本來深信任何男人只要看自己一眼便一定會被迷住，可是現在陛下只不過略略看了一眼便移開了視線，絲毫沒有驚豔的意思，這大大出乎她的意料。

可是好不容易從司樂坊脫穎而出被德妃娘娘相中，眼看榮華富貴就在眼前，她絕不想就這麼算了，於是向同伴使了個眼色，將壓軸的動作使出來，想先引起聖上注意再說。

容辭原本一邊盡力忽視妃嬪們投在自己身上的目光，一邊默默的聽謝懷章說話，突然眼前一片青藍色閃過，讓她詫異的睜大了眼睛。

只見一只長長的水袖從御案前飄然而過，足足比其他人的長上兩、三倍還有餘，這樣的水袖要想揚起來可不容易，足見舞者功底非凡。

謝懷章有沒有被吸引不得而知，容辭卻真的被驚豔到了，目不轉睛的看著她們擺動著柔軟的雙臂與腰肢，身子彷彿沒有骨頭似的彎折旋轉。

接著為首的青衣女子朝著這邊彎了彎眉眼，雖遮住了半邊臉，但也隱約可以窺出傾城之姿。

這女子急速退後，被眾舞伴圍於中間全然遮擋住了身姿，過了片刻，隨著樂聲悠揚，數十彩袖驟然如花朵般綻放，露出了中間清麗的青色花蕊，那女子足尖輕點，竟直接一躍到了一個同伴的肩膀上，隨即邊舞動邊從一人肩上跳到另一人肩上，若飛燕盤中舞一般輕盈，最後在最前面一人身上停住，向後彎折纖腰，再翻轉著雙足著地。

眾人都被她這一招驚豔，容辭也看得津津有味。

接著青衣女子便轉過身來，帶著舞伴一起跪伏於御座前，嬌聲如鶯啼一般清脆動人。「奴婢蘇霓裳恭祝陛下、太子殿下上元安康。」

德妃急著看向謝懷章，看他是什麼反應——他沒反應，反倒是容辭被這曼妙絕倫的舞姿勾來了興致。「妳為什麼戴著面紗？」

蘇霓裳哽了一哽，這話在她的設想中應該是陛下問的，這時候自己再嬌滴滴的說上一句：「奴婢卑賤，未得陛下准許，實在不敢以真面目面聖……」——然後皇帝心生憐惜，親自替自己摘下面紗，再驚豔於自己的美貌，宴會結束後馬上寵幸自己，封為妃嬪……

可是問題問是問了，卻不是陛下問的，而是一個看上去頗為得寵的娘娘，她自幼在司樂坊長大，自然知道對付男人和女人的方法截然不同，她事先準備好勾引陛下的話絕不能用來回答女人……

容辭等了一會兒，卻遲遲得不到蘇霓裳的回答，她還沒覺得有什麼，謝懷章就先認為此女有意怠慢，因此皺眉道：「郡夫人問妳話，為何不回答？」

——因為這情景跟我想的完全不一樣啊！

蘇霓裳欲哭無淚，只得胡亂答道：「舞曲本是這樣安排的，面覆薄紗更能顯得輕盈柔美……」

容辭與這世上大多閨秀一般，對於舞藝只是略通一二，因此對蘇霓裳信口胡編的話信以為真。「原來如此，那妳現在可否摘下面紗呢？」

蘇霓裳眼睛一亮——雖然第一步出了差錯，但是可以略過去直接第二步，就是讓陛下看中……

結果當她以最優雅的姿勢摘下面紗，含羞帶怯的向御座看過去時，入目的便是皇帝冷淡的表情，他剛才看那位夫人是顯而易見的溫和，可見並非如傳言那般是個全然無情之人，現在眼神卻極其平淡，看她的眼神就像是看一個隨處可見的擺設，從裡到外都透著一股波瀾不驚。

蘇霓裳的心當時就涼了。

容辭見這女子面容姣好，可謂豔而不俗，清而不寡，雖比不得馮氏女亮眼，但韻味神態恰到好處，尤比馮芷菡勝上幾分。

德妃一時沒等到謝懷章反應，猶豫了片刻，還是壓下了心底的不安，在蘇霓裳投來求助的目光中笑道：「這孩子跳得這樣好，可見是下了一番工夫，陛下何不賞她個前途？」

這話讓在場的妃嬪表情各異，容辭則是輕輕挑起了眉，並不作聲。

謝懷章覷了覷眼睛，隨即漠然道：「她本是舞女，獻藝便是本分，況且司樂坊乃天下樂伎舞姬集大成之處，此女舞藝也不見得比旁人好到哪裡去，莫不是……」他看了眼德妃。

「朕還要顧忌著她是妳『千挑萬選』出來的人，就要違心讚揚不成嗎？」

「千挑萬選」這四個字他說得尤其重，其中意味也透著不祥，德妃額上馬上沁出了冷汗，卻又不能不打自招，只能強自鎮定道：「陛下恕罪，妾身萬萬沒有這個意思，只是看蘇氏年紀小這才心生憐惜，現在看來，她技藝不算上佳，實在當不得陛下誇讚。」謝懷章的語氣仍然平淡，像是看不見別人惶恐的眼神似的。「既然如此，她又是憑什麼本事被妳挑中的？」

德妃啞口無言，只得跪下請罪。

殿中不知不覺已經靜了下來，大家眼睜睜的看著幾乎算是隱形後宮之主的德妃被陛下給了好大一個沒臉，狼狽的完全失去了之前風光淡定的樣子。

德妃本是最老成不過的一個人，卻不知今夜為何如此冒進，簡直不像她之前那謹慎至極的作風。

呂昭儀等人也噤若寒蟬，大氣也不敢出一聲，更別說給德妃求情了。只有韋修儀默默地翻了個白眼，覺得德妃整這一齣簡直是吃飽了撐著——連妳自己在陛下面前都不是很有臉面，哪裡來的底氣去替旁人求前程——就是單憑蘇氏的美貌嗎？把陛下當先帝來糊弄，這是看不起誰啊？

蘇霓裳莫名其妙的成了一場風波的中心點，感受著這帝國核心之地所散發的無比沈重緊繃的氣氛，被榮華富貴迷暈了的心竅終於驚懼了起來，那想要飛上枝頭的凌雲之志也不翼而飛。

她雖貌美，但性子淺薄無知，要不然也不會被德妃選中，竟跪在地上哆嗦著連哭帶喊的求饒。「陛下、陛下饒命……奴婢不想要賞賜，不是奴婢想要的——」

她語無倫次的話還沒說完，就被班永年指使著一個小太監塞住了嘴——御駕前是不許哭鬧的，這叫御前失儀。

容辭這還沒正式入宮，就看了這一場大戲，心下正覺得沒趣，謝懷章卻突然轉頭問她。

「夫人，妳覺得蘇氏如何？」

容辭一愣，她自然用不著像旁人似的，在謝懷章面前戰戰兢兢地斟酌話語，便自然的實話實說道：「容貌昳麗，我見猶憐，至於舞技……臣女不似陛下見多識廣，只覺得已經是平生僅見。」

這是一個出乎所有人意料的答案，人們萬沒想到在這當口上竟然有人敢跟陛下對著說，可更令人想不到的還在後頭。

謝懷章默了默，隨即眨眼間就若無其事的改了口。「朕也覺得這場舞算得上上乘之作，即使說不上最頂尖也可圈可點，甚為出眾。」

「……」

陛下，你剛剛貶低人家「中規中矩」、「好不到哪裡去」的話都被自己吃了嗎？這就變成「上乘之作」、「甚為出眾」了？

謝懷章並不管別人的想法，也不去看其他臣子、妃子們四處亂飛的眼神。「班永年？」

「臣在。」

「這便賞蘇氏黃金百兩，獎勵她能討端陽夫人高興吧。」

班永年領命，隨即示意小太監將塞在蘇霓裳口中的東西扯出來。

蘇霓裳深呼一口氣，身子軟軟的倒在地上，竟覺得像是在鬼門關門口走了一圈似的，一點力氣都使不上，還是班永年派人將她抬回去的。

殿中的氣氛總算鬆了一鬆，但德妃仍然跪在地上，其他人也不敢隨意說話，把一場元宵晚宴弄得就像是刑場似的。

謝懷章微微閉上眼睛，看上去有種帶著倦怠的冷然，誰也不知道他握著容辭的手心有多麼溫柔炙熱。「接下來是什麼？」

容辭側過臉看著他。

班永年躬身道：「稟陛下，是慶南侯著人進獻的雲貴舞蹈。」

「繼續吧。」

這種制式的宮宴節目往往千篇一律，舞樂不是司樂坊安排的，就是由各地封疆大吏進獻上來，為保證萬無一失，往往都是不求有功但求無過，這才是真正的中規中矩沒有絲毫新意，剛才蘇霓裳那一齣反倒是意外，並不常見。

這些謝懷章從小看到大，早就沒了興趣，但容辭明顯不常見這些，即使後頭的不如蘇霓裳舞得動人，仍舊看得相當認真。

這樣眼睛亮晶晶伴在自己身側，認真觀看歌舞的容辭讓他心生滿足，越看越愛，把之前對妃嬪們不知所謂舉動的惱恨之意消了大半，大發慈悲只讓德妃跪了一段時間，在幾個高位妃子替她求情時高抬了他的貴手，沒有再故意下她的臉面。

他整個晚上有八分心思都放在容辭身上，前些年從沒注意的助興節目為了給她解說清楚、讓她看得更盡興，因此陪著她認認真真的看了一遍。

再無聊的活動只要有特定的人陪著也會變得有趣，謝懷章現在就是如此。

時間過了大半，容辭喝了一肚子蜜水，便覺得小腹脹滿，低聲道：「二哥，我出去一下。」

謝懷章道：「殿外有宮女內侍守著，妳帶著他們一起，別叫我擔心。」

圓圓這時候探出頭來。「夫人帶上我一起。」

他倒不是想如廁，只是小孩子在室內待得太久了，覺得悶，想出去透透氣罷了。

容辭朝他招招手，圓圓便乖乖的起身到了她身邊，容辭把他拉過來先摸了摸他的額頭，覺得觸手溫溫但並未發熱，就對謝懷章道：「我只帶著他在門口站一站，不走遠。」

謝懷章先是點點頭，之後又有些捨不得他們離開。「要朕一同去嗎？」

容辭哭笑不得。「我的主子，你還嫌咱們今晚不扎眼嗎？」

謝懷章悶悶道：「只透透氣就回來吧，別太晚了。」

容辭答應了，再從乳母手中接過了圓圓的外衣和狐裘，先一絲不苟的幫他把外衣穿好，再將狐裘披在孩子身上，把他包裹得嚴嚴實實，牽著他帶著幾個宮人走了。

——留下謝懷章一個人孤零零的在座位上，近側的人見狀，不約而同的紛紛繃緊了皮，本能的明白皇帝此時不如方才好說話了。

那邊容辭先如廁更衣，之後便牽著圓圓到了含元殿外，門口、石柱和臺階下都有守衛看守，像是石雕般一動不動。幾個宮女、太監也果然如謝懷章所言守在門外，見容辭帶著太子出來，忙迎了上來。

容辭擺擺手。「不礙事，我們就在邊上略站站。」

說著母子倆就走了幾步，繞著宮牆走到了個不算顯眼的地方停下。

這裡是大明宮最宏偉壯麗的宮殿，殿臺高築，從上到下共有七七四十九階，高臺上有護欄，容辭將圓圓抱起來，讓他自己握著欄杆。

「冷嗎？」

圓圓搖搖頭，興奮地指著天空道：「娘、夫人，您看天上月亮。」

容辭抬頭看去，只見碩大的圓月掛於天際，閃爍著柔和的銀光，安靜而溫柔的俯瞰著大地。

圓圓又疑惑道：「可是為什麼沒有星星呢？」

今晚明月高懸，即使在晚上也能把周圍風景照得亮堂堂的，可偏偏就如圓圓所說，幾乎看不到星星，僅有的幾個也都掛在天邊，光芒暗淡毫不起眼。

容辭偏過頭看著他解釋道：「月明星稀，星星還在它們的位置上，但今晚的月色太亮了，亮得將星光遮得一絲不剩，所以你才看不到……你是喜歡月亮還是星星呢？」

她本以為小孩子大多更喜歡能將天宮佈滿的熱鬧星光，而非清冷涼薄的月亮，不想圓圓想都沒想便脫口而出。「喜歡月亮！」

「是嗎？」容辭訝異道：「這是為什麼？」

圓圓歪著小腦袋趴在了容辭的肩上，小小聲說：「娘就像是月亮……」

容辭微微一笑。「這話你又是聽誰說的？」

「聽師傅們和父皇講的。」

圓圓已經開始啟蒙，謝懷章便命人從翰林院的庶起士中擇人品才學俱佳者，輪流替太子講學。

容辭有些不解——謝懷章倒也罷了，他誇起她來比這肉麻的話盡有呢，可是庶起士們又怎麼會跟太子說起這樣的話呢？

圓圓認真道：「師傅們都說帝后比肩便猶如日月同輝，父皇總是說您很快就要是皇后了，陛下既然是太陽，皇后……不就是月亮嗎？」

宮人們聽了他的童言都笑了起來，容辭也覺得好笑，一邊將他抱得更高一點一邊道：「這話可不許再說了。」

圓圓癟了癟嘴，委屈的把頭埋進了她的脖頸處。

容辭撫摸著兒子的後腦勺。「你聽話，我就快進宮來陪你們了。」

圓圓抬起頭來。「說話算數，不能騙我了。」
容辭笑著點頭，正騰出一隻手來給他擦擦臉，卻聽身後傳來了腳步聲。
她頓了頓，回頭看去，見一人從轉角處走過來，影子在腳下拖起了長長的陰影。
「你過來做什麼？」
顧宗霖站在離她幾步之遙的地方，臉上看不出是什麼情緒。「我若是不跟出來，要想見端陽郡夫人一面，可就比登天還難了。」
他意味不明的視線從容辭身上滑向了表情戒備擋在容辭身前的一眾宮人，再定定的看了眼被容辭緊緊抱在懷中的太子。
容辭側身避開他的視線，將圓圓放在地上。
彩月作為為首的大宮女，即使知道自己這邊人多，不遠處還有皇城守衛，但見陌生人走近夫人和太子，還是本能的有些緊張。「夫人，這位是誰？」
容辭道：「不必擔心，這是恭毅侯。」
「……」
不知道還好，一旦知道這男子的身分，他們卻更加緊張了——這人的身分在他們眼中簡直比刺客還危險，畢竟這裡守衛森嚴，個把刺客肯定成不了事，但男人天生就會花言巧語，萬一在他們眼皮子底下哄得夫人再跟他來個舊情復燃什麼的，那他們這些人還有命在嗎？

這麼一想，彩月等人恨不得立即越過容辭將這個跟她關係匪淺的男子趕到天邊去。

圓圓拉著容辭的裙子道：「夫人……」

容辭彎下腰輕聲道：「我先讓幾個人送你回去好不好？」

「我不要！妳說要陪我一起的！」圓圓瞪大了眼，驚怒的看了一眼顧宗霖，用尚且稚氣的聲音呵斥道：「你是何人？見到孤為何不行禮？」

顧宗霖看著他與皇帝如出一轍的臉，像是不能忍耐一般別過了眼睛，拱手行禮。「臣顧宗霖見過太子殿下。」

這個名字圓圓有點印象，他早就已經把朝堂上的官名背誦熟了，現在已經開始背世家勛貴家族譜系。「恭毅侯……你是京衛指揮同知。」

顧宗霖垂下眼。「殿下所言不錯。」

圓圓哼了一聲，小大人一般努力模仿著他父親的舉止神態，居然真的似模似樣。「孤與端陽夫人在此處賞月，卿若無事，便自退下吧。」

顧宗霖並沒有動。「臣與夫人有話要說，請殿下准允。」

圓圓與顧宗霖見面的情景讓容辭看到就尷尬，一個是她與皇帝的親骨肉，另一個則曾是她名正言順的丈夫，這樣錯綜複雜的關係，剪不斷理還亂。

她莫名見不得兒子和顧宗霖說話，沒等他再開口就讓乳母抱著他帶著人先回去，自己這裡只留下三、四人，在圓圓要抗議的時候帶著幾分疲憊道：「我只跟他說兩句，你先回你父皇身邊去。」

圓圓看出她是認真的，只得鼓著腮幫子同意了。

等圓圓一走，容辭按了按額角，扶著彩月的手道：「侯爺，你我都不算蠢，該知道的也都心知肚明，實在也沒什麼好說的了——就是你猜的那樣，不必再問了。」

顧宗霖的眼底瀰漫出比冰川還要冷的情緒。「我猜的都對？妳不知道我猜的是什麼，也敢認下？」

容辭沒有說話，卻讓顧宗霖更加憤怒，他控制不住上前幾步，立即被內侍攔下。「顧侯，請您退後，不要冒犯郡夫人……」

「郡夫人？」顧宗霖冷笑。「她與我品級相同，又是以什麼說不出來的身分才能命令我後退？」

容辭嘆了一聲，揮手讓被顧宗霖問住的宮人讓開，直視著他的眼睛。「我再說最後一次，我們已經沒關係了，我喜歡誰、要與誰在一起，都不關你的事。」

即使早有預料，聽到她的話，顧宗霖心底仍像是刀割一般劇痛，面上卻仍是一副冷冰冰的神態。「喜歡？這就算是喜歡了？如此淺薄，如此……」

「到底是誰淺薄？」容辭語帶威脅。「這是在宮裡，你要是不想從我嘴裡聽到某些人的名字，就趕緊離開！」

可惜顧宗霖今非昔比，他已經將前世的事一分不差的記了起來，前世他們二人糾纏了那麼多年，容辭便像是長在他心上的荊棘藤蔓，不敢動也扯不開，這種刻骨激烈的情感能將之前一切——如同他自己說的——「淺薄」的感情覆蓋，不留一絲痕跡。

容辭的威脅在青年顧宗霖的耳中或許有用，但十幾年後恭毅侯的軟肋卻早已異地，這話聽起來竟然不痛不癢，經不起半分波瀾。

意識到這一點，顧宗霖心中五味雜陳，卻偏又不能將心意剖白，只能默默地看著她。

容辭觸到他的眼神就是一震，隨即馬上移開視線道：「該明白的你都知道，我們實在沒什麼話好說了，你若是不走，那我就走……」

「我不知道。」顧宗霖的語氣讓容辭腳步一頓，只聽他道：「我就只問一句——妳是什麼時候遇到陛下的？別跟我說是梁靺會盟時討了太子歡心的時候，妳也說過，我並不蠢，妳也犯不著拿這樣的蠢話敷衍我。」

容辭深吸了口氣，終於時隔一世再一次叫了他的名字。「顧宗霖，你真的要在此時、此地跟我談論這個嗎？」

顧宗霖抿緊了唇。「妳一直不出宮，不在這時候問，難道要我去闖紫宸殿嗎？」

容辭閉了閉眼，終於回答了他的問題。「——比你想到的要早。」

顧宗霖得到自己其實早有預料的答案，頓時如遭雷擊。「是……之前？」

這話問得隱晦，但兩人都知道「之前」指的就是前世，這是在問她是否前世就跟謝懷章定情。

容辭聽了這話，語氣中便帶了似笑非笑的意味。「陛下遠比『旁人』有情有義，『之前』我是什麼下場，你不知道嗎？」

是啊，顧宗霖想，不是天底下所有人都像自己一般愚蠢傲慢，為了那一文不值的自尊心與畏懼，眼睜睜的看著妻子早早離世。

容辭半是感嘆半是質問道：「我們真的是夫妻……抑或是情人嗎？就算加上『之前』，我們究竟曾是什麼關係？」

他們就是夫妻啊，三媒六聘，明媒正娶，堂堂正正的拜過天地，曾經互相安慰，彼此扶持，也曾有過共讀一本書，共臨一張帖的歲月靜好時光，還曾……共同孕育了一個孩子……

顧宗霖雙唇顫抖，他看著容辭滿是嘲諷的眼睛，胸腔中憋悶了兩輩子的話幾乎要噴湧而出……

「啪嗒」一聲輕響，像是有什麼東西落了地，打斷了兩人的對峙。

容辭和顧宗霖同時轉頭，正見角落的陰影裡露出了一片裙角，而它的主人正手忙腳亂的往後退。

一個內侍警覺地喝道：「是誰在那裡？」

對方一頓，知道已經被發現，猶豫了一瞬還是提著裙角走了出來。

容辭看清這人，幾乎要大笑出聲，費了好大力氣才忍住——他們三個人共同站在這方寸之地，其中所含意味既微妙又有趣。

「娘娘，您又是因何來此地？」

鄭嬪兩眼通紅，身上厚厚的冬衣和披風也沒能擋住或內或外的寒風，整個人打著哆嗦，嘴唇動了動卻一個字也吐不出來。

顧宗霖見到鄭映梅的那一刻，心頭炙熱又複雜的情感像是被潑了冰水一般，那種將自己隱藏了一輩子的秘密宣洩而出的衝動瞬間消磨了大半。

鄭映梅看著顧宗霖，那神情也不知道是想哭還是想笑，她的嘴角像是在努力做出微笑的樣子，但是聲音卻帶著哭腔。「我、我只是來看看……」

顧宗霖閉了閉眼，睜開眼卻沒有看她，仍舊一眨不眨的盯著容辭。

這三個人分別站在一邊形成一個三角，可是沒有任何一人向前邁出哪怕一步。

容辭並不想摻和這些破事，反而向後退了一下。「看來你們這是有話要說，太子久不見我恐怕要吵鬧，請恕我不能相陪了。」

說著就要轉身，鄭映梅將視線從顧宗霖身上艱難的拔開，抽了抽鼻子開口道：「夫人您且留步，我並不是來找顧大人的，是專門想跟您說說話的……就說幾句，之後絕不多打擾。」

雖然顧宗霖和鄭映梅之間的感情糾葛是一切的起始，但其實容辭自己的遭遇和這件事關係不大，對鄭映梅這個人也沒多大意見，因此對她的態度比對顧宗霖好了不少。

她緩下神情。「娘娘有什麼事只說便是。」

鄭映梅含淚看著顧宗霖。「侯爺，請您暫且移步吧。」

顧宗霖其實面對鄭映梅時總有一種既尷尬又心虛的感覺，從她出現開始便沒有將視線投在她身上，此時聽到這話，怎麼也沒那個臉把心裡想讓鄭映梅走開，自己要和容辭訴說心事的心思說出口，只能深深望了容辭一眼，一言不發的走了。

容辭也算很給鄭映梅面子，知道她不論要說什麼，恐怕都很怕被皇帝知道，便在她還在扭扭捏捏欲言又止的時候就擺手示意幾個隨從退開一些。

鄭映梅看著容辭的舉動心情很是複雜，羞愧和傷心讓她開口的第一句就是。「郡夫人，妳怕是什麼都知道了，是我對不起妳……」

容辭搖頭道：「妳不必道歉，我和顧侯的矛盾跟妳沒關係，本就是怨偶一對，早晚都要分開。」

鄭映梅是那種心思極其細膩，多愁善感到踩死一隻螞蟻都要傷心一番的人，這種直戳人心的感情糾葛，在她心裡幾乎像是山崩地裂一般。

可在容辭心裡，她從不在意顧宗霖心裡喜歡誰，因為她對他的感情中並不存在獨占慾，他就像是兄長與親人，他對鄭映梅的感情不僅不會讓她難過，相反，還能使她在一定程度上減輕罪惡感。

鄭映梅狠狠搖了搖頭，眼淚從腮旁落下。

「我不是個好人，妳不知道，當時宗霖向我表白，希望我不要嫁進東宮時，是我自己拒絕的，我沒有勇氣反抗父母和家族的命令，又捨不得他……一邊擔心他真的像立下的誓言一般終身不娶或者冷落妻子，一邊知道你們不曾同房時心生竊喜……」她說著說著就泣不成聲，哭得站不住，扶著欄杆彎下腰。「……夫人……妳、妳該怨我的，我真是個壞透了的女人……」

容辭平靜道：「人本性都是自私的，妳便是想得再過分，不曾害人便沒做錯什麼。」

鄭映梅淚眼朦朧的抬起頭，看著容辭平靜沒有一絲波瀾的眼睛，覺得哭得狼狽萬分的自己就像是個滑稽的小丑，可是她卻怎麼也止不住。「你、你們會、會和好嗎？」

容辭被這話逗笑了。「娘娘，妳難道看不出來嗎？我們到了如今的地步，看對方一眼都要生厭，和好要幹什麼，互相折磨一輩子嗎？」

「不是的……」鄭映梅的淚中帶著苦意。「幾年前那次元宵宴我便能感覺出來，他的心意已經生變，他……恐怕已經對妳生了、生了男女之情，若是妳能與他……」

「娘娘，」容辭皺眉道：「他的心意如何我不在意，也不關心，別說我並沒有從他的行動中察覺出絲毫愛意，就算真是如此……」她聲音冷漠到不近人情的地步。「他自去想他的，又與我何干呢？」

鄭映梅愣愣的看著她，不明白她為何能做到對顧宗霖的愛慕視若無睹。「……是因為陛下嗎？」

容辭冷下臉。「娘娘，請妳慎言。」

鄭映梅眼神複雜，欲言又止道：「宗霖之前恐怕確實做錯了事，可是陛下也並非好相與之人，如今對妳特殊，恐怕不過是因為太子殿……」

「在說什麼呢？也說來給朕聽聽？」

謝懷章的聲音冷不防的傳了過來，鄭映梅渾身劇烈一抖，甚至連人在哪裡都沒看見就驚叫一聲，結結實實的跪趴在地上，一張臉嚇得煞白，什麼話都不敢說了。

容辭也是略帶詫異，還沒回頭看，皇帝已近前來用手臂環住她的肩膀，讓她沒法動彈。

謝懷章對鄭映梅道：「鄭嬪剛剛想對端陽說朕如何，何不說出來讓朕也一道聽聽？」

鄭映梅被他聽不出情緒的聲音嚇了個半死，哆哆嗦嗦的抖得像個篩子一樣，險些把頭上的首飾都搖下來。

容辭見她馬上要厥過去的模樣，嘆了口氣。「娘娘若是沒事，便先回去吧。」

鄭映梅現在也恨不得立馬從皇帝的視線中消失，可是他不發話，她就算跪死在這冬夜裡也不敢起來。

容辭碰了碰謝懷章的腰，他便冷哼道：「嘴裡說得不知所謂，如今連人話也聽不懂嗎？還要朕來請妳走？」

鄭映梅愣了半天才反應過來這是放自己走的意思，慌忙連滾帶爬的起來，容辭見她此時被嚇得涕泗橫流，同樣是哭，現在半點也沒有剛才梨花帶雨的美感，便有些不忍直視的遞過一張帕子去。「娘娘妳……略擦一擦……」

鄭映梅接過來胡亂在臉上擦了擦，低著頭飛快的對著謝懷章行了個禮，轉頭踉踉蹌蹌的跑遠了。

容辭的眼睛微微轉了轉，向上看著謝懷章還是沒什麼表情的臉。「嗯……二哥怎麼也出來了，圓圓一個人在裡面嗎？」

謝懷章輕輕動了動嘴唇。「兒子是我們兩個人的，妳都不管了，我管他做什麼？」

容辭一聽就知道這是鬧了彆扭。「我是怕他聽了我們兩個爭執……」

「呵，這顧宗霖膽子倒大，當著太子的面就敢湊上來。」謝懷章眼睛一暗。「真以為在宮裡想見誰就見誰不成。」

想見誰就見誰？除了她，謝懷章還知道他見過誰？

容辭聽這話裡的意思不對。「你剛才是不是聽見什麼了？」

雖然剛才她和鄭映梅都刻意放低了聲音，謝懷章離得也不近，但是他這人耳朵好使得緊，當初她只跟他說過一句話，隔了數個月他都能分毫不差的認出她來，保不齊就聽到了什麼不該聽的。

謝懷章是聽了圓圓氣呼呼的告狀才趕來的，現在一聽便不悅道：「怎麼？妳還跟顧宗霖說了什麼我不能聽的嗎？」

容辭忙搖頭。「我們還能說什麼，便是當著你的面我也敢重複一遍，並沒什麼見不得人的，我指的是鄭嬪與我說的話……」

謝懷章便放鬆了下來，隨意道：「這我自然聽見了。」

「什麼？」這次她是真的被他的淡定給震驚了。「你、你知道她……」

謝懷章根本不關心別人有什麼錯綜複雜的感情糾葛，還要想一想才知道容辭說的是什麼意思。「妳是說她與顧宗霖之前的事？我為何不能知道？」

容辭這才相信他的心裡竟然真的什麼都清楚，她驚異的上上下下打量了他一番。

「你可真是……」她斟酌了一下用詞。「嗯……心胸寬廣……」

雖然知道他恐怕和鄭映梅沒見過幾次面，可那畢竟是他的妃子，從沒見一個男人知道自己的妾室另有所愛，還這麼淡定的，換了另一個人——哪怕不是君主，只是一個普通人，遇到這種事估計都要火冒三丈暴跳如雷，他們男人不是最在乎這些的嗎？不管這女人自己喜不喜歡、碰不碰，都不能忍受旁人染指。

「你是什麼時候知道這事的？」

謝懷章本來是追出來質問容辭為何和顧宗霖說話，還把孩子打發回去……順便表現一下自己的不高興，讓她用點……方法來哄哄自己的。可現在被容辭用鄭嬪的事一而再再而三的打岔，那股攢起來的不悅便消了大半，無論如何也重聚不起來了，只能略帶遺憾的放過這事。

容辭好奇的搖著他的手臂。「你快說嘛。」

謝懷章捏了捏她的鼻尖，攬著她的腰無奈道：「鄭氏剛封為良娣，被抬進東宮的那天我就知道了……一般新人入宮，為了全她們的臉面，當天都要去新人屋裡的。結果我過去之後，在門外便聽見她與貼身丫鬟的談話——不外乎她已經有心上人了，進東宮是父命難違……她有多麼多麼不情願之類的，我便門也沒進，打道回府了。」

「就這樣……完了？」容辭不可置信。

「還要我怎麼樣？」謝懷章表現得相當理所當然。「她既然不願意，我便不見她就是，若有那個勇氣來求助，要我成全她也不是不行，可她一個字也不說，難道還要我上趕著為了一個女人心裡情情愛愛的小事操心嗎？我當時和先帝的關係幾乎勢同水火，太子之位搖搖欲墜，哪裡來的閒工夫管這些。」

「你可真是……」容辭一言難盡。「你就是用這種方式對那一屋子女人的？」

謝懷章看上去是真的不解。「這些人大都是郭氏作主納的，誰要的便是誰的事，我做什麼要管那麼多？」

容辭沒想到答案竟然是這樣，就他這種對妻妾如此別具一格的方式，當時被貶燕北的時候有人願意跟他同甘共苦才是怪事。

容辭在心裡不免感嘆了一番後宮的妃子們也不容易，一不留神就忘了還有個一腔醋意憋得沒處發的皇帝等待安撫，剛覺得出來的時間久了，圓圓該等得不耐煩了，便想與謝懷章快點回去。

謝懷章不動聲色，任她拉著自己從側門進入含元殿長長的偏廊，這偏廊連接的數個房間，一般都是供慶典時人們休息更衣之用。

容辭正要從一個房間前走過，卻不承想謝懷章順從的被她拉著的手掌突然收緊，在她猝不及防間就將她推進了房間——

第二十五章

容辭尚沒反應過來，房門就吱呀一聲在她眼前被關上，一眾侍從都被謝懷章堵在了外面，卻紛紛識趣的沒有一人聲張，只是默默地守在房門口。

看著謝懷章關上門之後，神情淡淡的往自己這邊走，容辭睜大了眼睛本能的覺得危險，一邊向後退，一邊忙不迭的求饒。「是、是我錯了！」

謝懷章意味不明的笑了笑，像拎一隻小貓一般輕易地將她放到了榻上，自己坐在她身邊，將她按得牢牢的，好整以暇道：「是嗎，那阿顏跟我說說，妳做錯了什麼？」

這種小榻又被叫做羅漢床，本是供人休息時用的，可是容辭幾乎半倒在上頭，不僅沒有放鬆下來，反而開始頭皮發麻。

「我……我……」

謝懷章見她眼珠子亂轉，偏偏就是說不出個所以然來，半逼半哄道：「妳不是認錯了嗎？錯在哪兒呢？」

容辭壓根兒不覺得自己有錯，可是現在若要嘴硬怕是得要命，逼不得已只得苦笑道：「不該跟顧宗霖說話是不是？」

「是。」

容辭放鬆下來，正要將他推開，卻發現這人的桎梏仍舊堅若磐石，半點撼動不了。

「你……」

謝懷章慢慢靠近。「原來妳也知道這不對，明知故犯，便是罪加一等……」

最後幾個字幾乎要低若耳語，容辭已經被他完全壓得仰躺在榻上，直視著他漆黑如墨的眼睛，唇上能感覺到溫熱一片，她眨了眨眼，最終慢慢閉上了眼。

皇帝能感覺到她猶豫後的順從，便一點點得寸進尺，一隻手掌從容辭後頸穿過，將她的唇齒與自己貼得更緊密，另一隻卻順著脖頸往下滑去。

容辭下意識抓住他的手，卻被反握住扣在了他的胸膛上。

就在二人糾纏得更加親密，那親吻由嘴唇轉向了腮側，密切而有力的動作讓容辭的臉不由自主的偏到了一側，這時她便覺得身上的束縛一鬆，伴隨著細微的裂帛聲響，沁涼的空氣緊貼肌膚。

容辭猛然一驚，意識到發生了什麼，一下子睜開了不知不覺已經滿是水光的雙眼。「不行……唔……」

嘴巴又重新被堵住，謝懷章這次的執著令人心驚，並沒有因容辭那微弱並不怎麼堅定的掙扎而放棄，反而顯得愈加情熱，讓她完全招架不住。

那吻深切得幾乎讓容辭產生自己將要被整個吞下去的感覺，頭上的簪子撞擊到玉枕，清脆的聲音震得她勉強恢復了神智，在推拒掙扎都被無視後，啟齒咬住了男人的嘴唇，不想他頓了頓之後，不但沒有停下反而更加激動，激動到……她能輕易感覺到的地步。

她覺得戰慄又危險，嘴下用力，直到嚐出血腥味，這才終於將謝懷章推開。

兩人在灼熱的空氣中對視，容辭大口的喘息調整著呼吸，謝懷章的嘴角帶著殷紅的血跡，沈沈的目光卻依舊直直的盯著她，喉頭微動之下就要重新俯下身來，容辭慌忙伸手抵住他的臉，第一句話竟然是──「現在……現在不成，圓圓還在等著……」

話還沒說完容辭立即反應過來自己究竟說了什麼──在這種情況下，女人口中拒絕的理由不是自己不願意，而是「現在」不行……這裡面含了什麼意思，只要是不傻的人都能明白。

容辭第一時間捂住嘴，但是已經晚了，謝懷章眼中的笑意沖淡了些許因慾念而顯得格外有攻擊性的氣息，他啞聲道：「記住妳的話……」

容辭渾身一哆嗦，立馬就要反悔，謝懷章便向下一掃，容辭順著他的目光向下一看，瞬間就忘了剛才的事，手忙腳亂的坐起來開始整理衣服。

謝懷章伸出滾燙的手掌要替她將腰帶繫上，卻被容辭羞惱的推到一邊，幾乎要被氣哭了。「你……你把它撕壞了！這讓我怎麼回去？」

從枕邊摸出了掉落的金簪，發覺費了好大的勁兒梳的髮髻也半墜半落，謝懷章略有心虛，忙把她緊握簪子的手按下去，將她摟在懷裡安撫。「我派人去取一套新的來……咳、再給妳重新梳好……」

容辭恨聲埋怨道：「說得容易，就只有一套，今晚都已經穿過了，哪裡還有另一套新的……再說你知道梳這髮髻要幾個時辰嗎？和你出來一趟，衣服也換了，髮式也換了，當滿殿的人都是傻子嗎？」

謝懷章一邊自知理虧，一邊在心底卻又冒出些隱秘又莫名的興奮，在她又臊又急時竟然有些心不在焉。

接著容辭又目光一定，顫顫的用手摸了摸謝懷章唇上的傷口，更是欲哭無淚，謝懷章卻在盡力忍住要上翹的嘴角。「……這怨不得我，可不是我自己咬的。」

容辭快被氣死了，最後無奈，只能如他所說，派人回紫宸殿拿了樣式顏色最相近的一套衣服，又讓彩月勉強梳了個在大宴上顯得不那麼寒磣的髮髻，這才忐忑又心虛的回了大殿，還欲蓋彌彰的特意和謝懷章分開走，以期能瞞過眾多眼尖的人精。

好在這是個正宴，不管有沒有人看出什麼來都沒人提這茬，加上謝懷章嘴上的傷口不嚴重，擦去血跡之後若不細看倒也不顯眼，好歹沒有人問什麼令容辭難堪的話題，只有快結束時，心直口快沒想太多的韋修儀隨口問了一句。「端陽夫人，妳怎麼換了一個髮式？」

容辭一僵，謝懷章便淡淡道：「剛剛太子在外面不小心將端陽的髮髻抓散了。」

圓圓正窩在容辭懷裡吃點心，聞言懵懵的抬起頭來看著他睜著眼睛說瞎話的父親，一時弄不懂情況。

韋修儀沒想到自己隨口一句話竟能勞動陛下親自回答，忙受寵若驚的附和。「小孩子嘛，手裡總會忘記輕重，難為夫人辛苦了。」

容辭羞愧的低下頭，在袖子底下狠擰了謝懷章的手心一把。

謝懷章表情都沒變一下。

這對話沒多久就傳了出去，正當其他人在議論容辭和太子的關係時，沒有人發現低著頭沈默飲酒的顧宗霖將手中的酒杯捏了個粉碎。

他的手被碎瓷片扎了個鮮血淋漓，卻感覺不到絲毫疼痛。

德妃將容辭的頭髮打量了一番，冷不防的開口。「夫人戴的金簪很是別致，不知是哪裡得的？」

容辭下意識的摸了摸那支鳳凰尾的簪子。「您是說這支嗎？」

德妃點頭道：「妳可別怪本宮多嘴，只是這髮簪瞧著有些眼熟……」

「是朕贈的。」

近前有一瞬間安靜，便聽皇帝的聲音在殿中飄蕩。「朕瞧著此物與端陽夫人甚配，便以此贈之。」

德妃的手攥得緊緊的，幾乎後悔問了這一句——她一開始便猜到了，只是想試探容辭的口風罷了，不想謝懷章連一絲猶豫也沒有，竟毫不避諱的認了。

是「贈」而非「賞」，一字之差，就能被眾人嚼成稀碎來品味，男子送女子禮物本就微妙，更別說送的還是簪子這類的首飾，用意更加耐人尋味，這種事當眾承認便是一種明示，再加上之前晉封承恩伯一事……

下面坐著的陳氏緊緊揪著許訟的胳膊，明明激動得要暈過去，偏偏一句話不敢說，只能盡力在眾人熱切或者探究的眼神中勉強維持理智，從牙縫裡擠出幾個字來。「老爺……我理解得沒錯吧？這是不是在作夢啊？」

「嘖！」許訟明顯也在壓抑興奮，偏偏嘴上還要裝作淡定。「這種夢要作也是三弟妹作，和妳一個外八路的嬸子有什麼關係，快別太過得意了。」

這一晚過去，京城裡最熱門的話題便從太子病癒變成了端陽夫人的前程。

許多人私底下議論，以這種聲勢，怕一個貴妃之位是免不了了，可是更多人心知肚明，貴妃便是再尊貴也不過是妃妾之身，若要冊立任何一個女子為貴妃，最多不過是需要聖旨一道，再用一頂轎子將人從九仙門抬進宮罷了，可看皇帝這一步步謹慎，先是放出暗示，再冊封其伯父，最後於上元宴當眾表明心意，所費的心思絕不像封一個妃妾需要用的。

最清楚皇帝心思的自然是內閣的諸位閣老，陛下早就在廷議時露了口風，為了這事，內閣眾人都要吵翻了天，把利弊得失翻來覆去的琢磨了不知道多少遍，反對者和支持者反覆更換，到最後隨著皇帝意志的始終堅定終於達成了一致，又怎麼可能不知道聖上真正的目的？

雖然這些聰明人怕得罪人不敢將這看法說出口，但其實心裡已經對立政殿即將迎來新主人的事頗為肯定了。

與此同時，圓圓的身子終於痊癒如初，容辭便向謝懷章告辭，想先回去看望母親和其他人。

謝懷章這次出乎意料的沒有反對，只是溫存了許久之後，叮囑她要先在靖遠伯府住幾天，他有事要安排。

容辭雖然不解，倒也點頭同意了。

溫氏沒想到容辭一出宮竟然就回了靖遠伯府，聽到下人們說四姑娘回來時真是又驚又喜。

她這段日子一直懸著心，雖說近來外頭對於女兒有可能將要當皇后的傳言越演越烈，按理說應該是好事，可是她眼看著容辭是因為太子病重才被叫進宮的，這麼長時間沒能脫身，消息也不多，加上別的亂七八糟的擔心，心裡難免沒著落。

現在女兒終於回來了，溫氏便在房裡坐立不安的等著容辭先跟老太太稟報完再過來。她本以為郭氏怎麼也要拉著容辭問上個把時辰，可是事實上卻不過一盞茶的時間，容辭便脫了身。

溫氏一邊拉著瘦了不少的女兒上上下下的打量，一邊納悶道：「這也是奇事，老太太竟不多問兩句，這麼容易就放妳過來了？」

容辭扶著母親與她並肩坐到榻上，聞言輕輕一笑。「老太太是知趣的人，知道什麼時候該做什麼事。」

溫氏微微一頓，嘆道：「這麼說也是這個道理，她老人家人老成精，也知道今時不同往日了……可是再怎麼識趣，一想到當初那些事，也難免讓人覺得這不過是見風使舵，我是對她親近不起來了。」

容辭早就知道郭氏是個什麼性子，知道若自己過得不好，那她就算不落井下石，也絕對不會主動幫襯，相反，若自己得勢一日，她就是天底下最慈愛的祖母，所以對她的態度也就不以為意，只當作沒察覺罷了，大家互相敷衍，相安無事豈不自在。

溫氏在心裡又腹誹了自己婆婆幾句，也就不肯再為了外人耽誤她們母女相處的時間了，先問候了太子的安危，得到肯定的答覆之後鬆了口氣，這才迫不及待的又問：「如何，妳那邊怎麼樣了？」

容辭也知道她想問什麼，也不賣關子。「您只管等一等，很快就能塵埃落定了。」

溫氏撫著胸口唸了一聲佛，這才小心翼翼的道：「顏顏，不是娘貪心太過，只是……這名分高低可是關係到妳一輩子的事，妻妾之別……可不是鬧著玩的，雖然都說只要有幸進宮便是燒了高香，可是……」

「我明白，」容辭安撫道：「我自是知道您的心事，只是這不是尋常人家娶妻納妾，陛下家事即是國事，不到最後一刻都不是能隨意說出口的。」

她這話說得含糊，可是溫氏卻察覺到了那隱晦的意思，她不禁抬頭仔細的打量了容辭平靜的表情，然後問了一句。「好，那我不提這個，只問一句，陛下待妳可好？」

提起謝懷章，容辭眼中便立即泛出了不由自主的笑意。「您放心，他待我很好。」

「怎麼個好法？」溫氏追問：「比恭毅侯如何？比我或是妳父親又如何？」

這兩個比喻提得很是刁鑽，一個是內情頗多、但在外人眼中卻十分難得的前夫，另一邊則是全心愛護、無微不至的父母，容辭沈吟了一會兒才找到了兩個合適的詞來形容這種對比——

「與前者相比就是雲泥之別，與後者……不分伯仲。」

容辭聽了謝懷章的話，在靖遠伯府小住了幾日，到了第三天晌午便明白了他這麼吩咐的用意——

那時她正與溫氏並許容盼一起用午膳，院外便是一陣嘈雜聲，不等人猜測，房門就被一個眼熟的丫頭「啪」的一聲推開。

還沒等李嬤嬤呵斥，那丫頭滿臉通紅的跪在地上，連滾帶爬的上前了幾步。「三太太、四姑奶奶……外面、外面……」

丫頭狠狠嚥了一口唾沫，這才緩過氣來。「聖旨到了，請您和三太太帶上七姑娘速速梳洗打扮，去前院接旨。」

在這個時候，又是特地要容辭去接的聖旨能是什麼事？

聽到的人包括溫氏、李嬤嬤和幾個丫鬟瞬間漲紅了臉，倒是容辭這個當事人早有預料，顯得很是平靜。「娘，咱們換個衣服就去吧。」

等容辭扶著站不穩的溫氏，和妹妹一同到了正房的院中時，奉誥的几案已經設好，滿府的主子們都到齊了，加上宣旨的正副使和陪護的一眾太監侍衛，滿滿的人站了一院子。

許氏在高門中人口並不算最多的，但老伯爺一共有四子，這四房生育了六子七女，子又有子，這一家子人口也不算很單薄了。如今但凡在家的，不分男女老少一個也沒漏全在此地，神色各異，等見到容辭時，紛紛露出了敬畏……或者畏懼的神色。

郭氏的嘴角繃不住已經越彎越深，連枴杖都不要了就過來拉容辭，向她介紹前來宣旨的人。「好孩子，妳近前來，這是正使岳大人。」

手持金卷的吏部尚書岳恒已年過不惑，此時摸著鬍子微微一笑，不明顯的向容辭拱手示意。

「這是副使都察院的劉大人。」

無怪乎郭氏這麼激動，正副使臣一個是內閣的閣臣、一個是三品官員，看上去可遠不是冊封尋常妃嬪可以有的架勢，聖旨雖沒打開，但明眼人已經能猜到了。

正主兒已經到了，岳恒也不耽誤，直接示意容辭跪於最前方，後面是郭氏、靖遠伯夫婦、承恩伯夫婦、溫氏等人依次排下去。

從副使手中接過聖旨，岳恒朗聲宣讀道——

「制曰：王者建邦，設內輔之職；聖人作則，崇陰教之道，世清四海，以正二儀。咨爾許氏，祥鍾華冑，秀毓名門，溫惠秉心，柔嘉表度，六行悉備，久昭淑德。命以冊寶，立爾為皇后。爾其祗承景命，善保厥躬。化被蘋蘩，益著徽音之嗣。榮昭翬紱，永期繁祉之綏。欽哉。」

容辭輕輕閉了閉眼睛，隨後謝恩叩首，雙手接過聖旨，被岳恒虛扶著站起身來。

「夫人，陛下早已命禮部準備金寶金冊和禮儀服飾，」岳恒道：「瞧這樣子，大婚之日應該也等不了幾個月了，具體日子還需再斟酌……對了，馬上就要行納采、問名之禮，到時候禮部會派人來安排，您府上也要早些準備才好。」

容辭自然應了，眾人與宣旨眾人寒暄，將他們送走之事不提，過後除了吳氏，其他人都想與溫氏母女拉近關係，可是現在名分已定，雖未行大禮，容辭也已經是板上釘釘的中宮主子，眾人一肚子的奉承之詞，卻開始你看我我看你，紛紛怯懦的不敢開口。

許容盼如今就快要及笄了，此時還被剛才的事驚得說不出話來，好一會兒才一臉迷茫道：「方才的聖旨是什麼意思……姐姐、姐姐要做皇后了嗎？」

許訟夫妻的承恩伯府還沒有建成，此時還住在靖遠伯府，陳氏聞言就忍不住一笑。「傻姑娘，妳說對了，咱們陛下要娶妳四姐進宮當皇后了！」

這一句打破了方才的沈默，男人們不好開口，女眷卻都妳一言我一語的恭喜起溫氏與容辭來，院中頓時一番熱鬧。

郭氏瞪了在一邊臉色鐵青的吳氏一眼，隨即拉著容辭一臉欣慰道：「祖母就知道妳是個出息的，比妳幾個姐姐都出息，以後便是咱們府上的……」

她還想再說什麼，容辭卻不耐煩應付，加上知道就算此時自己表現得冷淡一點，郭氏肯定也不敢計較，便扶著額頭直接道：「老太太，孫女剛才就有些頭痛，現在想先回去休息，請恕不能奉陪了。」

果然，被打斷話的郭氏臉色一僵，隨即馬上緩下來，滿口的關心之詞。「疼得嚴不嚴重？要不要叫個太醫來看看？要是累了便快些去休息吧，不用管我們。」

等看著容辭一家三口走遠，始終一言不發的吳氏才敢冷哼出聲。「才接了聖旨，就擺起娘娘的款兒了。」

郭氏皺了皺眉，但她剛被下了面子，聽吳氏抱怨一句心裡有些解氣，便沒有及時開口制止，反倒是一向很能忍耐吳氏的二太太陳氏開了口。「什麼叫擺娘娘的款兒？人家分明已經是娘娘了，沒命令咱們立即行大禮叩拜便已經是很給面子了，大嫂說話還是小心些。」

自從許訟夫婦有了爵位，吳氏就明顯感覺到這個妯娌不像以前那樣任她揉捏了，可是當著這麼多小輩的面直接譏諷還是第一次，當即氣得險些沒厥過去，恨聲罵道：「你們夫妻跟著一個小輩尾巴後面阿諛奉承，這才白撿了個爵位，竟也跟著抖了起來，眼裡還有沒有上下尊卑？」

陳氏被這個小心眼處處搓磨她的毒婦壓制擺弄了半輩子，為了孩子，硬生生的忍下來，現在終於能把壓抑已久的脾氣爆發出來，也不管婆婆不悅的目光，反唇相稽道：「上下尊卑？我只知道中宮是上，我是下，中宮是尊，我是卑，可沒聽過一個娘胎裡生出來的兩兄弟能隔著多大的『上下尊卑』。」

她掙脫了許訟悄悄去拽她衣袖的手。「說得好像妳身上的誥命是伯爺真刀真槍拚出來似的，不過也是未立寸功便襲了祖輩的尊位罷了，又能比我們尊貴到哪裡去……」

「陳氏！」

「弟妹！」

不只是郭氏，就連一向任妻子行事，自己從不吱聲的靖遠伯許訓也皺眉呵斥陳氏住嘴。

許訟對母親、大哥順從慣了，現在反射性的把妻子拉到身後想要道歉，可沒承想這次陳氏半點也不妥協，穩穩的站在原處高聲對著許訓道：「怎麼，伯夫人剛剛罵您親弟弟的時候一聲不吭，現在倒充起大哥來了，這又是什麼道理？」

許訓被牙尖嘴利的陳氏頂得說不出話來，郭氏便要訓斥兒媳不懂規矩，可是陳氏腰桿子挺得筆直，搶先對著兒子許沛一家人道：「還愣著幹什麼？留在這裡任人搓磨嗎？你是我親生的，我這當娘的再沒用，見你們被個不知所謂的女人擺弄也會心疼，不至於像瞎了一般裝沒事人……還不快些離了這裡，沒得討人嫌。」說完，就頭也不回的回了自己院子。

許沛拉著幾個孩子和妻子面面相覷，瞥了眼被兒媳一通指桑罵槐說得面色時青時紅的祖母，到底還是跟在母親身後走了。

郭氏捂著胸口晃了晃，指著許訟道：「你、你娶的好媳婦……」

一邊是妻子，一邊是生母，許訟為難急了，躊躇了半晌之後，磕絆道：「……這女人就是頭髮長見識短，母親別氣，兒子這就去教訓她……」

話音還沒落下就一溜煙的追著媳婦跑了。

留下郭氏反應過來後，指著親兒子的背影氣道：「反了，真是反了天了！」

以容辭現在準皇后的特殊身分，有些事情就算不主動打聽，也自有人上趕著說與她聽，二房與大房吵的那一番話也就一刻鐘的工夫都沒到，就被人迫不及待的傳到了她的耳朵裡，還繪聲繪色的描述了一番吳氏當時的嘴臉。

容辭就當個笑話聽，倒是溫氏嘟囔了兩句，等到了第二天，禮部的官員來安排大婚的相關事宜時，她也把這些拋到了腦後，想專心聽聽，怕不懂規矩到時候讓人笑話。

不想禮部的官員說得卻不多，只是講了一番大致流程，就算是完事了。

溫氏很是不解，那官員怕她以為自己不上心，便忙解釋道：「太太不必擔憂，到時候會有專門的官員、女官等隨侍，一步一行，均有人指點，出不了半點差錯，宮中女官馬上就到，就是專門為貴府眾人和皇后殿下細說禮儀的，之後也會隨侍殿下身邊。」

溫氏點頭，容辭在一旁聽了，先是若有所思，接著問道：「這府中裝置擺設都還沒有動……」

官員的腰彎得更厲害，恭敬道：「回您的話，陛下欽賜的承恩伯府已經修葺一新，緊鄰的便是許三太太的新居，兩處相連，最便宜不過，陛下的意思是命承恩伯府充作皇后娘家宅邸，大婚當日就從那裡出發。」

陳氏在旁一聽眼睛就亮起來。「當真？」

官員肯定的點了點頭。「陛下金口玉言，自然千真萬確。」

許訟就是再刻板寡言，此時也憋不住了，臉上便帶了止不住的笑。「皇恩浩蕩，陛下看得起我們夫妻，我們便是萬死難報。」

容辭現在其實理應坐於最上首，可是她不願意因為這點小事被人議論自己不尊長輩，便揀了母親旁邊坐了，郭氏依然坐於上首，這一度讓她頗為滿意。

可是禮部官員的一番話讓這高興大打了折扣，她活了這麼大歲數，自然知道皇帝下這樣的旨恐怕絕非出於好意，這樣不亞於當眾打臉，一邊想盡方法抬舉皇后以示愛重，一邊卻將她與靖遠伯府分隔開……這讓世人怎麼想？

看著自己大兒子錯愕、兒媳吳氏是怨恨不滿，郭氏自己反倒是恐懼居多，雙手一下子止不住的發顫，抖著聲音問道：「父母在不分家，況且這府裡也是皇后從小長大的地方，為何偏要另尋他處？」

這年頭誰還不是個人精了，那官員揣摩聖意，對郭氏便不像對二房兩口子那般客氣，沈下臉來道：「陛下的意思，我等身為臣子只有照做，從沒有質疑的。」

郭氏知道這人回去，在許府所見所聞怕是會一點不漏的上報皇帝，才說出口就已經自知失言了，現在儘管心裡焦躁難安也只得硬生生的憋回去。

官員緩下神情，對容辭道：「殿下，請您儘快搬往承恩伯府，我等也好儘快佈置。」

歷來只有皇帝能被稱作陛下，而「殿下」便是對皇后、太子、皇子、公主及宗室親王的稱呼，就連貴妃也只能被稱為「娘娘」，也就是說，中宮皇后是唯一一個不姓謝的「殿下」。

容辭現在是準皇后，到底未行過大禮，也沒經過冊封，直接稱皇后有些勉強，這些人便以殿下相稱，亦不算逾禮。

容辭對謝懷章的做法毫不意外，兩人心意相通，自己對這府裡的人是什麼想法，他不可能沒察覺，但在節骨眼上又不好徹底與他們翻臉——也沒這個必要，便有意給他們難堪，為容辭出氣罷了。

容辭雖早就把以前的事拋到九霄雲外去了，但也不能說謝懷章出的這一手她心裡不爽快。

陳氏自然是巴不得快些搬出去，她在這兒憋屈了這麼些年，本以為熬到自己死都等不到分家的那一天，就要一輩子被吳氏那個賤人捏扁捏圓，可誰也沒想到自己這個處得不錯的姪女居然飛上了枝頭，連妃妾都不用做直接封后，更妙的是她還和吳氏有仇。

這就像天上掉餡餅一般，正好掉到了她頭上，現在不走還等著過年嗎？

許訟本有些猶豫，可這不是他猶不猶豫的事，皇帝的命令沒有討價還價的餘地，不要說他，就連他娘他哥都屁也不敢放一個，也知道只能從命收拾收拾搬去了新家——至於他自己有沒有在心裡暗自偷樂，那就只有天知道了。

承恩伯府是預備作為皇帝大婚的出發點，修建得自然比旁的伯爵府要氣派些，雖大小是一樣的規格，佈置擺設和佈局都明顯與別處不同。

但皇帝特地留給溫氏的宅子，卻更令人驚訝。

這處宅邸剛剛修建，還沒完工，因為溫氏的誥命要到大婚之後才能下來，這宅邸自然也就沒有匾額，它與承恩伯府緊緊相連，只隔著一堵牆，牆上還有側門相通，就像是一處府邸的兩個院子。

但是這絕不代表這宅子是承恩伯府的附庸，正相反，即使當初禮部官員輕描淡寫的稱這裡為「許三太太的新居」，但等容辭和溫氏上門去看時，才發現這不是想像中那種寡居之人所居的小院，而是一座比隔壁已經修葺完整的承恩伯府還要大上不止一圈的豪宅，就是還沒完工，也能看出已經完全是公侯的規格。

溫氏被這地方嚇到了，她本以為自己只是有了個小宅子可以落腳，不再寄人籬下，可是等轉過一圈才意識到她自己一個人就要住一個比塞了祖孫四代人的靖遠伯府更加寬闊富麗的府邸，這讓她覺得很不真實，好長時間都不能習慣。

容辭吩咐人將自己各處的日常用物收拾了一下，帶著母親和妹妹離開了靖遠伯府，住進了新建成的承恩伯府。許訟和陳氏都心知肚明，自己一家所得到的一切都是源於這個姪女，因此連正房也不敢住，要讓給溫氏母女，還是容辭推拒了幾次才作罷，但還是將一處最大的院子撥給了她們，許沛一家都往後站了。

然後一個多月的時間，先是請了女官來教導禮儀，之後相當繁瑣的走完了納采和問名的儀式，容辭才算是有了片刻的清靜。

她這段時間雖是在伯父家中暫住，但和母親妹妹住在一處也過得不錯，唯一不好的只是這陣子忙忙碌碌，有一個多月沒見到圓圓，想念又不好表現出來，心裡總是有所掛念。

二月二十九是容辭的生日，她現在正在風口浪尖，數不清的人都想要來燒燒這塊熱炭以此來謀求私利，容辭自然不想張揚，便誰也沒說、誰也沒請，只想一家子清清靜靜的吃頓飯就算完事。

廚房張羅著席面，容辭便在屋裡與溫氏和妹妹聊天。

許容盼現在也算得上是大姑娘了，臉蛋仍然圓圓的，肌膚也泛著健康的顏色，正是各家長輩最喜歡的女孩子的長相。容辭平日裡也頗疼她，加上自己有了圓圓、做了母親，更加明白怎麼照顧比自己小的妹妹，姐妹倆相處了一段時間，將許久不見的陌生磨得一絲不剩，現在很是親暱，於是話趕話的便說到了容盼的婚事上。

一提起這事溫氏就有些發愁，說是之前已相看好了一個姓曹的年輕秀才，家裡也不算富貴，但人口簡單，父母性子也好，難得的是這後生也肯努力用功，將來就算不能當進士，一個舉人的功名也少不了。

容盼是庶出又沒有父親，若要用靖遠伯府的名頭強行往高裡嫁也不是不行，就怕人家拿著她的出身搓磨她，還不如找個稍低一點的人家，過得還舒服些。

溫氏當初給容辭相看人家的時候也是這麼想的，誰知天有不測風雲，偏攤上了那檔子事，不得已嫁進了恭毅侯府，之後這段婚事的結果也確實如她所想的十分不圓滿，因此在小女兒的婚事上，她更加堅定了之前的想法，絕不貪戀富貴而高嫁，到時候面上好看，內裡的苦水卻只能往肚子裡嚥。

前段時間兩家都有了默契，只等容盼再大上兩歲便上門求娶。

誰知道風雲突變，曹家猝不及防的就被接下來的事弄懵了——剛定下這個兒媳沒多久，人家的親姐姐就飛黃騰達被冊為皇后了，本來還算是身分相當的一對男女登時天懸地隔，任誰都不能說一句相襯，你家一個連舉人都還沒考上的兒子要娶人家皇帝唯一的正經小姨子，臉未免也太大了。

曹家父母也很是頭痛，好好的婚事一下子就僵成了這樣，又能跟誰說理去？最後頂不住壓力，上門主動找溫氏，說若是許氏覺得這婚事不妥，便只管當作從沒發生過，他們絕沒有怨言。

「這家人人品本也沒得挑，可是……」溫氏糾結道：「弄得我現在也拿不定主意了。」

容辭問了這年輕人的姓名便有了數——此人正是她前世的妹夫，當初雖沒見過，但從容盼嘴裡聽了不少，知道這小夫妻兩個關係不錯，從沒有吵架拌嘴的時候，沒想到這一世自己的情形大不一樣，妹妹的前世姻緣竟照樣找上了門。

「這得看盼盼自己的想法呢，咱們著急也沒用。」容辭說著便問容盼。「妳見過那位曹越公子吧？覺得他怎麼樣，可能託付終身？」

容盼聽了母親的話本來面帶急色，卻沒臉在自己的婚事上直接插嘴，這時姐姐來問自己的意見，並沒有因為曹越出身低微而直接否決這門親事，心立即就放下了一半，接著便忍著羞愧半遮著臉道：「他……他人很不錯的……」

容辭不禁笑了，對母親說：「瞧瞧，您還在這裡左右為難個什麼勁兒呢……」

溫氏又氣又笑，點著容盼的額頭道：「妳這丫頭，單看娘急得跟什麼似的，自己有了主意也不吱聲。」

容盼鑽進容辭懷中羞道：「這種事自有娘親作主，我多嘴算是個什麼事兒。」

溫氏還要再說，就有丫頭來通報，說是許訟請容辭到前院去。

容辭道：「酒席不是擺在這院裡，請伯父和伯母過來嗎？是沛哥哥回來了？」

那丫頭道：「奴婢也不清楚，只聽說像是來了什麼貴客，老爺並大爺正在招待呢。」

容辭聽到只請自己去就有些疑惑，但還是跟溫氏說了幾句，又整了整衣衫便往前院去了。

一進廳堂，便見身穿深紫色直裰的男子端正的坐在主位，許訟和許沛坐在下面，但就像是屁股底下鋪著針墊似的，父子兩個都一頭一臉的汗，也沒人敢伸手擦。

容辭一愣。「陛下？」

謝懷章抬眼看到容辭，臉上的表情立即柔和了下來。「過來坐吧。」

容辭往旁邊一瞄，見到自己的伯父和堂哥坐得筆直，眼睛目不斜視，連自己進來了都沒敢看一眼，一副誠惶誠恐戰戰兢兢的樣子，不禁有些無奈，只得依言走過去坐到皇帝身邊。「你怎麼出宮了？」

謝懷章也有些日子沒見到容辭，自然也很想念，此時一雙黝黑的眼睛一眨不眨的望著她，認真道：「今天是妳生日。」

容辭的眼中忍不住泛出了清淺的笑意，剛要說什麼，就發現他身邊少了什麼，忍不住問道：「太子呢，沒有跟來嗎？」

謝懷章的眼皮當場就耷拉了下來。「留在宮裡了，怎麼，少了他就不能來瞧瞧妳嗎？」

容辭話剛說出口就知道必定要得罪他了，但她實在掛念兒子，也就沒有改口，現在一看，果然不出所料，讓她哭笑不得。

察覺到自家的伯父和堂哥聽出皇帝話裡似有不悅，已經嚇得要跪下了，實在不忍心再去讓他們受驚，便悄悄拉了拉謝懷章的袖子，低語道：「行了，我伯父和大堂哥都瞧著呢，你當著他們又鬧哪門子的彆扭。」

謝懷章往下瞥了一眼，這才淡淡道：「怎麼不見溫太太？」

許訟哆哆嗦嗦的答道：「弟妹在自己院子裡休息，若陛下召見，必定儘快趕來。」

謝懷章道：「不必了，以後自有相見的日子，朕與皇后有段日子沒見，想單獨說說話。」

許訟的腦子已經僵了，謝懷章的話他自然聽在耳中，也習慣性的應了，但就是沒反應過來他說的是什麼意思，木愣愣的坐在原地，還是許沛先明白過來，人家陛下是想跟四妹單獨相處，這是讓他們識趣一點，快點走開不要礙事。

許沛福至心靈，一旦想通，立馬拉著父親跟皇帝告退。

容辭看他們走了，便先發制人。「我都這麼長時間沒見到孩子了，還不准我念叨兩句嗎？」

謝懷章道：「妳難道就常見我嗎？」

「你這不是來了嗎？我掛念你們又不分個高下，誰沒來就更想誰，難道不是人之常情？」

謝懷章有時候也很好打發，聽了這話，那心裡隱約的委屈就被平息得差不多了，將容辭拉近了一點，低語道：「當真不分高下？」

容辭又氣又笑。「愛信不信，誰還唬你不成。」

謝懷章這便滿意了，才說：「今天之後，過幾日又是他的生日，到時候妳進宮去還怕見不著嗎？」說著將容辭的手握起來。「帶上圓圓，我們怎麼說話？」

「你又要說什麼話是孩子聽不得的？」

話是這麼說，容辭也知道他的心意，小別勝新婚，兩人難免更加親近，有孩子在確實不方便。

「不提這個了，這宅子還是你親自選的，我帶你去逛逛如何？」

謝懷章什麼皇家園林沒有見過，再怎麼美麗的景致也見得多了，但他現在有情飲水飽，便是容辭帶著他去看紫宸殿，他也能覺出新鮮有趣來，自然不會有什麼意見。

現在已經入了春，這花園雖遠不如宮裡的精緻豪奢，但許多花木都已經回春，綠意盎然的地方總不會難看。

「隔壁還在動工，不然咱們去那邊看看也好。」

花園邊上有個秋千架子，是許沛被他幾個孩子鬧得沒轍親手搭的，可是那些小祖宗一個比一個坐不住，新鮮了沒幾天就滿大街亂跑去玩了，到最後便宜了容辭，有事沒事就到這裡來坐坐。

此刻她坐在秋千上，抬頭看著謝懷章跟他說話。

謝懷章看得有趣，親自替她搖起秋千。「那邊督造的人可還盡心？」

容辭道：「陛下親自吩咐了，怎麼會有人不盡心，你未免也太多心了。」

謝懷章停下手裡的動作，等秋千停下來就輕輕的摸了摸她的頭髮，語氣中有著不易察覺的愛憐。「不要說天子，就算真是『天』的旨意，只要有利可圖，一樣有人陽奉陰違。」

容辭嘆了口氣，只聽謝懷章又道：「不過這件事妳盡可以放心，總不會讓岳母吃虧的。」

容辭有些不好意思，強撐著不改面色道：「哪個是你岳母？」

有些凝重的氣氛便輕鬆了起來，謝懷章走過來硬要坐到容辭身邊。

這秋千不算窄，但坐下兩個成年人還是有些勉強，謝懷章一旦坐下，兩人之間就擠得一絲縫隙也留不下，彼此之間貼得很緊，容辭能清楚的感覺到身邊人腿上傳來的隱隱熱度。

她有點受不了，便伸手去推他，嘴上道：「你不覺得擠嗎？」

謝懷章紋絲不動。「不覺得。」

「你可真是……」容辭自己站起來。「你不起來，我自己起來總可以吧？」

不想這人伸手拽著她的手臂一拉，容辭便跌坐在他腿上，結結實實被他抱在懷裡。

「這不就不擠了？」謝懷章眼帶著笑意道。

容辭知道自己掙不開，只是哼著道：「就會來這一套。」

話這樣說，她卻也安心的坐在他懷裡，靠著他的胸膛不再掙扎了。

謝懷章環過容辭的肩臂，將她整個人圈在了懷裡，輕柔的吻了吻她的髮絲。「再過三個月，咱們就要成親了。」

容辭一愣，隨即道：「這就定下日子了嗎？怎麼這麼急？」

一般帝后大婚怎麼也要準備大半年，要是三個月之後，那從宣旨開始，統共也才四、五個月左右，這還不到半年呢。

謝懷章只是笑，卻沒說其實這些章程他已經暗地裡準備了好些年，從圓圓的身世還沒有揭露時就已經在著手處理，現在不過是將大婚所用的東西造出來而已，幾個月的時間也盡夠了。

謝懷章將容辭的下巴抬起來，大拇指摩挲著她的側臉。「皇后殿下覺得早些不好嗎？」

「沒有呀！」容辭見不得他這副胸有成竹的樣子，有意揶揄道：「倒是以後就能名正言順的照顧圓圓了，怎麼不樂意？」

謝懷章自然知道她這是故意的，便伸手要捏她的鼻子，被躲過了也不糾纏，只是柔和的看著她。

他們就在這春日暖而不烈的陽光底下享受著難得的靜謐時光，幾乎要忘記今夕是何夕，還是容辭先想起正事，問道：「對了二哥，赤櫻岩的事可有了頭緒？」

提起這個，謝懷章的神色變得有些凝重，他搖了搖頭。「還未曾查出什麼來，幕後之人很是謹慎，僅有的幾個線索帶出的嫌疑犯都是還未等人查到就已經自盡，線索斷得乾乾淨淨，遲遲沒有進展。我另外讓他們分出一部分人手去赤櫻岩的產地坡羅國調查，看看能不能順藤摸瓜查到些什麼，但那裡距離京師有千里之遙，路途又崎嶇難行，沒兩個月也到不了……為今之計就只有等了。」

容辭知道他的難處，雖然焦急也不過分催促，只是安慰道：「不是說只要做過的事就一定有跡可循嗎？什麼人也逃不過這天網恢恢的，咱們耐心看著就是。」

謝懷章因為兒子是從自己這裡染上毒物的事一直耿耿於懷，更因為覺得對不住容辭而愧疚難耐，容辭的體諒安慰的確能使他心情好轉。

容辭靠著他道：「我家裡擺了一桌酒菜，你要不要一起——順便也見見我母親和小妹？」

謝懷章自然想留下來陪她，可是他看了看天色，已經過了午時，只得遺憾道：「來不及了，韃狄那邊情勢變動，有好些事要商議，我改天再來看妳。」

說著拉著容辭的手，低頭在她額頭上輕吻了一下。「對不起，原諒我。」

容辭笑道：「這有什麼，國事為重，只是——回去的路上小心些，還有記得照顧好兒子。」

謝懷章點點頭，最後還是忍不住看了她一眼，這才走了。

容辭見到了謝懷章，心情很是不錯，一路腳步輕盈的回了溫氏院中，本以為院裡應該挺熱鬧才對，卻不想裡面寂靜無聲，只有斂青一個守在門外。

「這是怎麼了？」

斂青見容辭來了立即迎上，帶著古怪的神色低聲道：「您可算回來了……恭毅侯來了，正跟太太在屋裡坐著呢。」

容辭聽罷就皺起了眉頭。「母親怎麼會答應見他？」

溫氏提起顧家就恨得牙癢癢，恨不得跟他們老死不相往來，可現在居然讓顧宗霖進了門，也是稀奇。

斂青咳嗽了一聲。「前幾天太太還在操心您嫁妝的事，顧侯說是要來商議送還您留在顧府的嫁妝……順便為之前的事道歉，太太這才鬆了口。」

容辭一聽就明白了。

就算是帝后大婚也要按照六禮來，聘禮嫁妝必不可少，溫氏原有一筆不少的家資，可是都在容辭第一次出嫁的時候抬進了恭毅侯府，直到現在容辭也沒想起來去將它們拉回來。溫氏怕女兒覺得羞恥，心裡再急也沒跟女兒提過這難事，靖遠伯府那邊倒是很殷勤的說要提銀子辦皇后的嫁妝，可他們的東西燙手，一旦拿了，以後可就甩不掉了。

雖然等到納徵時自有宮中聘禮送過來，到時全都充作嫁妝也能彌補一些，可是這也不過是權宜之計，到時候這一百二十抬嫁妝若不滿滿當當的抬進丹鳳門，自己的女兒恐怕就是本朝嫁得最磕磣的皇后了，這讓溫氏簡直難以忍受，光想想就覺得呼吸不暢。

女人和離大歸之後，以前的嫁妝按理可以帶走，但免不了又是一番拉扯，現在顧宗霖主動要將嫁妝送回來，省了不少扯皮的工夫，人家又說是來道歉的，溫氏便難免動心。

容辭嗤笑了一聲，母親那是不瞭解這個人，顧宗霖若是真的只為道歉來的，那他們就白做一輩子夫妻了。

第二十六章

溫氏現在其實坐立不安，她本對顧家所有人都怨恨不已，因此見到顧宗霖之前是打定主意想要問罪的。但顧宗霖這個人氣勢極盛，不說話時整個人就像是一把出鞘的利劍，既寒涼又銳利，像是瞧一眼就能被刺傷似的，讓人忍不住想要避其鋒芒。

溫氏看著這樣的前女婿，不由自主的降下了火氣，兩個人相對無言，只能這樣不尷不尬的坐在位子上。

還是顧宗霖先開口問容辭現在何處，溫氏已經聽姪子說過是陛下駕臨，女兒正陪著說話，但這事要是真說給顧宗霖聽……怎麼都有點怪怪的，她便有些支支吾吾說不出什麼來。

顧宗霖的耐性其實很不好，但因為眼前的婦人是容辭的母親，這才忍耐著，被敷衍一番也沒有變臉，只說了嫁妝已經送過來的事，卻遲遲不肯告辭，只是坐在原處默默地等待，任溫氏怎麼磕磕絆絆的暗示他該走了，他仍然都像是聽不懂似的。

兩人正僵著，房門「吱呀」一聲打開，容辭進來時並沒什麼特殊的神情，但總算讓溫氏如釋重負，鬆了口氣。「顏顏，恭毅侯來送還妳的嫁妝。」

顧宗霖低著頭並沒有望過來，聽到這一句卻臉頰猛地抽動了一下，沈聲說了一句。「我有話要跟妳說。」

容辭難得沒有對著他出言諷刺，只是點點頭，先安撫溫氏。「娘，我有些餓了，您先去廚房看看酒菜準備得怎麼樣了。」

溫氏有些遲疑，可是看著女兒堅定不容動搖的神色，只得應道：「那我就去了，你們……好好說話，可別……」

容辭打斷了她的未竟之言。「我心裡有數，您只管放心就好。」

等溫氏走出去，顧宗霖才抬起頭不作聲的看著她。

容辭坐到他對面的椅子上，等著這人開口，卻遲遲得不到隻言片語，便有些不耐煩，蹙眉道：「你要說什麼？總不會真的是要道歉，又好面子開不了口吧？」

顧宗霖從她進來就緊繃的身子竟然更僵硬起來——這話容辭雖只是隨口一說，但竟然意外的一語中的，準得不能再準。

那些話從上一輩子開始，在心裡想了已經有不下千百次，可他之前沒有勇氣說出來，現在時過境遷物是人非，顧宗霖的嘴就像是被縫住一般，更加開不了口。

他在那裡心思扭得千迴百轉，可容辭卻覺得他莫名其妙。「有話就說，若是沒話，那我就先謝謝你主動把我的東西還回來……我還有事，就不送了。」

說著便轉過身去想出門，這時突然聽到身後男人沙啞又晦澀的聲音。「對不起……」

顧宗霖終是開了口。「當初的事，是我對不住妳……」

容辭的腳步頓住，胸口劇烈的起伏了一下，隨即又很快平緩了下來，背對著顧宗霖，讓他看不清楚她的表情。「這道歉我接受了，你走吧。」

顧宗霖一愣，隨即冷著臉大步走上前來拉住她的手。「接受？妳這樣怎麼叫做接受？」

容辭看著顧宗霖的臉依然俊美絕倫，眼睛卻已經熬得通紅，細密的血絲佈在其中，顯得頹唐又狼狽。

她深吸了一口氣，用力將自己的手抽出來。「怎麼不算，我原諒你，咱們兩不相欠，這不是你所求的嗎？」

說實話，若說容辭抵死不肯原諒，一輩子都恨他入骨，顧宗霖心中恐怕還要舒服些，正是她現在輕易原諒的態度才叫他如墜寒潭。

他畢竟早已不是當年那個不懂如何去辨別愛意的少年了，如今顧宗霖已經深刻的瞭解若真心喜愛一個人會是怎樣的患得患失，動輒愛恨交織，不肯屈就。

人往往對自己愛的人要比陌生人苛刻得多，普通人的傷害或許轉瞬便能遺忘，可是來自愛人的傷害卻如附骨之蛆，若不排解，便至死都糾纏不休，輕易無法諒解——這點他比誰都清楚。

他不由自主的往後退了一步，如同刀刻一般的五官有些扭曲。「我知道當初自己做錯了，可是、可是妳又怎麼能這樣輕易地就說出兩不相欠四個字，妳……難道就不恨我嗎？」

容辭呵呵一笑。「這真是奇了，難道一個人道歉不是求人原諒，而是求著人恨的？顧宗霖，你倒真是與眾不同。」

這怎麼能一樣？顧宗霖看著她沒有顯出絲毫情意的側臉，恨是一種極其激烈的情緒，它若源於愛情，有時便會比愛意更加讓人難以忘懷，二者同根同源密不可分——他感覺不到愛，竟連恨也得不到，只能從這狠心的女子嘴中得到一句不帶絲毫感情的「兩不相欠」。世人都說男人薄情寡意，虎狼心腸，卻不知女人決絕起來，又比豺狼更加冷漠十倍。他見不得她這樣的漠視，深深地呼吸了良久，終是忍不住咬著牙說出了一句話。「妳能把之前的事拋諸腦後，難道不是另有緣故嗎？」

這話倒叫容辭感到莫名其妙，她終於轉過頭來直視著顧宗霖，疑惑道：「什麼另有緣故？」

「我問妳，」顧宗霖緊繃著臉說出了一句石破天驚的話。「謝瑾元是誰的孩子？」

容辭絕沒有想到第一個看破這事的居然是顧宗霖，她的眼睛驟然睜大，瞳仁劇烈震動，即使極力掩飾，聲音還是不可避免的帶上了顫抖。「你、你……」

顧宗霖的心一下子沈了下來——他這話本是情急之下的試探之言，本沒什麼把握，可是就像容辭作為他的妻子瞭解他一樣，顧宗霖也曾與容辭朝夕相伴五年的工夫，之後雖然久不相處，但她的一顰一笑一舉一動卻時時刻刻印在心裡，怎麼也不能忘懷，她的這種反應代表著什麼意思，他不可能分辨不出來。

容辭抿著唇，勉強壓下了心裡的慌亂，儘量用平緩的語氣道：「太子是孝端皇后所出，這舉世皆知。」

顧宗霖的眼中不知不覺就泛起了寒意。「那妳敢不敢重複一句孝端皇后姓甚名誰？」

容辭的嘴唇動了動，卻沒發出聲音。

「妳不肯說，我卻記得清楚。」顧宗霖看著她，一字一頓。「太子生母姓溫名顏，與妳母親同姓，顏則是『齊顏色』的顏，我說得可有錯？」

容辭從很早以前就在恐懼圓圓的身世若有一天暴露可要怎麼辦，萬萬沒想到滿朝文武沒有一個猜透，第一個起疑的竟然是從不對這種事上心的顧宗霖，她先是不可避免的受了驚嚇，但馬上冷靜了下來，意識到這件事被顧宗霖窺知，卻比被那暗地裡謀害圓圓的凶手得知要好得多。

她的氣息已經平穩下來。「你沒記錯，可那又如何？」

「那又如何？」顧宗霖氣急反笑。「我說到這地步，妳還要裝傻嗎？」

當初他見太子病重時容辭那幾乎要急得瘋癲的樣子，心底便有了隱約的疑雲。他知道容辭不是那等貪戀權貴的人，她對太子的在意與擔憂絕不是想要利用這孩子的好感得到些什麼，只能是發自內心。可這就顯得很是怪異，因為別人也就算了，他卻是知道容辭看上去溫柔心軟，實際上卻是有些涼薄慢熱的人，絕不可能見過太子寥寥數面就能這樣掏心掏肺。

可事實偏偏就是如此，太子病重，容辭不顧性命危險，寧願冒著染上天花的風險也要去照顧他，那種激烈的情感比皇帝那個當親生父親的猶有過之。

當時那一瞬間，顧宗霖本能的就感覺到了不對。

接下來謝懷章對容辭的稱呼更讓他困惑，出宮後鬼使神差的去問了孝端皇后的閨名，那種莫名其妙的疑心就更重了，可那時還尚且能自己安慰自己，想著「顏」字是已故皇后的閨名，陛下有可能是對皇后念念不忘，遇到容辭後便因為移情，這才用這名字稱呼她。

這理由有些牽強，就他對皇帝和妻子的瞭解，他們兩個一個不像是會將故人的名字安到新人頭上的人，另一個也不可能甘心做旁人的影子。可是他退無可退，執意不敢探究那掩在一層薄紗下的真相，只能自欺欺人的替他們想出了這個理由。

直到剛才，溫氏見了容辭，自然的叫她的小名「顏顏」……那種隱約卻又不敢相信的疑慮又泛出了水面。

一想到自己的妻子在四年前就已經與皇帝有了肌膚之親，甚至連孩兒都已經生育，自己被髮妻背叛卻一無所知，顧宗霖心中便滿是難言的嫉妒與憤怒，好一會兒才能平息。「妳是怎麼想的？若說是為了報復我，可這值得嗎？」

容辭沈默的看了他一會兒，這才道：「我是在婚禮當天才有了前世的記憶，這些事上一世我都經歷了一遍。」

「什麼……」顧宗霖一開始還不明白，等他反應過來她話中涵義時，腦子一下子嗡嗡的響成了一片。「妳是說……不、不可能，上一世陛下一直無嗣，並沒有太子，妳……」

即使前世的選擇並不能說是錯，但自從圓圓出生，這已經是容辭絕對不想回憶的事了，現在當著顧宗霖的面說這個，不亞於將心口上的傷痕活生生的再撕開一次。

容辭忍著痛咬牙道：「是不是很荒謬？大梁舉國上下，上到文武諸臣，下到平民百姓盼了幾十年的太子……能不能出生居然就在我一念之間。」

她承認了圓圓的來歷，顧宗霖一向硬得像石頭一樣的理智終於被擊得粉碎，他不可置信的看向容辭。「上一世……太子就已經存在了？」

不論是上輩子失敗至極的婚姻也好，最後孤單一人赴死的結局也好，在現在的容辭眼中其實也都沒有當初那樣的痛苦了，謝懷章如水般的溫柔溫存已經將那些傷痛慢慢撫平，所以她才可以輕言原諒。

這也是顧宗霖難言嫉妒的所在之處——你沒有給予一個女人幸福，連帶來的痛苦都已經在另一個男人的陪伴下不留絲毫痕跡。

容辭的眼睛不由自主就有些濕潤，她當著顧宗霖的面絕不想露出一點軟弱，可是這一句實在是戳中了她的痛處。

上一世的孩子是她無論如何也不願意細想的事。

圓圓越長越大，與他父親一般無二的面孔、活潑又有點黏人的性格，那樣聰明又那樣懂事，纏著她的時候會奶聲奶氣的喊娘親，也會在貪玩不想做功課時就抱著父皇的腿撒嬌，他有自己的思維和想法，是個活生生惹人憐愛的孩子。

每每看著這樣鮮活、充斥著生命力的兒子，那湧上心頭的愛意都讓她恨不得為圓圓去死，可越是愛他、越是疼他，前世這孩子的結局就越是讓她不忍回憶。

那確確實實是她自己的決定——親手殺了這一世愛逾生命的親生骨肉。

顧宗霖看著容辭，緩緩的重複了一次。「容辭，我要妳親口跟我承認——太子……是不是在上一世就已經有了？」

容辭沒有迴避，抬頭直視著他。「是啊，你猜得一點不錯。」

「……是什麼時候？」顧宗霖的腦中亂成一片，盡力在理清思路。「太子生在元年三月……這麼說來，在我們成親之前妳就已經……」

容辭默默地坐了回去，點了點頭。

顧宗霖大受打擊。「我的妻子，懷著別人的孩子嫁進門，」他語帶譏諷。「莫不是還要我感激聖恩浩蕩，他給我這麼大的面子？」

話剛說完，他就想起容辭曾說過前世她與皇帝沒有交集，他清楚地記得當時容辭說這話的時候語氣篤定，不像是說謊，再來就是若兩人真的有一點首尾，以皇帝的性子，絕不會輕易放手，更別說一點風聲也沒露。

顧宗霖想到這裡，就有些從剛剛激憤的情緒中擺脫出來，直覺此事另有隱情，他沈下聲音。「妳跟陛下到底是怎麼一回事？就算我們……我總不至於連知道實情的權利都沒有。」

其實這些事容辭已經在心裡藏了許久，連謝懷章都沒有透露過分毫，可是現在當著前世她曾敬畏過、依賴過、憎恨過的夫君，強烈想將一切和盤托出的衝動湧上心頭，無論如何也無法平息。

憑什麼……明明一切一切都源於你，憑什麼你就能一無所知，站在受害者的角度指責別人背叛了你，而我卻非要守口如瓶，把所有事都往肚子裡嚥？

容辭定定的注視了顧宗霖許久，終於開了口。「你知道我是在對你的事毫不知情的情況下嫁進顧家的嗎？」

顧宗霖默然了一瞬，點了點頭。

容辭發出了諷刺的哼聲。顧宗霖抿了抿唇，忍不住辯解道：「那時我年輕氣盛，對成親有滿心的不情願，沒有顧及細想妳的難處，這是我的不是，可是自妳嫁進來，我也自問從不曾虧待……」

不曾虧待就能輕易擺佈一個女孩子的終身大事嗎？

容辭搖了搖頭。「也罷，你若執意認為騙婚可以用旁的彌補，不算錯處，那我也認了，咱們且不提這事，真正讓人噁心的是另一件——你騙婚也就罷了，為何提親還要往我身上潑髒水？顧侯，你飽讀詩書，難道不知道名聲對未婚姑娘有多麼重要？你們使的手段險些毀了我啊！」

「潑髒水？」顧宗霖愕然。「妳這話是什麼意思？當時我與妳素不相識，為什麼要害妳？」

容辭一聽睜大了眼睛，皺著眉細細打量顧宗霖的神情，發現他此刻的錯愕以及不解居然都是真的——他居然真的對那件事毫不知情。

容辭不禁仰起頭苦笑了起來。「老天啊，顧宗霖，你的婚事是怎麼得來的，你母親做了什麼，你居然說你不知道——這天下還有更可笑的事嗎？一個男人連他家裡人用什麼齷齪的手段騙人家女子進門都不知情，就這麼心安理得的過了一輩子，這算什麼事啊……」

顧宗霖喉頭上下滾動，追問道：「到底是怎麼回事？」

容辭止了笑，用最平淡的口吻將當初王氏提親時說她勾引姐夫的暗示講了一遍，聽著顧宗霖急促的呼吸，緩緩地道：「你不是一直疑惑我為什麼和娘家眾人處得這樣不好嗎？這就是原因，人家被我這不知廉恥的庶房之女搶了婚事能高興嗎？而我被人不分青紅皂白冤枉一通，受盡了責難和侮辱，又怎麼可能跟他們親近得來？」

顧宗霖有些無措。「我……我並不知情……」

他知不知情其實都無濟於事了，容辭沒有理他，自顧自地把自己當時所經歷的一切和盤托出，從一無所知被扣上強奪姐姐夫婿的帽子，到被動家法杖責，再被趕到萬安山遇上了失去神智的謝懷章……

顧宗霖深深地呼吸。「就是那一次，妳懷了太子？」

容辭點了點頭。

顧宗霖不笨，後面的事情不需要她說，他也已經能猜得七七八八了，只有一點他始終不明白。

「這一世妳將孩子交給了陛下，前一世呢？」

容辭古怪的看著他。「顧宗霖，你是真傻還是裝傻？當時我是你的妻子，我有沒有消失四、五個月去生孩子你會不知道？」

對這顧宗霖其實已經有了預感，畢竟太子生得同陛下那般相似，上一世若他平安降生長大，絕不會默默無聞。「妳……沒有生下他，是出了意外嗎？」

「沒有意外。」容辭冷硬道：「若一個母親不想要她腹中的胎兒，那這個孩子就絕對無法出生——我說過，這不過是我一念之間的事。」

上一世一念向左，這一世一念向右，一個孩子的生與死，也不過是這樣再簡單不過的事。

說出這句話，容辭像是卸下了一個沈重的包袱般長吁了一口氣，她與謝懷章再親密，前世發生的事也不可能完全坦白，到頭來，能讓她毫無顧忌把心裡話宣洩而出的竟然是顧宗霖……

多麼可笑。

顧宗霖閉上了眼。「原來……」

容辭道：「該知道的你都知道了，不該知道的想必也猜得差不多，我知道你心裡有數，想來不會搭上大好的前程把這話往外傳……我言盡於此，同你再也沒什麼好說的了，你走吧。」

顧宗霖驟然睜開眼，一步跨出去就攔住了她的路。「妳沒有說清楚！」

「還要說什麼？」容辭已經有些疲憊了。「你難道還覺得我對不起你不成？不說當初我被……有沒有你家的責任，你本也不是誠心娶妻，就算這還不夠，後來你做了什麼，想來心裡也有數，我不欠你什麼。」

顧宗霖還沒有那麼無恥，在知道當初的事之後還一意責怪容辭——相反，是自己一家虧欠她良多。

「若沒有……」顧宗霖寬袖下的手掌緊緊攥起來，艱難道：「若沒有那件事，妳會願意同我……一直在一起嗎？」

談論這些「假如」真是毫無意義，但容辭還是認真道：「若能互相扶持，平平淡淡過日子，又有誰想要打破這種平靜呢？」

這句話是顧宗霖這段時間以來聽到的最動聽的話，動聽到他的眼睛泛紅，其中竟然有水光浮現。「那妳……可曾將我當作夫君一般愛慕過？」

他這話裡明顯是帶了期待的，但容辭的表情很是平靜，並沒有因為他罕見的溫和動情的神態而有絲毫留情，她斬釘截鐵，不帶一絲猶豫，也不容人有半點誤會的餘地。「沒有，從沒有過。」

顧宗霖的表情瞬間僵住，他本以為、本以為至少有一段時間，容辭是真正喜歡他的，只是因為自己的過錯而寒心放棄而已，可是……竟然從沒有過嗎？

他許久才從這種打擊中回過神來，自嘲道：「妳那時殷殷關切，對我關懷備至，我只當是妳對我還有那麼點情誼，竟然是我自作多情了。」

「你原來也知道我對你很好？」容辭道：「我一直以為你覺得那是理所當然，沒有絲毫觸動。」

一個長得漂亮的女人對自己關懷有加、無微不至，這個女人善良溫柔，一切一切都無可挑剔，她還是自己名正言順的妻子，這世上沒有人真的是鐵石心腸，能做到全無觸動。

顧宗霖自然也不例外，只是因為那時總把這種觸動與好感當作是對鄭氏的背叛，因此總是做出一副冷若冰霜，對這種關懷視若無睹的樣子……可是面上再冷，心被這樣一年一年的暖下去，也早就捂化了。

容辭接著道：「不過你是對的，我做的那些也並非出自真心愛意，不過是因為婚前失貞而愧疚彌補罷了，若你因此感動……」

顧宗霖抿緊了嘴。「可是我若真的因此動心了呢？」

容辭抬起頭。「你說什麼？」

「妳是真心也好，愧疚也罷，我卻是真的喜歡妳，這又怎麼算呢？」

容辭的睫毛抖了抖，心裡竟沒對這話產生任何驚訝的感覺。

可能真的是早有預料吧，即使她找各種理由否認這種猜測，但不論是鄭嬪的話、謝懷章的態度，還是她自己隱約的感覺，其實都印證了顧宗霖可能對她有情這件事。

「呵，是嗎？」容辭語氣不可避免的帶上了不屑。「那你表達喜歡的方式很特別，將妻子一直關到死，在她臨死之前還要利用她為你的庶子謀好處……我說，我死了之後不會還要被人當作爭家產的筏子吧？」

顧宗霖的心像被捅了一刀，幾乎要嘔出血來，他的嘴動了動，像是說了什麼，容辭沒有聽清。「你說什麼？」

顧宗霖低著頭。「我沒有，阿崇最後也沒有記在妳名下，我……將爵位傳給顧燁了，就在妳走後不久。」

容辭頗為詫異。「這又是為何？就算不是顧崇，你總有其他兒子，何必多此一舉讓隔房的姪子襲爵，況且，老夫人怎麼可能同意呢？」

「冊封世子和爵位傳承的聖旨一下，顧燁就是板上釘釘的恭毅侯，母親她無計可施。」

這麼做也沒什麼特殊的理由，不過是自從妻子死了之後，他就覺得這一切都沒什麼意思，甚至不想看到任何一個側室和庶子。

這種心情很古怪，之前一切雄心壯志都煙消雲散，他前世與容辭鬧了好久的彆扭，明知道是自己的錯仍然拉不下臉來道歉，甚至還故意想用庶子去氣她，這一切都是因為他占據著主動，容辭就像是被他握在手心裡的冷玉，從裡到外都被他牢牢掌控著，以致他自然而然的產生一種錯覺——這個女人是自己的妻子，她屬於自己，便是現在她是冷的，總有一天也會變得溫暖。

他是如此的傲慢，以至於忘記自己用冰冷的手去攥緊一塊美玉，再怎麼用力也不會使她變熱——只會將她捏得粉碎。

這塊美玉也確實是碎了，顧宗霖被碎片扎了個鮮血淋漓，這才明瞭自己做錯了什麼，失去了什麼，可是那時為時已晚，斯人已逝，任誰也無法挽回了。

他很長一段時間都神思恍惚，不管做什麼都會想起已逝的妻子，將侯府交給姪子之後就想要暫時放下一切，出去漫無目的四處走走，可是騎馬的時候出了意外，就這樣在容辭去世不久之後也離世了。

顧宗霖的騎射絕佳，本不至於這麼容易就栽在這樣一次普通的事故裡，說實話，他並不是存心故意找死的，但是那事故雖不是他有意為之，在臨死前能夠自救的一瞬間，他也確確實實是有放棄的想法。

可是顧宗霖即使向容辭坦承了心意，以他的性格，也萬萬做不出把這些在他看來卑微至極，又讓人顏面全無的事說出來以祈求前妻憐憫的事情，前世他的死因也只能默默憋在心裡，因此容辭一直以為他是壽終正寢，身邊環繞著嬌妻美妾、滿堂兒孫。

他只是執著的問：「容辭，我早就知道錯了，若是……沒有陛下，妳會……」

「不會，」容辭搖頭，眼睛中一絲多餘的情緒都沒有。「你今天做的假設太多了，這些已經發生的事再假設它沒有發生，這便是自欺欺人了，況且也並不是所有的事都可以挽回，我並非供人取樂的女伎，召之即來揮之即去，可以任人調弄。」

顧宗霖也不是喜歡自欺欺人的性子，可是就如她所言，他今日確實如此，一遍遍的假設不可能的事，假設他們沒有決裂，假設……謝懷章不存在……

可是，他又怎麼可能不存在？謝懷章作為君主，就是大梁的天，這天下所有人都無時無刻不被他籠罩著，沒有人能逃脫這種如影隨形的壓力。

不只是皇帝，太子的存在也讓顧宗霖骨鯁在喉，每每想起來心都像被剜了一刀似的。那孩子聰明伶俐，肖似其父，若顧宗霖只是個普通臣子，他會欣慰於大梁有這樣一個優秀的儲君，可是他卻偏偏是這孩子母親的前夫……

顧宗霖的嘴唇翕動，話音卻透著顫抖。「妳、妳還記得我們的孩子嗎？」

容辭原本平靜的表情微微起了波瀾，她的眼睫猛地抖動了一下。「從我肚子裡生下的血肉，我自然比你記得清楚。」

那孩子若生下來，不需要像現在的圓圓一般遮遮掩掩，她最終也只能以繼母的身分與他相處，那孩子生於一場堂堂正正的婚姻，名正言順生來就能被所有人知道，她或是他就是許容辭的孩子，沒有任何人能質疑一個字。

這是顧宗霖和容辭第一次談及兩人共同孕育的這個孩子，之前他們從沒提過。這兩人為人父母，卻都不約而同的刻意忽略，容辭本以為他想永遠當這事沒存在過，現在看他說到孩子時明顯帶著痛苦的表情，才緩緩道：「你莫不是又要說，你也曾為那孩子的死惋惜不捨吧？」

顧宗霖張了張嘴，什麼話都說不出來。

容辭嘆道：「一直是這樣，總是這樣，永遠等到無法挽回時才來後悔……這世上怎麼會有不用付出就能得到的感情，顧宗霖，你當真是活該！」

顧宗霖沈默了片刻，才有些苦澀道：「妳說得不錯，都是我自作自受。我確實心痛那個孩子，這幾天尤甚，每次看到太子，當晚就難受得不能入睡，總想著那孩子若能出生，會不會像他一般……」

容辭不語，其實他們都知道，就算沒有顧宗齊的那番毒計，以當時她的身體，腹中胎兒能不能出生仍舊是兩說，就算出生，也不可能像圓圓一般健康。

話已至此，真的沒什麼好談的了，顧宗霖也無話可說，他們只要一說話，不論哪個話題，涉及的事都讓人痛苦不堪，說什麼都是錯。

與顧宗霖的這次談話，容辭其實並沒有表現出來的那麼平靜，以至於當天和家裡人一起吃飯時也有些悶悶的，讓溫氏看了有些後悔，覺得不該為了貪那幾個東西放顧宗霖進門，這好好的一個生日，攪得女兒心不在焉，心裡指不定多不自在呢。

可是還沒等她猶豫著怎麼安慰自家閨女，容辭下午就先拿了謝懷章這次留下的能隨意進出大明宮宮門的令符進宮去了。

皇帝知會過，容辭這次進宮不僅不用旁人帶，到了宮門口直接換乘轎子，一路直達紫宸殿。

皇帝還在議事，容辭不許旁人打擾他，只是讓人帶著她去找太子。

圓圓雖沒正式入學，但是也已經開蒙好些時候了，按理來說他讀書本應在諸皇子皇孫共同進學之地——名字喚作謹身殿，可是現在沒什麼皇孫，甚至連皇子都只有獨苗一個，去謹身殿便意義不大，皇帝慈父心腸，又不放心唯一的兒子，便暫且讓幾個翰林學士在紫宸殿中教導他讀書。

容辭沒有出聲，就從窗戶外遠遠地向裡望去，只見圓圓儀態很是端正，小小的身子坐在椅子上，雙腿都不能著地，但他從不亂動，認真的聽先生講課，讓他來背誦時，也是聲音琅琅，不曾有半分磕絆。

班永年在她身邊悄聲說：「翰林院的大人們都說小爺聰慧過人，比之陛下當年毫不遜色，陛下還說過幾個月就給他挑幾個伴讀，這樣讀書也不怕孤單了。」

容辭覺得這樣安排很好，謝懷章一向考慮周到，比她還要細緻些，圓圓沒有兄弟姐妹，平常身邊不是他父皇就是滿屋子的下人，連個能一起玩耍讀書的同齡人都沒有，長久下去總不是個事兒。她心裡這麼想著，嘴上卻道：「這些都由陛下作主吧，我也插不上話。」

班永年討好道：「小爺的事皇后娘娘您要是還說不上話，那就沒人能說上了。」

容辭瞧了他一眼。「這樣稱呼還早了些吧？」

「娘娘喲，咱們這些下人若是平時不知謹言慎行，有多少腦袋也不夠掉的——陛下說起您的時候就是這麼說的，咱們都是照著主子的意思稱呼的。」

容辭便無言，只是暫且不提此事，專心致志的看圓圓讀書。

班永年見容辭很是認真，一時半會兒應該不會走，再算一算時間，估摸著皇上那邊議事議得也該差不多了，就衝手底下的小太監使了個眼色。

容辭看著圓圓真是怎麼也看不夠，在窗外站了許久也不覺得無趣。直到身後有人走過來圈住她的肩膀，這才讓她回神。

謝懷章溫和的看著她。「怎麼這麼快就過來了，不是說要跟妳家裡人好好聚聚嗎？」

他從承恩伯府回來後就一刻不停的討論政事，帶著一眾閣臣連個午膳都沒顧上吃，暗中派去保護容辭的人自然也還沒來得及稟報顧宗霖的事。

容辭看著正讀書的孩子，並沒有捨得移開視線，只是悄悄往皇帝身邊靠了靠。「沒什麼，有些想看看圓圓讀書時是什麼樣子。」

謝懷章好笑的將容辭的臉扳過來，讓她直視自己。「先別看那小魔星了，我忙了一中午，一口飯都沒吃呢，妳只顧著他，也不知道疼疼我。」

容辭嘴上嫌棄他跟兒子較勁，其實心裡真有些心疼這人辛苦，便順從的被他拉到次間裡，陪他用膳。

謝懷章這陣子忙碌異常，身子略微有些不適，膳食進得也不甚香甜，現在有容辭坐在他身邊陪他吃飯，竟覺得胃口開了不少，就著一桌子菜吃了兩碗飯才放下筷子。

這時班永年和趙繼達都在，班永年見狀，搶在趙繼達前頭恭維道：「要不奴婢們怎麼都盼著娘娘來呢？您一來，陛下進飯都要香一些。」

果然，謝懷章聽了這話眼中含笑，並沒有呵斥他主動插話沒有規矩。

容辭每每來這紫宸殿，都會有各種伺候的人得著機會就要裡裡外外誇一通，次次如此，弄得她都有些哭笑不得，低聲道：「這是你們主子自己餓了的緣故，我的臉又不能下飯。」

謝懷章漱完了口，一邊擦嘴一邊道：「我倒覺得他說得不錯，不是有句話叫『秀色可餐』嗎？」

容辭只是淡淡的笑了笑。

謝懷章看了看她，揮了揮手叫所有人先撤了桌子退下，然後坐到容辭身邊。「我怎麼看妳不太精神，不然在這裡陪我歪一會兒？」

他本只是隨口一提，並沒有指望容辭能答應，誰知她只是看了他一眼，居然真的點點頭同意了。

謝懷章這次是真感覺到她有點反常了，她平常雖也不避諱和他一定程度上的親近，但是女人該有的矜持她也不缺，一旦過了某種限度，該停的時候總會制止的。

同床共枕很明顯在她心裡就是過界的行為，即使什麼也不做只是同榻而眠也不例外，一榻之上，總會顯得比親吻擁抱更加親密。

他摸了摸容辭的臉，讓她先去休息，轉頭召來了他派去守在承恩伯府的人，一問之下才知道顧宗霖去找過容辭。

謝懷章眉頭當時就皺了起來，揮手讓來人退下。
容辭有些沒精神，此時面朝牆壁，和衣側躺在寬大的龍床上，突然身上一暖，微微扭頭，果然是謝懷章拿了毯子正輕輕蓋在她身上。
見容辭睜眼，謝懷章俯身親了親她的臉頰，柔聲問：「睏嗎？」
容辭先是搖搖頭，之後又點頭。
謝懷章心中嘆息了一聲，坐到床邊道：「我看著妳，快些睡吧。」
容辭沒說話，卻握住他的手往自己這邊拉了一下。
謝懷章看著她試探道：「要我一起嗎？」
容辭看著他。「這是你的床，做什麼要問我？」
即使謝懷章因為剛才聽到的事情而不安，此時心也忍不住「咯噔」跳了兩聲，他定了定神，之後脫去鞋襪，小心翼翼躺在了她身邊。
容辭伸手將身上的毯子分了一半給謝懷章，又往他那邊靠了靠，這才閉上眼睛準備睡覺。
謝懷章先是動都不敢動，但是現在床帳放下，將這一方空間與外界隔絕起來，即使衣衫完整，兩人卻躺在一張毯子裡，容辭身上淺淡靜謐的香氣籠罩在鼻端，直讓他怎麼也不捨得閉上眼睛，就這樣安靜的瞧著她，從她散在枕上的烏黑長髮，到纖細娟秀的眉宇、柔和緊閉的眼睛，再到小巧的鼻子與微抿起的淡粉的嘴唇。

謝懷章一寸一寸的用視線描摹容辭的五官，其實他所見過的美人不在少數，可以稱得上傾城傾國的都不下五指之數，其中原配郭氏就是佼佼者。相比之下，容辭也不過是中上之姿，美則美矣，還到不了絕代風華的地步，但不知是否情人眼裡出西施的緣故，在他看來，郭氏和馮芷菡那樣的長相，合起來再翻個十倍也比不得容辭一根指頭。

他越看越愛，即使什麼聲音也沒發出來，還是讓容辭忍不住睜開眼，正好對上了謝懷章灼然的視線，不禁有些赧然。「你不是說要睡嗎？這又是做什麼？」

謝懷章察覺到容辭的臉有點紅，忍了半天還是沒忍住，將手臂伸進她的脖頸底下，湊近了將她嬌軟的身軀緊緊摟住。

容辭怔了一怔，到底沒有掙扎，她頭枕著謝懷章的胳膊，安靜的靠在他心口處。

她這樣乖覺，反倒讓謝懷章有些不安，他一邊撫摸著愛人的長髮，一邊道：「妳今天興致不高，是有哪裡不妥嗎？」

容辭在他懷裡搖搖頭，謝懷章語氣遲疑地問：「可是……遇上什麼人了？」

她也不奇怪他的消息靈通，沈默了片刻才道：「想來你也知道，顧宗霖去找我了——每一次跟他說話，我心情都好不到哪裡去。」

容辭沒有隱瞞這事，謝懷章有些高興，可仍有一點醋意，忍不住追問：「你們說了什麼？」

那些話卻不好跟他說，容辭有些疲倦的閉上眼。「左不過是那些陳年舊事，總之這次恩斷義絕的話都說盡了。」

這話讓謝懷章的心情徹底放晴了，他捏著容辭的肩膀重重的吻了她一下。

容辭被他鬧得嫌棄般撇過臉去。「要睡覺就睡，可別瞧著我今天好說話就鬧我。」

謝懷章輕點了點她的鼻子，眼睛裡全是溫柔。「還說太子像我，他那動不動就嫌棄人家煩的性子可不正是妳親生的？你們母子倒是相親相愛，淨揀著我一個人欺負。」

容辭聽他說起孩子，不知想到了什麼，笑容微微一頓，兩人又貼著躺了一會兒，她忍不住輕輕問：「二哥，若是當初我沒有留下圓圓，你會恨我嗎？」

謝懷章一頓，這個假設讓他有些驚疑不定，手臂不由自主的收得更緊了些。「為什麼突然問這個？」

容辭將臉埋在他的肩頭，悶悶道：「我、我說句實話……當初我確實是不想要他的，只是後來出了一點事才改了主意……」

謝懷章這才明瞭她在糾結什麼，安撫的拍了拍她的背。「妳當時那樣艱難，不留下孩子才是明智的，這是我造的孽，要恨也該恨我才是，妳只是個無辜的受害者。」

容辭原本一直強撐著裝作若無其事的樣子，現在聽了他這再貼心不過的安慰卻有些受不了，她鼻子一酸，忍不住落下淚來，抽泣著道：「我不知道啊……我當時怎麼知道圓圓會是這麼好的孩子，我這樣愛他、這樣疼他，絕對捨不得傷害他，我若是早知道的話……我就、我就……」

謝懷章從沒見她這樣哭過，現在看她像個孩童一般，哽咽得話都說不索利，便有些慌了，手足無措的想抬起她的臉給她拭淚，卻不想容辭將臉死死地埋在他的胸口，就是不肯起來，謝懷章無奈，只得順著她的脊背一遍遍的哄著她。「不怪阿顏，都是我的錯，都是我的錯……」

容辭把憋在心裡已久的難過愧疚通通付諸在這眼淚中，很是痛痛快快的哭了一場，直哭得渾身顫抖，眼睛泛紅才漸漸止住。

謝懷章將她的臉抬起來，看著她道：「瞧妳，哭得像跟圓圓一般大小似的，像隻小花貓。」

容辭哭出來之後心情反倒好了不少，現在有些不好意思。

謝懷章見她紅著一雙像是清溪一般明亮的眼睛，乖乖的躺在自己懷裡，正羞愧的用帕子擦淚，不禁覺得她這個樣子又可憐又可愛，忍不住將她整個人向上提了提，一邊湊過臉去吻她同樣發紅的鼻尖、臉頰和唇瓣，一邊喃喃的撫慰。「不要難過，一切有我……」

他沈穩得像個父親和兄長，又溫柔得像最貼心的情人，容辭本能的想要尋求慰藉，便仰著臉去追逐他的嘴唇。

兩個人像是最契合的圓，交纏間默契又相合，雙雙沈溺其中，謝懷章本只是想安慰她，但現在卻漸漸動情，忍不住將她覆在身下，親吻到耳後時被那上面掛的白玉耳墜擋了一下，謝懷章便用唇齒將那耳墜扯下來甩到一邊去，低頭用力的吮吻著她潔白的耳垂。

容辭驀地張開眼呻吟了一聲，隨即用手捂住自己的嘴，生怕外面的人聽到動靜。她接著就顧不了這許多了，謝懷章的動作越來越重，激動時捏得她骨頭都又痛又麻，偏偏恍惚的不知反抗，只由著他動作。

如同狂風驟雨掠過花朵之後不捨得離開，只得一遍遍永不知足地舐著那潔白的花瓣，逼著它顫巍巍的將自己伸展開，露出了深藏著的蕊心，顫抖的立在層層疊疊的壓迫中。

容辭確實是恍惚的，謝懷章總有辦法將她擺弄得不知今夕何夕，還是對方主動停下她才驚覺剛才兩人都做了什麼出格的事。

謝懷章撐在容辭身上，看著她像是盛開的花兒一般，雙眼朦朧毫無防備的被自己壓在身下，當真是用盡了全身的意志力才在……之前停下。

他不是不想繼續，只是一來現在才將將申初，外面太陽高懸，青天白日的，他總不好白日宣淫，二來這裡什麼也沒佈置，若在此時就草率的行周公之禮，未免太委屈容辭。

當然更重要的是剛剛容辭正傷心難過，現在的順從說不定只是痛哭過後的一時茫然，等到理智恢復保不齊就要後悔，他也儘量克制著自己想要趁人之危的心。

容辭待他停下，還是喘息著迷茫了片刻，之後才發覺自己正躺在他身子底下，對方的衣衫已經鬆了，明黃的腰帶被隨意拋在枕邊，隱約露出結實的胸膛，而自己……

她禁不住驚叫一聲，雙手環抱住前胸想要轉過身去遮蓋，而謝懷章現在受不了容辭在自己懷中胡亂扭動，更別說她現在身上不剩什麼東西，即使轉身伏在床上，也不過是擋住前面而已，反倒將白皙纖瘦的脊背暴露出來，也好不到哪裡去。

謝懷章便不等容辭動作就將她抱在懷中，兩人肌膚相貼的一瞬間他就禁不住咬了咬牙，隱忍的啞聲道：「阿顏，我不做什麼，妳先別動。」

容辭察覺到異常猛然僵住，果然不敢再動，只能刻意忽略胸前那溫暖的觸感，老實的任他摟了好長時間。

謝懷章軟玉溫香在懷，心裡再克制，身上的反應卻始終不聽使喚，偏偏摟著人家又捨不得撒手，最後只得恢復了側躺的姿勢，一手攬著容辭，一手扯過被子來將兩人都蓋住。

容辭忍了好久都沒被放開，雙頰燒得通紅。「你還不快放開！讓我好歹穿上衣服。」

謝懷章頓了頓，手下是什麼觸感只有他心裡清楚，他又不是柳下惠，現在又如何鬆得了手？最後不但沒放人，還將她抱得更緊些，道貌岸然的誘哄道：「我只是抱一抱，絕不做別的，阿顏聽話些……」

事實證明，男人在這種事上說的話壓根兒就不可信。

心愛的人就這樣幾乎沒有任何防備的躺在自己懷裡，瑩白柔軟的肌膚不著寸縷的與男性堅硬結實的軀體相貼，豐盈與纖細結合的精緻，美得讓人只要看一眼就不想移開視線，若這時候任何一個男人能做到視若無睹、無動於衷，那他一準是個聖人。

謝懷章之前一直認為自己在男女情事上的克制與聖人也差不了多少了，可經此一事才知道自己也不過是個凡夫俗子，與一般男人並無不同。

容辭清淺又暖人的呼吸輕輕地撲在他的胸膛上，他一開始真的只想抱一抱她而已的心思沒一會兒就煙消雲散。

一朵嬌滴滴的花兒就這樣盛開在春日中，上面含著豐潤的露水，怯生生的暴露在主人的目光中，任人親吻輕咬撫弄和揉捏，安靜的室內傳來微弱的悶哼聲，但沒能引來任何人的打擾。

容辭提著一口氣，一邊極力的維持著搖搖欲墜的理智，一邊又生怕外頭的宮人們聽到聲音闖進來，最後被擺弄得筋疲力盡，謝懷章才勉強忍住內心漲到頂點的慾望，胡亂的將容辭裹在被子裡，自己將她和錦被一起摟在懷裡，呼吸卻久久不能平息。

容辭也並非毫無感覺，但見謝懷章肯在這時候停下，心裡也著實鬆了口氣，又見他衣衫不整的什麼也不蓋，偏偏因為極力忍耐而額上冒出了一層細密的汗珠，連青筋都清晰可見，禁不住費力的從被子裡探出一隻手，在他挺直的鼻梁上輕刮了一下，嘲笑道：「自作自受。」

謝懷章硬生生的在最後關頭忍住，現在容辭又來不知死活的弄鬼，讓他眼眸驟然變暗，一點猶豫也沒有就強硬的從被子的縫隙中伸進手去。

容辭無從閃躲被他捉住，羞怕之下也沒了剛才的氣焰，連忙軟下聲音求饒。「二哥、二哥，你別跟我一般見識……」

謝懷章定定的瞧了她好久，那眼神好似是一匹餓了好些天的狼，正在認真專注的打量好不容易獵得的鮮肉，活像是在思考從哪裡下嘴，直到盯得容辭汗毛直豎，這才垂下眼，緩緩將自己的手抽出來，沈聲警告道：「妳別招我。」

容辭小雞啄米似的點頭。「我、我睏了，想休息了。」

謝懷章眼神隱忍的盯了她一眼，隨即狀似平靜的摟著她閉上了眼。「睡吧。」

容辭是真的累得不行，剛才一番動作，光是忙著招架謝懷章失控的進攻就已經超出了她的體力範圍，這時候閉上眼時還戰戰兢兢地不敢閉實了，可是沒一會兒眼皮就重得睜也睜不開，馬上就進入了夢鄉。

謝懷章在容辭熟睡之後又睜開了眼，出神的看了她一會兒，手掌無意識的捏緊了容辭身上的被子，許久也沒有移開視線。

容辭其實心裡對謝懷章很是信任，即使剛剛……她就算害怕他控制不住，但在他懷裡依舊能睡得香甜，直到隱約聽見班永年壓低著聲音的通報。

「陛下，小爺快下學了，過不了多久就要往這邊來呢。」

容辭將將睡醒，此時還有些懵懵的，聽了這句話好一會兒才明白是在說什麼，瞬間清醒過來。「圓圓？是不是圓圓要過來了？」

她一著急就從床上坐了起來，被子滑下一截，露出了潔白的肩頭。

謝懷章其實壓根兒就沒睡著，只是陪著她躺了一會兒罷了，現在視線微微一動，不動聲色的給她披了件衣服。「嗯，眼看就要傍晚了，這個時辰他確實是該回來了。」

容辭還什麼也沒穿，聽到兒子馬上就到，不禁有些慌亂，眼神四處看想找自己的衣裙。

謝懷章見狀，就親自下床，將之前被他隨意拋在地上的裙子撿起來遞給容辭。

容辭剛要伸手去接，又有些不好意思伸出自己光裸的手臂，便有些彆扭道：「你、你去整理一下衣衫嘛。」

謝懷章輕笑了一聲，讓容辭的臉更加紅了起來——她也知道自己身上該看的不該看的這人應該都見過了，可是現在還是覺得羞怯難當，完全放不開。

謝懷章也不為難她，果然聽話的背過身，他雖貴為天子，又當了二十年的儲君，但並非那種嬌生慣養四體不勤的人，三下五除二就整理妥當了。

反倒是容辭，從小被丫鬟伺候著長大，現在又急又慌，加上之前那讓人力竭的情事，現在整個人都沒怎麼有力氣，手指顫抖著將裡衣合攏，扣子卻好半天都扣不上。

謝懷章等了片刻仍沒聽到動靜，還是回過頭去瞥了一眼，見此情景不禁有些憐愛，便想伸手幫她，卻被容辭躲開了。

她這裡衣裡僅穿著一件肚兜，實在不敢叫他再碰了。

謝懷章收回手，微微挑了挑眉毛道：「我讓人進來幫忙。」說著就要喚人。「來人，進來幫皇后更衣……」

容辭忙一邊捂住他的嘴，一邊在大門微動時高聲喊：「不許進來！」

門後的女官們面面相覷，不知道該聽誰的，還是班永年搶上前來將大門重重一關，讓她們暫且退到一邊。「去去，陛下在裡面，還輪得到妳們去獻殷勤。」

嘖嘖，這美人衣衫半解，陛下絕不可能真的想要旁人進去礙事的，真聽了他的話進去了才是找死呢。

容辭的手還捂在謝懷章的唇上，他就已經垂下頭將她胸前固定用的扣子繫好了，修長的食指非常靈活，接著又將中衣外衣一件件的替她穿上。

容辭愣愣的看著謝懷章動作，直到穿好了都沒反應過來，他捏了捏容辭的臉。「妳還沒給我穿過衣服呢，先受了我的伺候。」

容辭低頭呢喃著。「你自己穿得比我快多了，又用不著我。」

謝懷章捏著她的下巴，將她的頭抬起來。「那我以後慢一點，阿顏肯幫忙嗎？」

容辭本不想回答這種問題，但看著他認真又專注的眼神，最終還是點了點頭。

謝懷章剛露出一點笑，突然想到了另一個問題。「妳可曾替別人穿過衣裳？」

……這個問題問得很好，之前除了顧宗霖，哪裡還有人有機會讓她幫著穿衣？他這話明著問「別人」，實際上指的是誰，容辭心裡有數。

正因為有數容辭才心虛，她眼神飄忽的四處看，就是不與謝懷章對視——今生自然沒有，可前世她與顧宗霖關係好的時候，兩人頗有一點相濡以沫的意思，類似伺候他穿衣這樣的事，她確實也做過那麼兩次。

「有啊……圓圓不就是……」

謝懷章哪裡看不出來她的心思，當即淡淡的瞥了容辭一眼。「妳欠著的且都記下，咱們有的是日子算帳。」

容辭回到家之後，打開房門就見溫氏在房裡坐著。「母親怎麼在這裡？也不讓人上杯茶。」

溫氏拉著她坐下。「今日看妳急匆匆的進了宮，這不是一直懸著心嗎？」

「並沒出什麼事，只是去看看太子罷了，您不必擔心。」

「唉，雖說陛下已經下了旨，想來也很中意妳，可是那到底是九五之尊，我是怕伴君如伴虎……」溫氏正說得好好的，突然眼神一凝，拉過容辭讓她偏過臉去，對著已經不怎麼明亮的天光仔細看了看她的脖頸。

「妳……」

容辭稍有些不解。「怎麼了，我有哪裡不妥嗎？」

溫氏欲言又止，最後還是找了面銀鏡遞給女兒。「妳自己瞧瞧。」

容辭拿起鏡子照了照。「沒什麼……」話還沒說完，她就看見了讓母親糾結的地方，臉一下子泛起了紅暈，「啪」的一聲將鏡子扣於桌面上。

「我……這是蚊蟲咬的……」

溫氏輕拍了她一下嗔道：「陽春三月的，哪裡來的蚊蟲。」又看女兒一臉羞愧坐立不安的樣子，到底不忍心她尷尬，便道：「妳都這麼大了，我也不是不許妳……可是還有幾個月才大婚，若是此時就有了身子，這可怎麼辦？」

容辭捂著臉。「哎呀娘，我們沒到那分兒上，什麼身孕不身孕，這都想到哪裡去了。」

溫氏不信她的身上都有這樣的痕跡了兩人還沒有夫妻之實，只以為她這是拉不下面子所以嘴硬，一邊擔心她年紀輕不知道分寸，另一邊又忍不住放下了心裡的隱憂。「之前聽說陛下只有太子一子，還冷落後宮，我還擔心他是有什麼隱……咳、身體不舒服呢，現在看來不用愁這個了。」

容辭聽了這話目瞪口呆，沒想到母親背地裡還想過這樣的事，溫氏用很嚴肅的口吻繼續道：「這女人一輩子也就是有那麼幾件消遣事，恭毅侯那邊把妳騙過去守活寡，若是陛下再不能讓妳經歷男歡女愛的滋味，那可真是……」

「娘您在說些什麼呀！」容辭都聽不下去了，忍著羞意制止道：「陛下他、他好得很！」

她說的時候沒察覺到有什麼不妥，說出口了才驚覺這話與前頭一聯繫，立馬變得非常不正經起來。

溫氏噗哧一笑。「好了好了，我知道你們陛下好得很了。」

或許是突然發現自己的女兒已經不是個孩子，溫氏理所當然的認為有些婦人之間的話也可以跟容辭交代了，之後的日子總是有意無意說一些關於夫妻之間……那方面的相處之道。

就連李嬤嬤都時常一臉嚴肅的談論什麼姿勢什麼動作比較能省力，再摻雜一些已婚婦人間傳遞的傳說中的小竅門——比如在身下墊個枕頭能更快懷孕之類的，說完還要不放心的再囑咐一句：「不過現在不能用，行房的時候還是小心一些為好，讓陛下千萬克制……對了，我這裡還有些不容易懷孩子的方法……」

諸如此類，聽得容辭面紅耳赤，恨不得捂住耳朵。

然而實際上其實除了萬安山那次，容辭確確實實沒有跟謝懷章發生實際意義上的關係，可是這話她卻不好跟家裡的女人們說，要不然再讓母親疑心皇帝身有隱疾，那也未免太尷尬了些。

再有容辭現在也顧不上解釋什麼其他的事了，大婚的日子一天比一天近，皇帝對這次婚禮很是上心，每個細節、用物都要隔三差五的挑剔一番，一反之前簡樸好養活的風格，幾乎到了吹毛求疵的地步，偏偏又在欽天監選出的吉日裡邊挑了個最急的，竟然要在五月十八那天禮成，這不就是火燒眉毛一般了嗎？

禮部與司禮監的人急得幾乎要上吊，都快把承恩伯府當家了，日日蹲在府裡，教規矩的教規矩，添器具的添器具，務必要把這宅子佈置得金碧輝煌，方能如陛下所願，不丟皇后殿下的臉。

內宮中教習禮儀的女官其實也不只這點作用，她們還負責調養準皇后的身體，包括月事、肌膚、儀態等等，每天要花數個時辰把容辭從腳趾尖到頭髮絲，上上下下的保養一遍。

到了五月初，該準備的其實已經都差不多了，容辭前些日子在圓圓生病時消減下的容顏也重新恢復了健康，渾身的皮膚更加雪白光滑，頭髮烏黑得發亮，又因為本來就濃密，有時不用頭油，單用簪子竟不能綰起髮髻，一戴上就會滑下，不說別人，就算容辭自己摸起來都有些愛不釋手。

美中不足的就是花費的時間未免也太長太繁瑣了，光躺在那裡被她們翻來覆去的擺弄，又是清洗又是敷藥，這一天下來基本上也做不了別的事了，更別說那些藥膳，吃上一頓兩頓的還覺得新鮮，但天天吃，換了誰都受不了。

「我瞧著她們倒是沒白去。」謝懷章仔細的看著容辭的臉。「妳的臉色好看了不少，也長了一點肉，好歹不是風一吹就能吹跑的樣子了。」

「那是自然。」容辭忍不住道：「你不知道這幾個月我吃了多少藥膳，抹了多少膏脂，所耗費的金貴藥材數不勝數，價比黃金，她們都當作流水用呢。」

謝懷章摸了摸她的頭髮。「這有什麼？東西擺在私庫裡，若沒人用才是糟蹋了，難不成還要留到圓圓成親的時候給他媳婦用嗎？」

容辭眼睛眨了眨，竟有一瞬間對這個提議動了心，但隨即被謝懷章托著坐到了他的腿上，他懲罰似的刮了刮她的鼻子。「別想了，我的東西只給妳，那小子給夫人的東西讓他自己掙去。」

第二十七章

容辭前些日子和謝懷章帶著圓圓去過一次落月山——這也是她在孩子生病時答應過的，也不知道是不是他對自己的出生地有天生的親切感，那地方除了有溫泉之外並沒什麼好玩的，人跡罕至，且景色也一般，遠沒有仰溪山的風光，可是圓圓去過一次就念念不忘，這便嚷著想再去泡溫泉。

容辭當然不同意，現在婚期將近，離大禮當天只有半個月了，再說皇帝和太子微服出巡看似一切從簡，但其實為了確保安全，暗中的籌劃一點也不少，謝懷章是大人也還好，若加上一個四歲的太子，操心的事不比明面上的巡幸簡單到哪裡去。

容辭之前不知道這內裡的事，還當很容易，現在知道這出去一次要耗費多少人力物力，就再不肯依著孩子的性子興師動眾了。

圓圓的願望得不到滿足，委屈得什麼似的，在榻上又是撒嬌又是打滾不依不饒。

容辭無奈，坐在他身邊問：「好了我的小祖宗，你想要什麼就說吧。」

圓圓這孩子聰明得緊，平時若容辭不答應什麼事，他獨自委屈一會兒，知道再怎麼也改變不了母親的決定，就會識趣的不提這事了，可今天這樣鬧騰，肯定是另有所求。

果然，一聽這話圓圓的眼睛就亮了起來，像隻小烏龜似的趴在容辭腿上不肯動了。「我要娘今晚留下來陪我！」

容辭登時好氣又好笑。「怨不得你父皇說你是個小魔星。」

說完沈吟了片刻，還是在兒子充滿期盼的眼神中點頭應了。

圓圓立即歡呼了一聲，直起身子在母親臉上「啵」地親了一下，逗得她抱著自己的寶貝笑出了聲。

孩子總比大人睡得早一些，容辭先坐在床邊把圓圓哄得熟睡了，才準備去沐浴更衣，服侍她的彩月一邊替她卸下釵環，放下綰起的髮髻，一邊道：「殿下，您若是想要沐浴，不如去西殿，那邊浴池甚大，雖引不來溫泉水，但也是能工巧匠設法就近引來的最清澈乾淨不過的泉水，又有專人不斷加熱，保持的水溫十分宜人，很是能解乏呢……」

容辭也曾在紫宸殿住了不短的時間，但那時候圓圓病危，又哪裡有心情試什麼浴池，現在一聽，心動之外還有猶豫。「陛下不用嗎？」

彩月笑得十分微妙，但只是轉瞬即逝，下一刻就懇切道：「這才什麼時候，陛下平時批摺子要批到亥時末呢，現在必定是空著的……況且之前他就吩咐過，紫宸殿隨您走動，就沒您不能去的地方。」

容辭便在一眾宮人的帶領下來到了西殿，這裡果然修建得更加奢華旖旎些，前面是裝飾精緻的臥室，後面則是沐浴的地方，中間一個大池是個不規則的圓形，最寬處有將近一丈，熱水從四周的龍首中源源不斷的吐出，周圍還有數個小池，裡面的水顏色各異，不清楚是做什麼用的。

在這裡的宮人還殷切的問她需不需要用牛乳或是果汁來沐浴。容辭的嘴角抽了抽，拒絕了這種提議，表示只用清水就行。她在家裡被女官伺候了這幾個月，還是不習慣被別人幫著洗澡，便先叫眾人退下。

若是平時，總會有人來勸說兩句，可現在幾人對視了一眼，都順著容辭的話退出了殿門。

容辭便在這池子裡泡了一個舒舒服服的澡，直到再不起來皮膚可能就要起皺了，這才從浴池裡出來，穿好寢衣。

這時間還不晚，也不急著回去，容辭就在這地方四處轉了轉，走到前邊時發現了一個巨大的書櫥貼牆立著，她看這上面四書五經也有，詩詞歌賦也有，甚至還堆了不少的話本遊記，就有些好奇的抽了一本書來看。

容辭正得趣，卻突然聽見大門打開的聲音，她一愣，立即警覺的向門口看去。

只見一個身著深色斗篷的男子就站在門前，見容辭看過來，就微微掀開了兜帽，露出了一張俊美的臉。

正是謝懷章。

「你、你怎麼這麼早……」

話音還沒落下，謝懷章就將斗篷解下拋到一邊。

他現在穿著一身寶藍色的長袍，這顏色很扎眼，更別說上面繡著的金龍威武猙獰，光彩四溢，更顯不凡。不像平時把頭髮束得板板正正，而是半散下來，一部分順著脊背滑落，另一部分半垂於肩上，那頭髮還有些濕，被燭光一映，微微泛著光芒。

而他本人俊美無儔，墨眸沈沈，纖長但濃密的睫毛投下一片陰影，襯著筆直高挺的鼻梁，薄而微抿的唇線，與平時截然不同的略微張揚的打扮，讓他整個人流光溢彩，美不勝收。

容辭看著他一步一步向自己走來，呼吸不自覺的變深，手中的書不知什麼時候已經落在地上，發出「啪」的一聲，但視線交纏在一起的兩個人誰也沒有投去半分注意。

謝懷章現在就像是一隻蓄勢待發正要求偶的雄鳥，全身的羽毛因為情熱而鮮亮美麗，讓人驚豔矚目，而他所鎖定的配偶也確實如他所願，眼睛不捨得從他身上移開半分。

直到容辭被走過來的謝懷章緊緊的摟住，她才喃喃的問了一句。「你……想做什麼？」

謝懷章並沒有回答，只是沈默著將容辭抱緊，熾熱的吻隨即落在了她的頸側。

容辭被他牢牢的禁錮在手中，不由自主的揚起了頸項，她心中其實已經模糊的察覺出了這男人的目的，這樣濃濃的占有慾與勢在必得的信念，激得她渾身顫抖，站都站不穩。

她不禁緊閉起雙眼，哆嗦著靠在謝懷章懷裡，雙手不自覺的揪緊了他那繡著金龍的前襟，好半天才把喉中的話吐出來。「別、別……」

謝懷章頓了頓，但並沒有如她所願停下，而是一邊將密密麻麻的吻印在她的唇上、耳畔和腮側，一邊用帶著哀求的語氣低語。「阿顏，妳看看我……妳看看我……」

他的聲音低沈卻極富魅力，容辭禁不住如他所言睜開了眼，正看見他緊貼著自己的側臉，那半垂的墨眸，像是綴滿了星光與湖水的深潭，就這樣毫不保留的暴露在她面前，鴉羽般的長髮垂下來，有的甚至覆蓋在容辭身上，像是一張網，連她的心一同禁錮得緊緊的。

容辭愣愣的看著他，直到腰帶被鬆開，仍然沒從那種迷茫中清醒過來。

接著她就被謝懷章牢牢的按住，身上的男人直起身，不緊不慢的將他自己的束縛撤下，見容辭顫抖得厲害，又低下身子，安撫似的輕吻她的臉。「別怕……」

他的語氣當真是非常溫柔，但與之不符的是強勢與不容拒絕的動作，容辭不但沒有被安撫到，反而越感畏懼，忍不住想蜷縮身子，偏偏動也動不了。

將要真正開始的時候，容辭才隱約有點找回理智，她睜大了眼睛，用手抵住對方的胸膛，用極弱的口吻磕磕絆絆道：「不、不成……若是有孕的話……」

謝懷章已經在極力忍耐，但這個時候也由不得他再如平時一般淡然自若了，啞聲道：「無妨……還有似仙遙呢，不會那麼容易的……」

下一刻，容辭便忍不住痛呼出聲，謝懷章知道這一下自己失了分寸，但是……

許久之後，容辭低低道：「可以了嗎……」

謝懷章摸了摸她已經被汗水浸濕的面龐，聲音沈而緩。「就快了，馬上就好……」

「騙子……」

第二天直到天光大亮，容辭才勉強掀開眼皮。

她費力的睜著眼睛，茫然了好半天，看著自己穿在身上嶄新的寢衣，方才想起來自己身處何方，昨晚……又發生了何事。

謝懷章正坐在床邊守著她，見她還沒清醒也不敢打擾，等容辭想要坐起來，偏偏力不從心的時候才小心翼翼的伸手去扶。

雖然昨晚他遠比容辭動得多，但此時卻神采奕奕，周身泛著一股子精神勁兒，一點也不像大半夜沒睡的人。

容辭半是羞半是氣的瞥了他一眼，總算沒有拒絕，忍著痠麻難忍的腰痛半坐起來，靠在他懷裡。

「哪裡有不適嗎？」

容辭聽了沒好氣道：「你應該問，我現在有哪裡舒服嗎？」

全身都泛著似麻非麻的痠痛，腰和腿更像是被馬車輾過似的，隱隱泛著要抽筋的感覺。

「那……」謝懷章像是有點愧疚。「我幫妳揉揉？」

容辭才不敢勞動他大駕，昨晚第一回結束之後，這人抱著她去沐浴，當時也只說是幫著完全沒力氣的她清洗一下，不做別的——洗到最後，結果真是不提也罷。

現在她動都不想動一下，可實在招架不住那種事了。

謝懷章看她對昨晚的事這般避之唯恐不及，低聲問道：「真有那麼不舒服嗎？」

容辭驚訝於他竟能問出這種話，又見他低垂著眼睛顯得有些憂鬱，不禁把那點彆扭拋開，有點不好意思的低著頭說：「也不是，一開始有點疼，後來……就還好……只是累。」

謝懷章忍不住摸了摸她羞紅的臉。「是我的不是……」

他的手很溫暖，容辭忍不住側頭貼上去蹭了蹭，又靠著他的肩膀打了個小小的呵欠。

「不許再提了，我睏得很，你去前殿忙去吧，不用管我。」

可他們剛剛更進一步，謝懷章現在雖面上不顯，其實心裡激動得很，根本不想離開容辭半步，只想守著她看著她，又怎麼肯走？

「妳自睡吧，前邊的事都不急，我再陪陪妳……」

容辭這一覺又睡到了下午，醒來時第一眼見到的還是謝懷章。她只以為是碰了巧，正撞上他又來看自己，絕想不到這男人其實當真坐在床頭傻傻的看了她數個時辰，到現在都還沒捨得移開眼。

她身上的不適感減輕了許多，但到底還有些不舒服，他們又已經有了再親密不過的關係，謝懷章便殷勤的替她換好了衣服，其間刻意讓自己的眼睛和手規規矩矩，怕再有萬一，傷了她的身體。

容辭對此不置可否——早有那個心，昨晚就不會任她怎麼求饒都不肯停下，現在她也不至於累得起床都要人幫忙了。

等她穿好了衣服，又隨意梳了頭，一轉身看到旁邊自己剛脫下來的寢衣，心裡突然一道靈光閃過。

她沒說什麼，但等見了圓圓之後，趁他玩得正開心，突然若無其事的問了一句：「圓圓，你昨天執意要我留下，是你自己的主意嗎？」

謝懷章本來在一邊，聽了這話一愣，還沒來得及制止，圓圓已經脫口而出。「是父皇告訴我的！」

容辭挑了挑眉，淡淡的看了謝懷章一眼，他默默地移開了視線，身邊的宮人們也都不約而同的將頭低得不能再低。

容辭哼了一聲，朝著謝懷章的手掐了一把。「居心叵測，早有預謀。」

她就說呢，怎麼就那麼巧，圓圓死活撒潑打滾讓自己留下，彩月早不說晚不說，偏偏等到昨天才告訴自己可以去西殿沐浴，然後自己支開宮人的時候她們一反常態，勸都沒勸一句，原來是早有預謀。

更明顯的是昨天半夜謝懷章給她換的衣裳，她當時雖然累得昏昏欲睡，但還沒到意識全無的地步，因此很清楚的記得人家順手就從浴池邊的几案上拿來了一套嶄新的寢衣，用的是最柔軟珍稀的布料，絕不是常人可以隨意得到的，穿在身上不胖不瘦，和她的身材十分相合，說不是特意擺在那裡的都沒人信。

也怪她自己沒把持住，謝懷章當時打扮得與平時不同，整個人像是發光一般俊美異常，她再怎麼樣也是個正常人，沒堅持多長時間就被美色迷得迷迷糊糊，半推半就的就從了。

美色果然誤人，古人誠不我欺。

承恩伯府——

溫氏聽說容辭從宮裡回來了，連忙和李嬤嬤一道去她房裡。

其實這段時間容辭也沒少進宮，只是留宿不多罷了。溫氏倒也不至於為這個大驚小怪，這次純是為了商量容盼的婚事來的，可是進門看見容辭，第一眼就覺得哪裡不對。

她細細的打量了女兒的臉色，見她面上雖帶疲憊之色，但雙頰泛著桃紅色，眼睛晶亮，口唇殷紅，連坐姿都透著一股微妙的彆扭。

溫氏與李嬤嬤對視一眼，兩人心照不宣的一笑，各自心領神會。

溫氏也不急著先說正事，而是拉著容辭語重心長的老生長談了一番，大意就是讓他們節制些，小心婚前就鬧出人命來。

「不過話說回來，」李嬤嬤突然插話道：「眼看這十來天就要大婚了，此時若真有了也不妨事。」

容辭現在聽這些話，可不再覺得自己問心無愧了，之前只是尷尬，現在卻是極其的心虛，想要拿其他事打斷母親和嬤嬤的話頭，不料這兩人提到這個就興奮，完全不理她這個當事人，妳一言我一語的說得正熱。

「這麼說倒也是，顏顏能早些坐下胎也有好處，不是我說，皇室的子嗣未免太單薄了些。」溫氏說道：「我和老爺當年那樣艱難，都有兩個女兒呢，陛下這個年紀，竟獨獨太子一個，這未免說不過去了，是不是……」

她說著就又要懷疑到謝懷章的「能力」上，可李嬤嬤卻是知道內情的，她比容辭還要早些知道皇帝久未生育的內情，後來更是連前因後果都被告知，但是時間一長，又有圓圓常在身邊，便有些忘了這回事。

現在聽溫氏的話，這才想到圓圓來得極其巧合，即使容辭體質特殊，要想再有孩子也有些難，但見溫氏提起這事便憂心忡忡，只得安撫道：「說不定是緣分未到呢……再說了，還有太子在呢，也不用太著急。」

溫氏真情實意的擔心了起來。「太子雖好，可到底不是……女人麼，總要有親生的孩子才圓滿……」

明明圓圓就是自己的親生骨肉，偏偏連對親娘都不知道該怎麼開口，官鹽當作了私鹽買，這才是最令人無奈的事。

可若是和盤托出，就要從萬安山說起，之後經歷了一路的磕絆才到如今，又哪裡是溫氏這種性情軟弱的婦人經得住的，前世這一年正是她的大限之年，容辭實在不敢多說什麼節外生枝，只能道：「話也不能這麼說，您不就對盼盼視如己出嗎，做什麼又要嫌太子不是您的親外孫呢？」

溫氏聽了欲言又止，她雖面上對兩個女兒一視同仁，但只有自己心裡知道「視若己出」的意思就是不是己出，表面上看沒什麼差別，但心裡又怎麼能不分親疏。

在這事上男人還好些，女人卻是紮紮實實的經歷了十月懷胎、分娩之痛才將孩子生出來的，不經這一切，那孩子就像是從天上掉下來似的，即使再疼愛也是無根無源，若她沒有容辭還好些，可是親生的庶出的都在跟前，在母親心裡誰遠誰近連想都不用想，這血緣之親，哪裡是「視若己出」四字可以抹平的。

容盼是從生下來就抱給溫氏養的，以至於容辭自己有時候都忘了這個妹妹與自己並非同母，容盼都尚且如此，溫氏便打心眼兒裡覺得，一個女人若是沒有自己的孩子，肯定不夠踏實。

「還有可惜了圓哥兒，眼看著都要養熟了，偏偏人家近親又尋來接走了……」

容辭之前跟溫氏解釋圓圓的事，都是說他被親眷抱走了，溫氏現在提起來還有不捨。

這處處都是容辭當初不得已撒的謊，一個謊言要用一百個去圓，弄得她現在謊說多了，想要坦白都不知道該從何說起，只能暫且走一步看一步。

許容盼的婚事已經定下來了，就在明年三月，這準備可比她姐姐這個要做皇后的時間長多了。

容辭這邊日子過得飛快，婚期在眨眼間已經是迫在眉睫的事，饒是容辭對這事已經算是淡定，也不免開始緊張起來。

等到了十七這天夜裡，承恩伯府上上下下沒有一個睡的，紛紛忙得熱火朝天，腳不沾地，宮裡也往這邊派了好些人手，但不管多少人，都像是不夠用似的，溫氏和陳氏為了調度人手、支應場面，喊得嗓子都啞了。

這又是忙碌的一夜，不只是籌備婚事的人，連溫氏、陳氏等人的好友、許訟的同僚都前來恭賀，其餘那些久不走動的遠方親戚也紛紛現身，都被安排在前庭內宴飲，若不是極其親近，是見不到新娘子的。

甚至靖遠伯府的人也到了，畢竟是骨肉至親，也不好完全不理會，便彼此客客氣氣的寒暄了一陣子。

郭氏已經老得很，但還是被人攙扶著見了容辭一面，看著這個當初在自己面前戰戰兢兢，話都不敢多說兩句的孫女被一眾女官內侍環繞，宛如眾星捧月一般，抬抬手就有數人伺候喝茶，讓人清楚的意識到明天過後她就是母儀天下的皇后了，郭氏百感交集，想要說什麼又不知如何開口，最後只得在一群穿著高階官服的宮人漠然的眼光中上前拍了拍容辭的手，並沒有多說什麼就退了出來。

她出門被扶著站在庭院中，看著深藍得近乎黑色的天空良久，最終也只是低嘆了一聲。

到底是她失了眼力見兒，有些事錯過了就是錯過了，若要強求，說不定弄巧成拙，得不償失，反倒更添不美。

這人啊，總是要識趣的……

等容辭被人翻過來覆過去的擺弄著上好了妝，梳好了頭，大大小小零零碎碎的首飾上了身，又一層一層的將大婚的紅禮服穿戴好，遠處的天色已經隱約發亮了。

而容辭這才知道為什麼不能早早地收拾好只等人來接——那個專門在帝后大婚才會戴的鳳冠真是太太太太重了，比之前二品的頭飾還要重上不少，幾乎要壓得人喘不過氣來，恍悟道原來做皇后還是個體力活。

「娘娘不必擔心，」司禮的女官柔聲細語。「這冠一輩子只用一次，您是本朝第二個戴過的人，除了前頭太祖皇帝的孝穆皇后，各位中宮娘娘們都是在宮外成的親，由太子妃冊封皇后，只需行封后大典，不需再經一次大婚了。」

「是嗎？」容辭小心翼翼的將頭抬起來，苦笑道：「那可真是幸事一樁。」

這時前門來報，冊封使和婚使已經到了。

原來皇帝已經於含元殿升座，遣了使者來成禮。

接著宣讀聖旨，容辭的沒什麼不同，但封后的聖旨過後，溫氏被封了魏國夫人的事才令人有些驚訝，畢竟推恩許訟夫妻也只是封承恩伯而已，不過轉念一想也有道理，皇后在冊封之前就是郡夫人，冊封其母總不好比女兒之前還低。

溫氏被人無視了一輩子，現在總算有了誥命傍身，還是頂頭兒的一品誥命，可是她自己還沒來得及高興，就又要承受一次與女兒的分離之苦，不由得眼淚掛了滿眶。

不過這次與前次不同，當時與恭毅侯府結親時，容辭還沒嫁過去，溫氏其實已經從顧府的行事上有了不好的預感，所以上次送女兒上花轎，擔憂恐懼不見喜色，這次才算是真正經歷了嫁女兒的感覺，悲喜交加，喜大於悲。

容辭的頭上蓋了喜帕，已經看不見娘親的表情了，但在心裡也已經能感受到她複雜的情緒，母女倆雙手緊握，都捨不得鬆開，還是司禮官們怕耽誤吉時一再催促，容辭這才與母親告別。

由堂兄許沛揹她出了門，門外沸騰一片，鞭炮聲音震耳欲聾，過後又是無數嘈雜的人聲，容辭隱約聽見這個平時不怎麼愛出風頭的兄長輕聲說道：「四妹，妳之前遇到了不少挫折，但壞運氣必定已經用盡，往後的路一定平安順遂，處處如意，再無悲苦。」

接新后入宮的喜轎應該叫鳳輦更為合適，通體正紅鑲金，共有三十二抬，儀仗一出，單是這個轎子就占了大半條街，沿途除守衛外，所有的人都規規矩矩的伏地跪送新后，容辭坐在轎中，因為緊張而忍不住偷偷向外看時，除了一片頭頂之外，也看不見別的。

儀仗從承恩伯府出發，直接前往大明宮，距離其實不算很遠，接著從正門丹鳳門進入，一路沿著中軸直到含元殿，皇帝就在那裡親自率文武百官迎接新后。

容辭被蓋頭將視線遮得嚴嚴實實，只能看見自己腳下方寸之地，因此在轎門打開將要下來時是有些慌的，可是此時一隻手伸過來托著她的手將她扶下轎。

這裡本來該是司禮的女官攙扶她的，但容辭一觸到那隻手，根本不需要看，就知道這是謝懷章。

流程裡應該是皇后主動走向皇帝，但謝懷章有些不合規矩的舉動確實馬上就讓容辭的心鎮定了下來，彷彿被這人牽著，便什麼都不需要擔心。

容辭因為什麼都看不見，穿戴得又很不方便，因此就像是個提線木偶一般，隨著司禮官的低聲提醒與謝懷章的牽引，一步一步的完成了祭拜天地的大禮。

本朝帝后大婚時，婚禮與冊后大典是在一天內舉行，因此拜完了天地之後，還要在此地繼續進行儀式。皇后頭頂的蓋頭也並非在洞房時掀開，而是在含元殿時就被皇帝親手取下，當著眾臣的面，也是有向他們介紹主母的意思，告誡之後要予以尊重、盡心服侍，不得有絲毫怠慢。

當容辭的蓋頭被謝懷章緩緩掀開，露出了一張妝容精緻的臉，極其妍麗，頭戴九鳳含珠冠，顯得比平日裡多了幾分肅穆與莊重，卻絲毫不損原有的美貌。

她細眉妙目，巧鼻朱唇，神態端莊，眼神含笑又半點不顯輕浮，頭抬的角度也剛剛好，一舉一動都有章有法，讓觀禮的眾臣多少也能理解皇帝為何會放著全天下的黃花大閨女不選，獨獨執意要娶一個和離過的再嫁之女。

接著冊封使先向皇帝、皇后行禮，接過聖旨打開，新后跪於皇帝身前，聽冊封使高聲宣讀正式封后的詔書。

宣讀畢，又將中宮之金寶金冊並鳳印交遞於容辭身後隨侍的奉印女官，謝懷章依舊沒有按照觀禮只是叫起就完事，而是起身親自將容辭扶起來，帶到自己座位上與自己同坐。

直到冊封儀式進行到了百官叩拜皇后的時候，容辭的手依舊被握得緊緊的。

她能感覺到天子的手掌十分溫熱，帶著沈穩又溫和的撫慰，讓她緊繃的心情變得平復，看到整個帝國最有權勢的官員們對自己行三跪九叩大禮的那種彆扭也不復存在。

伴隨著禮儀官的幾次「起——」、「跪——」、「叩——」之聲，諸臣一起站定，之後帝后二人便得分乘龍鳳轎輦，前往奉先殿拜祭先祖。

除了皇族謝氏直系之人與他們的正室王妃，其餘官員是不允許進入這個供奉著謝氏歷代先祖的地方的，謝懷章又不耐煩見宗親王公，乾脆只叫最為年長的趙王捧香，自己帶著容辭進了殿。

這地方仍像以前一般昏暗，並未因為外面張燈結綵的婚禮而有所改變，畢竟卑不抑尊，當今天子確實是世上最尊貴的人沒錯，但已經故去的祖先卻比他還要貴重，他的婚禮再是普天同慶，也影響不了奉先殿分毫。

謝懷章本人對這種有些壓抑晦暗的環境並不在意，但他卻擔心容辭害怕，便扶著她的肩膀讓她半靠著自己。

「害怕嗎？」

容辭搖了搖頭。「這裡供奉的是你的先祖，有立下不世之功建立了大梁的太祖皇帝，有文成武德的太宗皇帝，還有……」

她頓了一下。「還有生育了你的孝成皇后，我已經是你的妻子，他們若在天有靈，也只會保佑我們，盼著我們過得更好，這沒什麼好怕的。」

趙王是除了他們兩人外唯一的在場之人，容辭的話倒叫他有些刮目相看，看來這新皇后也不是普通的無知婦人，心裡至少是有一桿秤的。

謝懷章與容辭從太祖與太祖的兩位皇后開始，一個一個磕頭跪拜，又接過趙王捧著的香挨個兒供奉，一路走到最後，又來到了昌平帝與孝成皇后的牌位畫像前。

謝懷章抬頭凝視著母親的畫像，輕聲對容辭說：「來見過母親吧。」

容辭默默地隨他跪於蒲團上，仰視著婆婆高懸的畫像，雙手合十，在心裡祝禱，希望她一定要保佑謝懷章和圓圓父子健康平安，讓他們笑顏常在，無悲無愁。

起來後，謝懷章帶著點好奇問道：「妳在心裡想了什麼，費了這樣長的時間？」

容辭抿嘴一笑，故意道：「我對娘娘……母親說，若你以後欺負我，求她托個夢來教訓你，好給我這可憐的兒媳撐腰。」

謝懷章不信她這話，但也不問什麼，只是眼睛垂下輕聲貼著她的耳朵道：「我何曾欺負過妳——除了在床榻上……」

容辭一把捂住他的嘴，羞惱道：「你說什麼呢，這裡可是奉先殿，若是先人們聽見了怎麼辦？」

謝懷章輕輕一笑，果然不提這個了，而是道：「若妳我百年之後，也少不得掛上畫像在這裡。」

容辭不禁重新仔細觀察了一番畫上的人。

皇帝們且另說，眾皇后的畫像雖不能說與真人多麼像，捕捉到的神態卻確實各有特色。太祖原配皇后低眉順目、溫婉端莊，繼皇后的眼睛小些，嘴巴卻有些大，看著並非多麼好看的美人兒；之後孝淑皇后長眉挑起，眼神中帶著一股不馴的桀驁。

謝懷章的生母則是最漂亮的一個，即使只是一幅制式的畫像，也能感覺到畫師特別偏愛那雙杏仁一般的眼睛。

不知道……自己百年之後的畫像又是什麼樣子呢？

從奉先殿出來後，大禮算是已經完成了一多半，容辭剩下要做的都是在立政殿完成。

立政殿是大梁正宮皇后的居所，歷代的中宮都在此地外攝女眷，內御後宮，它在大明宮的中軸線上，位於紫宸殿北首，兩處宮殿之間距離很近，近到不需要轎輦就能很快到達，連佈置格局都很相似，立政殿除了比紫宸殿的規模稍小之外，一應格局構造與後者幾乎一樣。

在後宮之中，這是唯一一個有這樣格局的宮殿，是皇后作為後宮之主享有的特殊待遇，與妃妾不同，她代表著正宮之尊，名義上甚至可以與皇帝比肩。

立政殿的上一任主人正是謝懷章的母親，昌平帝的原配孝成皇后郭氏。

她薨逝之後，貴妃小郭氏一直卯足了勁兒想要得到中宮之位，後來她也的確如願以償，但是遷宮一事卻遲遲得不到先帝回應，數次旁敲側擊，甚至聯絡朝臣上疏皇帝，想要提醒他繼皇后還住在原來的宮殿，尚且沒有入住中宮，但摺子每次都被昌平帝留中，一來二去就不見下文了。

小郭氏又純是靠著先帝扶持才上的位，斷不敢反覆提及這種事惹他不悅，最後也就老老實實窩在側宮，成了大梁第一個未能入住立政殿的皇后。

因此這是近三十年以來，立政殿頭一次迎接新主人，一應佈置陳設都是皇帝按照容辭的喜好與習慣親自挑的，他每日忙於政事，能硬生生抽出空來忙這些，其用心可見一斑。

容辭此時就身處這象徵著天下最尊貴的宮殿之一。

東暖閣已經被裝飾得紅通通一片，閣中設了大床，上面鋪了繡了百子千孫圖紋的大紅被子，容辭穩穩坐於其上，周圍女官內侍等俱屏息凝神，不敢發出絲毫聲音，殿中擺設顏色都喜慶，但由於身處內宮，即使是帝后大婚這樣的日子也無人敢違禮。

謝懷章現在正與宗室們宴飲，要等應付完他們才能過來，容辭便依禮守在洞房，等候皇帝駕臨。

屋外傳來一陣笑鬧聲，容辭揮了揮手，讓正給她按揉脖頸的鎖朱先停下。

果然，眨眼間十來個婦人、小姐結伴而至，說笑著跨過了東暖閣的門檻，打頭兒的正是容辭很是熟悉的福安大長公主謝璿，她身後跟著的人從衣服制式來看，也都是謝氏的公主郡主、宗室王妃之類的。

容辭便要起身迎接，被謝璿快步走來按了下去。「快別，皇后坐著吧，妳這一身也不方便。」

其實其他的女眷對皇帝都很畏懼，平時入宮時也不敢高聲說話，但今天謝璿打頭，她從小在宮裡行走就沒放低過嗓門，向來是隨著性子想怎麼說就怎麼說，更別說她還是皇帝最親近的長輩，行事自然放鬆些，不需忌諱那許多。

「陛下過一會兒就能過來，我趁著這個空檔，帶著她們來讓妳認認自家親戚。」

她這是好意，容辭便認真道謝。「多謝殿下掛心。」

謝璿別有意味的道：「還叫殿下嗎？」

容辭倒也乾脆，馬上改了口。「福安姑姑。」

謝璿這才滿意，隨即一一喚眾女眷上前來介紹。「這是韓王妃，這是齊王妃，這是巴陵公主……」

容辭不方便站起來，她如今身分又在眾人之上，女眷們就趁給她行禮的工夫打量這位新嫁入皇族的新娘子。

容辭並沒有覺得尷尬，而是大大方方的一一問好，坐在那裡含笑任眾人打量。

這人的氣勢就是這樣，不是東風壓倒西風，就是西風壓倒東風，她沒有表現出任何的畏懼羞澀，就輪到旁人不自在了，這些女眷好奇的目光不多會兒便不自覺的收斂了許多。

最後一個上前的是永康公主，她是開朗的性子，也不暗地裡打量，而是光明正大的拉起了近乎。

「不知皇嫂還記不記得臣妹，咱們之前在順娘娘的生辰宴上見過面。」

容辭略一思索就想了起來。「是永康公主對不對？好久不見，妳一向可好？」

永康公主點著頭，不由自主的摸了摸有點隆起的小腹。「我好著呢。」

容辭看她的動作一愣，旁邊的齊王妃似笑非笑的插了句嘴。「永康這是第三胎了吧，倒也是好福氣，女人麼，有孩子在身邊，倒比有夫君還強些。」

氣氛為之一冷，這話要是私下裡跟小姑子說起來其實算不得錯，但是現在偏拿出來在皇后的新房中提起，便顯得不是那麼得體了。

眾所周知，皇帝的子嗣艱難，後宮嬪御這麼些年也沒能為他生下一兒半女，唯有那個莫名冒出來的孝端皇后有幸生了一子，這孩子剛抱回來就受到了萬眾矚目，在資質性情還未可知的時候就被冊立為皇太子，連他那個不明不白的娘都一步登天，從一個邊關的平民之女一躍而上，竟然被追封為皇后，真是祖墳冒青煙都攤不上這等好事。

可是並不是所有人都有這個運道，皇帝子嗣本就艱難，能不能懷上純靠個人運氣，再說許后前一段婚姻持續了將近五年，肚子一點動靜都沒有，最後還疑似因為不能生育被迫和離，之後能有自己骨肉的機會真的是太小了。

此時說什麼對女人來說孩子有多重要，不是指著和尚罵禿驢，專挑人的痛處戳嗎？

永康公主對齊王妃正是沒好氣，自己本是來討好皇后的，經她這麼一說，好像是為了給皇后難堪似的，她早就知道自己那個在感情上淡得像水一樣的皇兄對許氏另眼相看，若是惹惱了她，自己在宮裡怎麼能有立足之地？

她瞪了齊王妃一眼，因為急於挽回，便上前說道：「這事有時也看緣分，有人成親五、六年不生育，之後卻接連產子。」接著衝容辭一笑。「娘娘說不定馬上就能與陛下再添個小皇子了。」

容辭平靜得很，冷眼看著她們打機鋒，突然將頭一轉，對著門口的方向笑了。「太子，你怎麼在那裡？過來吧。」

所有人連忙也轉頭看去，只見皇太子殿下小小一個孩子，正從門後探出頭來，小心翼翼的往裡邊瞅，聽了皇后的話才扭扭捏捏的站了出來。

永康公主閉了閉眼，恨不得在自己臉上打一巴掌，太子自幼聰穎，現在已經是知事的年紀了，她剛剛在幹什麼？她在攛掇太子的繼母再生皇子！

眾人面上不顯，但在私底下眼神亂飛，紛紛側目看向容辭，想要看她有什麼方法應對轉圜此事，讓太子不心生隔閡與她生分。

齊王妃更是一臉看好戲的表情——什麼皇子不皇子的事還沒影兒呢，皇后此時最大的倚仗不就是太子與她親近嗎，現在她又會怎麼辦呢？

與眾人腦補的不同，容辭並沒有什麼誠惶誠恐的害怕，趁其他人向太子低身行禮的工夫，她自然的伸手將圓圓喚到自己身邊，替他整理了一下衣領。「為什麼站在門口不進來呢？」

圓圓揚起臉。「父皇說您今晚忙得很，不許我來打擾。」

他自然知道今天是什麼日子，也知道自己的母親就在宮裡離自己不遠的地方，他想見娘，但也怕父皇說的給娘添了麻煩，便眼巴巴守在新房門口，偷偷來看望她。

容辭不禁又憐又愛，撫著他嬌嫩的臉頰道：「你統共就這麼大點的人，哪裡就能添多大的麻煩。」

圓圓更加向容辭靠近，緊貼著她的腿站著。

他們母子其樂融融，可驚掉了旁邊一地的眼珠子，目瞪口呆的看著新皇后與太子處得像對真母子。

齊王妃是個唯恐天下不亂的人，眼珠一轉，對圓圓說：「殿下，我們剛才在說皇后娘娘之後會給您生下弟弟妹妹呢，您歡喜不歡喜？」

容辭本不想在這大喜的日子跟這種渾人計較，可沒想到還真有這種給臉不要臉、得寸進尺的人，她皺起眉頭就要開口，可是圓圓搶先道：「不要妹妹！」

齊王妃臉上喜色剛剛一顯，便聽太子又道：「孤想要個弟弟，」說著對容辭道：「母后再生個弟弟陪我玩好不好？」

不提齊王妃的臉色如何僵硬，謝璿倒是好奇道：「太子，你跟姑祖母說說，為何不想要妹妹啊？」

圓圓瞥了齊王妃一眼。「齊王叔家的裕寧郡主好不講理，無理取鬧不說，還總是欺負宮人，若妹妹都是這個樣子，那孤就只想要弟弟。」

齊王妃沒想到太子小小年紀竟然能說出這樣的話來，她的臉一下子憋成了醬紅色，又氣又羞。「太子……裕寧怎麼說也是你的堂妹，你怎麼能這麼說她？」

容辭冷哼一聲，面上一直掛著的溫和笑容蕩然無存，竟有一瞬間讓人覺得與皇帝的神態極為神似。

「齊王妃，孩子也不是單單生下來就大功告成的，若是養而不教，同樣不配做母親。」

齊王妃不可置信的看著這個聽說很是軟弱的新后，氣得嘴唇直打哆嗦。

容辭看她的表情就知道她依舊沒有心服，只是今天是她大婚的喜日，可沒那個空閒替旁人管教王妃，便直接對著司禮監的太監道：「你們送王妃出去吧。」又對齊王妃道：「王妃還是先回去想想怎麼教導妳的孩子，什麼時候想好了，什麼時候再進宮吧，到時候再來挑別人家的錯處也不遲。」

齊王妃本想再說什麼，可看著幾個內侍聽了容辭的話一點猶豫也沒有就來驅逐自己，這才明白這皇后並非自己想的那樣沒有地位，登時那些難聽的話也不敢說出口了，只能紅著眼睛四處張望，可是平日裡和她處得還過得去的妯娌、公主紛紛偏過頭去，避開了她的視線，沒有一個人敢為了她頂撞容辭，頓時心裡一涼。

等齊王妃被帶走，室內還是一片沈寂，剛才容辭的態度出乎意料的強硬，以至於永康公主都低眉順目，不敢隨意說話了。

謝璿本來一再想要出言敲打齊王妃來給容辭撐腰，誰知道先是太子後是容辭自己，兩人將齊王妃收拾得抬不起頭來，她自己反倒派不上什麼用處了，不禁低頭一笑，隨即讓其餘人先離開，她自己抱著圓圓打趣道：「士別三日當刮目相看，我們的皇后娘娘威嚴日盛，讓人不敢小覷呀。」

容辭道：「誰知道這個王妃是怎麼回事，我本想與她們和睦相處的，誰承想她就跟吃了槍藥一般，專揀我和圓圓挑釁，是當我好說話嗎？」

謝璿搖頭道：「妳不知道，當年太子還沒接回來的時候，勸陛下繼宗室之子的話是越來越多，齊王的嫡長子就是被提起最多的一個。後來封了太子，朝中的風波驟降，這事就沒人提起了，連齊王都巴不得陛下把之前的事忘了，以免遷怒於他，只有齊王妃，雖不明說什麼，但態度上總是作怪，想來是心有不甘。再來就是她看過繼不成，又想將娘家親妹子送進宮以博取聖寵，誰知道……」

「誰知道又有了我。」容辭無奈道：「怪不得呢，我們母子真是將她的『上進心』堵得嚴嚴實實。」

謝璿冷笑。「就有這麼一個姐姐，她妹妹又能聰明到哪裡去，不過是蠢人一個，咱們不跟她置氣。」

話剛說到這裡，就有宮人來報，說是陛下已經起駕往這邊走了。

謝瓙抿著嘴忍笑道：「行了，我也不與妳多聊了，免得陛下來了看見我和太子，嫌我們礙事。」說著就抱著戀戀不捨的圓圓走了出去。

果然，過沒一會兒謝懷章就大步流星的走進了立政殿。

他踏進東暖閣，見到容辭正乖乖的低頭坐在喜床上等著自己，心裡便有些發燙，忍不住快步走上前去坐到容辭身邊，握住了她的手。「累了嗎？」

容辭低聲道：「其他還好，就是你再不來，我的脖子就要斷了。」

謝懷章看了眼她頭上的鳳冠，也有些心疼她辛苦，便不再耽擱，對著司禮官道：「快些開始吧。」

司禮官應是，隨即數位奉儀女官上前，跪於一旁分別向兩人行了大禮，謝懷章叫起之後，這些人便從旁人手中接過托盤，為首之人重新跪下，恭請皇帝皇后共飲合巹酒。

容辭和謝懷章都不是第一次喝這酒，但這次與之前是截然不同的感覺，兩人都相當鄭重的飲下酒水，之後又是一連串瑣碎又漫長的禮儀，不一一細表。

這些好不容易做完了，這一天婚禮就只剩下最後一件事還沒完成。

分別由內侍女官將謝懷章和容辭帶到兩間側室中，伺候他們快速的沐浴更衣，時間是掐準了的，兩人差不多是同時回到新房。

即使兩人已經有過一次……或者幾次了，容辭看著身著寢衣的謝懷章還是有些不自在，便微微側過頭去，順勢也就躲過了對方像是要燒著了一般的目光。

謝懷章也不作聲，只是揮手叫滿屋子的人退下。

本來帝后同寢，床帳外是要有兩到三個人守夜的，但這些人畏懼皇帝，一點異議也沒提就乖乖照做了。

等房間內除了他們兩個之外再無一人，謝懷章才拉著容辭的手與她一同坐在床上。

可還沒等兩人單獨說上話，趙繼達又在外邊求見。

謝懷章眉心微擰——他身邊的人自然知道忌諱，若非急事，萬不會大膽到此時來打擾，便讓他進來了。

趙繼達匆匆行禮，之後在謝懷章耳邊說了句什麼，他的眉頭皺得更緊，猶豫了一下，對容辭道：「前頭有點急事，需要我去一趟，也就是一盞茶的工夫……」

容辭道：「正事要緊，你去吧，晚一點也無妨，我們今後的日子長著呢，不在乎這一時半會兒。」

謝懷章忍不住摸了摸她的頭髮，這才出了門。

殿門口守著一個穿著太監服飾的年輕人，正是被安排出京辦差的方同。

他見陛下出來，知道現在不是囉嗦的時候，便立刻將自己查到的事情低聲說了一遍。

「……奴婢無能，查到這裡線索就斷了，再繼續下去可能要順著這條線審一審人了，究竟要怎麼做，還是要聽您安排。」

謝懷章的眼睛裡泛著無比寒涼的光，他略微沈吟之後就道：「不要耽擱，今晚就把人拘起來……別走漏風聲，悄悄的辦好了再審，還有——這幾天正逢新婚，先不要見血，免得撞了邪祟，反不宜於皇后。」

「這個奴婢自然知道分寸。」

容辭坐著也就等了很短的時間，謝懷章就回來了。

她見他面色微沈，但大致表情還算正常。「是有什麼不好嗎？」

謝懷章見到容辭就不再去想其他，神情也鬆了下來。「不是什麼大事，都是底下的人大驚小怪。」

他說話時的語氣已經非常正常了，容辭還沒多想，就被他一隻手臂圈在懷中。

「終於等到這一天了……」

容辭強裝出一副鎮定的表情問道：「你覺得等久了嗎？」

謝懷章搖頭。「不，比我預想中的早多了——我甚至做好了妳一輩子都不肯原諒我，我就守著圓圓長大，然後孤零零的度過每個孤枕難眠的夜晚的準備了，不過幸運的是，阿顏，妳果然並非鐵石心腸，到底原諒了我。」

容辭如今對當初那件事已經徹底釋懷了，她揶揄道：「陛下未免也太妄自菲薄了，您各種『妙計』層出不窮，若您是楚襄王，怕是神女也難把持得住，何況我這區區凡人。」

「我的『妙計』？妳是指這個嗎？」說罷，皇帝陛下就將臉湊了過去，輕輕含著她的唇瓣吻了一會兒，這才微微分開，輕聲道：「如何？能不能得到神女的心？」
容辭臉頰微紅，她像是被那吻醺醉了一般笑了。「就這個嗎？雕蟲小技……」
在這燭火迷離的環境裡，這話聽在謝懷章耳朵裡就是一種暗示與挑釁，他眸光微暗，一邊再次靠近，一邊一手將大紅的床帳揮了下來。

第二十八章

容辭剛醒時就感覺到了與平時的不同，她睡在比家裡寬敞許多的床上，身下是順滑柔膚的綢緞，鼻端瀰漫著清香的氣味。

她記得這味道。

容辭自己嫌麻煩不熏香，卻極愛這種像是橙皮一般清甜的味道，自從謝懷章見她喜歡，改用了這個之後，每每與他親近都不由自主的湊得更近一些。

這是他身上的味道。

身上的被子溫暖柔軟，蓋在身上卻讓人覺得一點兒也不沈重。

但被子不重，卻有旁的東西重得很。

容辭被壓得有點難受，想掙扎卻像是被束縛得緊緊的，雙臂伸不開，只能壓下睏倦，迷迷糊糊的睜開眼。

眼前只有片紙之隔的是謝懷章仍然緊閉雙眼的臉龐，容辭向下一看，有些無奈的嘆了口氣。

怨不得她覺得沈呢，謝懷章的胳膊牢牢攬著她的腰，像個鐵鉗子一般，讓她即使醒過來都一時掙不開。

就在這短短的工夫謝懷章也醒了過來，他的睫毛抖了抖，緩緩睜開了一雙漆黑的眼睛。他雖是剛醒，但眼神清明，不似一般人睡醒後總帶了迷茫，察覺到容辭似有不適，便放鬆了手臂道：「壓痛妳了嗎？」

容辭覺得舒服了些，頭枕在他手臂上。「就是有些悶。」說著半撐起身子，長長的烏髮垂下來。「這是什麼時辰了，是不是該起了？」

謝懷章伸手輕輕一拉，毫不費力的就將容辭拽得趴在他身上。「急什麼，天還沒亮，再歇息片刻也不遲。」

容辭趴在他胸膛上微微偏頭悶悶道：「今天的事還有不少，就算你沒有朝會，我也有要做的呀。」

由於兩人身體靠得很緊，即使隔著寢衣，謝懷章也能感覺到那奇異的觸感，他昨晚估計上一次多少傷了容辭，因此盡力克制著並沒有盡興，現在便有點受不了。

謝懷章壓下那點妄念，隨口問道：「又不需要向長輩請安，妳不必急著起來……現在已經不難受了嗎？」

容辭聞言有點難為情，但還是輕搖了搖頭。「還好……」

謝懷章的喉頭微微一動，一隻手不由自主的在容辭的脊背上摩挲幾下，隨即貼著她的耳朵道：「當真不痛？」

容辭沒有察覺到這話裡的微妙與危險，繼續紅著臉認真的感覺了一番身上的情況，最後認真道：「……比上次好了不少……」

謝懷章手下的力氣慢慢加重，在容辭還沒能完全明白過來時，就帶著她翻了個身，兩人上下位置對調。

「既然如此……我們再來一回好不好？」他聲音平靜的商量。

「唔——」

「我們是沒有要請安的長輩，但是宮妃女官們卻要來朝賀呀。」容辭一邊在斂青等人的服侍下穿著外衣，一邊焦急道：「現在都辰末了，她們還不定怎麼笑話我呢……他倒是早早就一甩袖子處理朝政去了，也不叫醒我。」

宮人們聽了這抱怨都忍不住悶頭忍笑，彩月知道自己伺候得晚，必然比不得容辭從家裡帶來的丫鬟親近，此時也不去搶活兒，只在一旁幫著遞個簪子什麼的。「陛下那是心疼您辛苦，這才不許我們打擾的……況且各宮主子與您尊卑有別，她們哪裡敢非議中宮呢。」

平日裡容辭見到謝懷章的妃子並沒覺得有什麼，可這次是第一次以中宮主母的身分接受妃妾的請安，意義不同，自然要格外重視些。可早上被謝懷章按著鬧了一通，腰都痠痛了才算完事，自然累得又睡了一覺，誰知謝懷章特意吩咐了宮人不許吵醒她，以至於等容辭醒了的時候，眾妃們已經在正殿中等了將近一個時辰了。

容辭也無法，只能硬著頭皮裝出一副若無其事的樣子去了正殿，像是皇后起晚了是理所應當似的，不露一絲心虛的在這些女人眼神各異的注視中坐到主位上。

如彩月所說，這立政殿中所有的人都是謝懷章悉心挑出來伺候皇后的，個個都既有忠心又有七竅玲瓏心，有他們在一旁看著，這些宮妃等就等了，也不敢私下裡議論些什麼。

等新后終於千呼萬喚始出來，她們便在尚儀的指引下站起身，看著容辭端坐在主位上，她們便心情複雜的行了大禮，跪伏在地上，額頭觸地。

「妾身等見過皇后娘娘，願皇后娘娘萬福金安，長樂無極——」

容辭也不想與她們為難，馬上就叫了起。「都起來吧。」

等眾人站起來又道：「不必多禮，妳們坐下便是。」

女人們都默默坐下，心裡五味雜陳，想什麼的都有，畢竟數月之前還在向她們行禮的臣下之妻，今天就成了正宮皇后、她們夫君名正言順的正妻、要伺候一輩子的女主人，這換誰都得鬱悶幾天。

況且這個女主人不只身分比她們高，連年紀也比她們輕——宮妃中年紀最小的便是鄭嬪，她都比容辭大了五歲，而年齡最大的德妃比謝懷章還要年長兩歲，今年三十有二——這樣的年齡差距代表著若是她沒被納入東宮，而是隨意嫁了一個人，成親再早一些，孩子都有可能和容辭一般大了。

對著這麼年輕的主母，任誰都會有一點不甘的感覺，連容辭將心比心，都覺得換了自己，很可能也會覺得意難平。

在這樣的心情驅使下，容辭的態度就更加溫和，當即吩咐讓換了新茶來給她們添上。

德妃一直是眾妃中頂頭兒的人，她見沒人說話，握著茶杯沈吟了片刻，最先開了口。

「妾身們早就盼著能再有新姐妹進宮來作伴，這些日子一直在等您嫁進來，有了中宮的主子，我們也算是有了主心骨。」

這話打破了沈默，識時務者為俊傑，戴嬪連忙拋開了那一點彆扭，接茬道：「是啊，這宮裡人少，大家住得又遠些，平時連個說話的都沒有，您來了，妾身都高興得很。」

容辭喝了一口茶，隨即點頭道：「本宮年輕沒經驗，若論資歷，怕是都要叫各位一聲姐姐，若有哪裡不周到的地方，還請各位不吝賜教。」

「這可不敢當，」戴嬪道：「我們其實也什麼都不懂，宮裡的事都是德妃作主，她懂得才多呢。」

這話說的，是不是誇獎都未可知，德妃的臉頰幾不可察的抽了抽，隨即緩緩伸出手，身後的宮女見狀便將手中的托盤遞上來。

「娘娘，前些年後宮無主，都是妾身代為主事。」德妃說話時語氣已經儘量顯得真誠了，可是緊繃的面皮還是多少暴露了一些她心裡的想法。「名不正言不順的，今天就物歸原主吧。」

容辭挑了挑眉，也不推辭，示意彩月接過來。「陛下說過妳是個穩妥的人，一直將宮務管得不錯，我是頭一遭做這個，一定有需要妳指教的地方，可千萬不要推辭。」

德妃聽見皇帝曾在背後誇獎過自己時是有一瞬間高興的，但是還沒等那激動存在多長時間，就先涼了下來——他是那種會誇女人的人嗎？處理宮務這種事在皇帝眼中就是職責所在，辦好了理所應當，辦不好就是德不配位，從沒聽說過他能因為這個稱讚別人。

皇后只是隨口說的客套話。

德妃簡直從沒這麼清醒過，她沒被所謂「皇帝的誇獎」沖昏了頭，反而反射性的就想到了皇后能隨意說出這種話所代表的含義。

——這說明陛下與她是真的親近，親近到她能隨著性子來，就像普通的妻子與外人說話時隨口提到自己的夫君，理所當然的把自己的話當作他的話來提高分量，不需避諱。

呵，外人。

德妃想太多了，以至於臉色一時沒有控制住變得陰沈。

容辭沒想到自己隨口一句話能讓德妃腦補出這麼多她自己沒意識到的事，她數了數底下的人數，突然覺得像是少了個人。

「是誰沒到嗎？」

後宮中有位分的妃子都是東宮的舊人，不多不少正好是八個人，現在卻只來了七個。

皇后新婚第一天，身為妃子卻在此時缺席，若沒有充分的理由，不論如何都算是藐視中宮，大不敬之罪了。

德妃的眉毛皺了一皺，回身問道：「妳與呂昭儀住得近些，她為何沒到？」

韋修儀叫屈。「我們哪裡近了？她有主意得很，要做什麼又如何肯和我知會？」

反是戴嬪道：「她昨晚像是病了，我遠遠瞧著有人去了她宮裡，一問才知道是太醫，說是腹瀉不止，都起不來床了，但是怎麼著今天都應該差人來告個假呀……」

德妃不悅。「她一向是個渾人，沒想到竟這樣不知分寸，第一次來見娘娘居然敢這樣怠慢，什麼病能有請安重要！」

容辭雖是被怠慢的當事人，但並沒有像德妃一樣憤懣，因為她知道就是再想跟她對著幹，恐怕也不會蠢到頂風作案，讓她不痛不癢不說，自己還得挨瓜落，因此呂昭儀不是真病得什麼都顧不上，就是另有隱情。

她想了一下，抬手制止了德妃嘴裡看似為她打抱不平的話。「彩月，妳去……」

「琪祥殿，」戴嬪忙道：「呂昭儀住琪祥殿。」

容辭點頭。「妳去琪祥殿看一眼，若真病得厲害，就說我免了她的請安，請她好生休息，再拿著立政殿的牌子多請兩個高明些的太醫。」

彩月應聲而去，德妃的嘴唇立即抿了起來。

她心中是有不悅的，自己這麼多年在後宮作慣了主，現在冷不防的來了個可以隨意反駁她還駁得理所當然、不需要任何理由的人，那種落差感，真是讓她難以接受。

但是其他妃嬪心中卻微妙的舒服了不少，畢竟她們都聽說昨晚皇后一言不合就將齊王妃逐出了宮，這個做法一點也不像一個二嫁進宮、毫無經驗的皇后，她們一方面收起了對新后那一絲若有若無的輕視，一方面又擔心她反會因為出身而敏感過度，到時候非要無事生非殺雞儆猴，人家到底占著名分大義，但凡是豁出去不要名聲，收拾個把連陛下的面都難見的妃妾可不是像喝水一般簡單嗎？

雖然厲害的上司更惹人畏懼，但作為低位的人，還是打心眼裡希望管自己的人能寬和些，畢竟她們常年過著平靜如水的生活，大多數人已經不復當年一門心思博寵愛，見了誰都想比個高下的好勝心了。

「娘娘有仁愛之心，咱們姐妹都要替呂昭儀謝謝您才是。」

說這話的是位分最低的柳美人，她不過是七品的宮妃，若是在先帝擠得滿滿的後宮裡，那簡直連給皇后請安的資格都沒有，就是僥倖進了立政殿，也可能連個座位都撈不著，就是個打簾子的。

可是當今的後宮統共就那麼幾個人，每次聚在一起的時候連高臺上的座位都填不滿，若依著先帝那會兒的規矩，未免也太寒磣了，因此柳美人、余才人幾個才沾了這個光，要知道之前，她們此刻的座位上，坐的起碼得是三品以上的高位妃嬪。

容辭笑了笑。「先別急著謝，看看她病得怎麼樣吧。」

眾人都跟著笑了起來。

這時，有內侍進來通傳。「娘娘，太子殿下到了。」

不少妃嬪的眼睛亮了起來。

若說後宮中的爭鬥，年幼的皇子肯定不能倖免，沒有妃子會對並非己出的孩子抱有善意，但那是在宮裡子嗣豐盛，好些妃嬪都有子的情況下才會如此，她們會為了給自己的孩子爭取資源而彼此搏殺，畢竟孩子的父親只有一個，來自天子的關注也很有限，多疼妳一點，我能得到的自然就少些。

可是現在的情況完全不同，後宮長久未能生育，年紀卻一天天漸長，即使再樂觀的人也不得不承認自己今後可能沒有機會誕育皇子了。

現在當位的是她們的夫君，即使不受寵愛，但是在後宮的這一畝三分地裡，確實是沒有任何人敢為難，平時只需要負責錦衣玉食、珠光寶氣的打扮一番，在宮宴上不丟陛下的臉就行，除了在男女之事上寂寞些，也過得沒什麼愁事。

但是若陛下一直無子，到時候繼位的必定是跟她們連面子情都沒有的宗親之子。過繼來的孩子說不定連陛下都不真心親近，又怎麼會把她們這些毫無關係的女人放在眼裡？

所以太子被接進宮來時，妃子們雖說心裡都有些鬱悶不舒服，還對太子生母懷有不滿跟嫉妒，但其實冷靜下來都是鬆了一口氣的——雖然不是自己生的皇子，但好歹是陛下親生的，跟自己這些人的關係近了一層，將來陛下百年後，她們能在他這裡得到的禮遇絕對比非親生的要多得多。

因此別看圓圓並非她們所生，但大多數人出於自身的利益，都還是盼著他好的，若是能和他打好交道就更好了，起碼不用擔心將來老來無依。

可惜太子自小就被陛下像捧眼珠子一般護得緊緊的，她們看一眼都難，偶爾見上一面，卻發現太子人小主意卻大，面對妃嬪們的有意討好，都是公事公辦的道謝，真的想要親近卻很艱難。

圓圓被乳母從殿外牽進來，走到離容辭只有三步遠的時候卻停下來，彎著小膝蓋跪在毯子上磕頭，用還帶著奶音的語氣脆聲道：「兒臣見過母后，願母后金安。」

容辭知道這是規矩，就沒有制止，看著他動作得體的行完禮站起來，用期待的眼神注視著自己，這才如他所願，起身上前把自己兒子拉起來，又牽著他的手將他帶到了座位旁。

「太子到我這兒來坐好不好？」

圓圓有點興奮，走路的時候腳有些飄，幾乎是蹦跳著到了容辭座位前，也不用人抱，自己麻利的爬到坐榻上挨著母親坐了。

容辭先用手背試了試他額頭的溫度，覺得還正常，就又問乳母湯氏。「太子昨晚幾時睡的？」

圓圓臉上的高興為之一滯，變得有些心虛，抬起頭一個勁兒的朝乳母使眼色。

可是湯氏又不是吃了熊心豹子膽，敢在容辭面前說謊，她移開了視線裝作沒看見太子的暗示，低聲對容辭道：「昨天大婚，陛下昨晚又不在，小爺可能是激動得過了頭，到了亥時才勉強睡下。」

容辭聽了微微蹙起眉，帶點責備意味的輕拍了圓圓的背。「怎麼你父皇一不在就弄鬼呢？」

其實是謝懷章平日裡管他管得嚴了一些，經歷了上次中毒一事就更加仔細，做什麼都有一堆人跟著，晚上睡覺的時間也卡得緊緊的，公務忙起來有時都顧不上吃飯，還必得抽出空來在兒子該睡的時候去看一眼，檢查一下他有沒有貪玩不肯睡。

以圓圓的小腦袋瓜其實不是不知道這是為了自己好，但他到底是小孩子，愛玩又精力充沛是天性，時間久了自然會忍不住，昨天又正逢容辭進宮，這期待已久的事，父母又忙著……做別的，那滿腔的激動沒處發洩，可不得使勁搗蛋一番才滿意嗎？

圓圓自知做錯了，也不敢躲，只是癟著嘴有點委屈的往容辭懷裡蹭，那小模樣讓那一群妃子們看得眼熱極了，恨不得抱著這寶貝蛋的人是自己，他就算犯了天大的錯也必定捨不得責備分毫。

連滿腹心事的鄭嬪也低喃了一句。「殿下好聰明。」

這話只有坐在她身邊的戴嬪聽見了，她忍不住勸道：「是啊娘娘，這麼大的孩子就沒有不調皮的，我娘家的姪子那是皮得連我嫂子都嫌棄，可小殿下天生就比平常的孩子聰明，他必然知道分寸的。」

其實這話說出來是有些僭越的，若皇后是個小心眼的人，保不齊就覺得是旁人向太子賣好的同時挑撥離間，因此戴嬪把話說完的同時就又有些後悔。

但容辭並沒有生氣，她溫聲解釋。「妳不知道，這孩童越是聰明就越應該看緊一些，笨一點的孩子好些事情不懂，反而知道事事敬畏，但聰明人經歷的挫折少些，總會自負無所不能，若在幼年時不能好生引導，怕是將來反受其害。」

見戴嬪若有所思的點頭，容辭又捏了捏圓圓的小鼻頭。「瞧你委屈的，不過噘了噘嘴就有人替你求情。」

圓圓抬起臉來，聽容辭繼續道：「聽見了嗎？戴娘娘誇你聰明呢，還不快謝謝她。」

戴嬪從思考中醒過神來，頭一句聽到的就是這個，雙眼頓時瞪得有如銅鈴大，忙不迭的推辭。「不用不用，這不值什麼……」

但是出乎所有人的意料，這次太子竟然真的乖乖的看向戴嬪。「謝謝戴娘娘誇獎。」表情之誠懇，語氣之認真，一點也不像之前那個怎麼討好都不冷不熱、愛搭不理的傲慢小魔頭。

戴嬪在一眾羨慕嫉妒恨的目光中飄飄然，受寵若驚到說話都有些磕絆。「不、不需如此，殿下太客氣了！」

余才人在一旁看了卻突然插話。「這是一般人家的孩子才如此，咱們殿下貴為一國儲君，除了陛下本不必敬畏什麼，合該想做什麼就做什麼才是，就算闖了天大的禍都說不上錯，何況那點子小事呢，皇后娘娘未免也太嚴厲了。」她的臉上又堆滿了笑。「太子殿下，您說是不是？」

容辭冷淡的看了她一眼，卻不對她說什麼，反過來問圓圓。「太子，你覺得她說的對嗎？」

圓圓眼珠子轉了一轉，搖頭晃腦的說了一句。「我才聽師傅們講到一句話，說是剛毅木訥近仁——」

「噗——」

這是文采最好的鄭嬪，還沒等圓圓把話說完就已經明白了他的意思，片刻之後，德妃等人也反應了過來，不由得紛紛拿著帕子掩飾笑開的嘴角。

現在的女子雖不能出仕為官，但風氣還算是開放，但凡是有點家底的人家都不至於限制女兒讀書，宮內幫著皇后管理後宮的女官也不乏學富五車、不遜男兒的，因此她們不說別的，論語還是讀得十分通的。

——剛毅木訥近仁，巧言令色鮮矣仁。

余才人急於討好太子，以至於連一個小孩子都能瞧出這是巧言令色，這又怎麼能不可笑？

余才人的臉色變得無比難堪，她騰的一聲站起來。「妾身並沒有這個意思……再說戴嬪剛才也在為太子說話，怎麼娘娘單單這樣針對妾身？難道還記恨妾身當初得罪過您嗎？」

明明是太子說的話，她卻偏要扣到容辭頭上，不過容辭不在意這個，反正是自己兒子，他說的跟自己說的也沒什麼分別，她的聲音不大，卻很有分量。「余才人，妳跟戴嬪話裡的意思是不是一樣，太子都聽得出來，不用急著表白……還有，這是妳對本宮說話該有的語氣嗎？」

沒有什麼疾言厲色，也沒有大聲呵斥，容辭臉上還隱約殘留著方才的笑意。「言語不敬中宮，該作何處罰？」

沒有妃嬪敢插話，一個女官答道：「稟娘娘，按情節輕重，以賜死、杖責、掌嘴為主。」

余才人一張臉由紅轉白，再不敢多說什麼狡辯，直接跪下來請罪。

「她也沒說什麼罪不可赦的大不敬的話，所以……是要掌嘴嗎？」

「娘娘所言不錯，不過……要杖責卻是更合適些。」

容辭靜靜地看著余才人滿臉驚恐，一時不說話，等到對方的身子開始顫抖起來才道：「罷了，妳起來吧。」

余才人的身形一垮，剛要慶幸，就聽上頭皇后道：「換個角度想，妳也算是讓太子學以致用了，本宮就暫且記下，往後再敢為了私慾諂媚太子，若是教壞了他，可就不僅僅是杖責這麼簡單的事了。」又看向其他人。「妳們也是一樣。」

這是來自中宮的訓誡，眾妃都站起身來行禮，表示領訓。

容辭點了點頭。「只是提個醒罷了，本宮也知道妳們不是這樣的人，都坐下吧。」

等她們重新落坐，容辭便對湯氏道：「太子這孩子有時候挺乖，有時候又古靈精怪的，本宮和陛下總有看顧不到的時候，妳們貼身伺候，要格外仔細辛苦些，不說我們看在眼裡，太子大了也會記妳們的好，不會虧待妳們的。」

湯氏和朱氏都是謝懷章親自選出來的，自然忠心耿耿不敢生二心，但皇帝到底是個男人，吩咐的時候都是強硬的命令，還從沒有人用這種誠懇的、與其說是命令不如說是託付的話來囑咐她們，現在一聽覺得又動聽又有感觸——是啊，她們將來的前途、老來的生活，可不就看現在伺候的小爺的心思嗎？

湯氏鄭重的應了。

「對了，太子的東西都收拾妥當了沒有？也不用全搬來，揀上些日常用的就行了。」

「回娘娘的話，都妥當了，就剛才的工夫想必都在東配殿放好了。」

本來妃嬪們都在豎著耳朵聽她們說話，聽到這裡卻都忍不住睜大了眼睛，韋修儀更是脫口而出。「收拾東西？娘娘，太子這是要搬到哪裡嗎？」

容辭將圓圓圈在雙臂間，輕描淡寫道：「不錯，他住在紫宸殿到底不合規矩，並非長遠之計，搬到本宮這裡也方便照顧。」

竟然是直接住到立政殿！

她這話說得彷彿理所當然，但一群女人面面相覷都說不出話來——陛下那樣緊張自己的獨子，之前就保護得嚴嚴實實，在他險些夭折之後更是變本加厲，連一根頭髮絲都輕易不許後宮的人碰，現在才是皇后嫁進來的第一天，就能讓太子搬到她身邊……

這樣的信任。

時候已經不早了，容辭看了看天色，便讓眾人先散了，改日再聚。

眾妃起身剛要告退，彩月便從呂昭儀處回來了，她步履匆匆的走到容辭身邊低聲說了什麼。

容辭頓了一下，表情卻沒有什麼變化，語氣如常道：「既然如此，就叫她閉起門來好生歇息，安心把身子養好了再出來走動，不需要掛念我這裡。」

德妃等人聽了，心想原來呂氏是真的病了，更有平時與她處得不和睦的暗中腹誹，她平日裡能吃能睡，壯得像頭牛，現在竟病得起不來床，說不定就是在哪裡胡吃海塞吃壞了肚子。

這消息在她們心裡轉了沒兩圈就放下，告辭走了。

無其他外人，容辭深吸了口氣。「妳聽清楚了，那太醫果然是這樣說的？」

彩月道：「千真萬確，是陛下親自下的旨意，說是除了咱們誰都不讓透露，對外都說是真病了。」

容辭的手指收緊，不小心捏痛了懷裡的孩子，圓圓抬起頭望著她。「娘？」

容辭連忙鬆手，然後俯身將圓圓緊緊抱住，撫摸著他飽滿的後腦勺。「好孩子，你父皇想替你報仇呢……」

「是呂昭儀？」

謝懷章搖搖頭。「現在還不能確定，方同等人一路趕至坡羅國，費了好些工夫才找到線索，當地有人記得曾有中原人去過那裡，最後證實那人便是呂氏的親兄長呂俊。」

「確實很可疑，那個國度若不是常年跑商的人，說不定都沒聽過，好端端的偏要往那裡跑，只是……」

已經是夫妻了的兩人對視了一眼，容辭先開了口。「呂昭儀這個人……有這麼聰明嗎？」

那個計謀當初可是穿透了紫宸殿的銅牆鐵壁，直接將毒藥下在皇帝身上，又充分考慮到了他對圓圓的愛護之情，心思深不深且另說，光是膽子之大都讓當初去查的人毛骨悚然。

這種利用皇帝暗害太子的事是一般人能想出的毒計嗎？

可是呂昭儀就是那種腦子很一般的人，甚至說比普通人還要蠢一些也不為過。

「是她家裡人出的主意嗎？」

「不是，她家裡統共沒幾個人，唯一還能頂事的就是呂俊——結果他也是個庸才，被帶到司禮監的時候慌慌張張，形跡外露得很。」

容辭的牙咬得緊緊的。「呂昭儀怎麼說？」

呂昭儀什麼也沒說，她雖不怎麼聰明，但嘴巴居然意外得緊，審了這將近一天都沒任何消息，要知道雖然皇帝要求不能見血，但是那邊不見血的刑罰多了去了，未必不比看著血腥的更能折磨人。

可奇就奇在，不論呂昭儀還是呂俊，竟然都沒有鬆口。

「以呂氏的心機不可能是主謀，要麼就是被有心人操縱，要麼她就是精心選出來的替罪羊。」謝懷章摟著容辭的肩膀安慰她。「先別急，咱們有的是時間來收拾他們。」

她本來是不急的，可是眼見有了進展竟也能卡在這當口，不由得她不煩躁。

容辭躺在謝懷章懷裡，輕嘆道：「這種招數這般陰毒，不走正道，一想到有這樣的人在背地裡對圓圓虎視眈眈，我就怕得要命。」

謝懷章的眼睛微眯——後宮的妃子他當初也是懷疑過的，但因為缺乏動機，所以沒有多想，畢竟圓圓也是她們將來的依靠，她們沒有自己的孩子，害死了太子又能有什麼好處呢？

可是既然呂昭儀有了嫌疑，那就說明後宮所有人都不能完全相信，就算她是個替罪羊，可是兇手在選替罪羊的時候一定會下意識選與自己情況最相似的人來混淆視聽。

人選一下子縮小在很小的範圍裡。

至於動機，這是他疏忽的地方，人做有些事的理由往往千奇百怪，想不到不代表不存在，比方說他的原配郭氏，其實到現在為止他都沒弄明白她為什麼放著好好的太子妃乃至未來的皇后不做，要來謀害自己夫君。

這完全講不通，可到最後證明確確實實就是她做的，沒有站得住腳的動機，也沒有什麼身不由己的苦衷，人心各異，沒有人能完全理解另一個人的心思，即使親密如夫妻也是一樣。

「今天的請安如何，她們可還恭敬嗎？」

「還不錯，」容辭道：「都應付得來，大部分也都還好相處。」

「大部分？那小部分呢？」

容辭總算不再去想凶手的事，她忍笑道：「你問這個做什麼，就算不好相處，也不是我吃虧啊。」

謝懷章伸手描摹著容辭的眉眼，溫和道：「我是怕妳剛入宮，摸不著她們的調，萬一受了委屈可怎麼好。」

「哪裡又能受委屈了？我瞧著戴嬪心裡像是有成算的樣子，韋修儀心直口快也沒有壞心，余才人倒是有些拎不清，還有德妃……雖然看著沒什麼特別的，但總有些摸不透……」

謝懷章給的建議相當粗暴直接。「若有誰不好，妳就直接處置了，想來剩下的也就老實了。」

容辭失笑。「我要是真這麼做了，那外面還不傳得難聽死了？」

謝懷章自己不怎麼在乎虛名，但在容辭身上總是顧忌多一些，也不忍她飽受非議，想了想，道：「那妳就回來告訴我，我親自來處置。」

「好了好了，」容辭心裡軟得像團棉花，她貼著謝懷章的胸膛輕語。「二哥，後宮的事你不用插手，這是我的職責，若是這麼點小事都要你來幫忙，那我這個皇后未免也太無能了。」

這天晚上兩人顧忌圓圓剛搬地方，怕他不適應，就陪著他睡了一晚上，並沒有再發生什麼，因此第二天容辭精神抖擻的在該起的時候起來了。

這天該是外命婦一起進宮朝賀的日子，容辭心裡想著呂昭儀的事，便全程有些走神，連看見某些人被迫給自己磕頭的樣子也沒有多大的感觸。

她說的自然是恭毅侯老夫人王氏及靖遠伯夫人吳氏等人，這兩人當了容辭兩世的長輩，但又因為不同的理由不僅沒有做到長輩的樣子，還在容辭那不甚順遂的人生中踩了好幾腳。

誰也不是以德報怨的聖人，容辭雖沒那個閒工夫特意騰出手來料理她們，但看她們因為自己而又恨又怕的樣子也不是不解氣的，只是這次有比這重要得多的心事壓著，連看仇人屈辱倒楣都有些心不在焉。

等儀式結束，眾命婦散去，容辭特意把明顯放不了心的母親留了下來。

溫氏如今是魏國夫人，參拜皇后自然有她的分兒，可她性子有些軟弱，又是頭一次參加這種場合，若不是此時被慶賀成為皇后的是自己的女兒，她都能臨陣退縮。

現在為了女兒的臉面，她竟然意外的穩住了，強裝出的一副榮辱不驚的樣子竟然頗能唬人，讓不少人覺得這個名不見經傳的天子岳母也沒想像中那般上不了檯面。

按理說現在溫氏與容辭已經不僅僅是母女，更有了君臣之分，天地君親師，君在親上，她便應該以拜見皇后的禮儀來向女兒行禮。

容辭想免了這一齣，溫氏卻執意行完了禮，這才道：「娘娘，妳如今既然已經坐上了中宮之位，就應該樹立威信才是，我身為妳的親娘，若是都不將妳當皇后看待，那些個妃子不就更見樣學樣了嗎？」

容辭笑道：「我在宮裡過得很好，也用不著這樣戰戰兢兢。」正說著話，謝懷章就牽著圓圓走了進來。「在說什麼呢？」

溫氏登時嚇了一跳，整個人在座位上猛地彈了一下，飛快的向來人看去。

謝懷章沒穿龍袍，只穿著一件家常的深青色直裰，料子還好，但是瞧上去就知道手工一般，不說天子之尊，就算是普通勛貴之家的公子哥兒這麼穿的都不多，溫氏一看就知道是誰的手藝。

在她眼中，這個皇帝不像外界傳說的那樣嚴肅威儀，他容貌俊朗端正，眼中好似帶著溫和的笑意，褪去了少年人那股子不知天高地厚的意氣風發，充斥的是一種穩重又內斂的深沈。

他也是個美男子無疑，但不知是不是心理作用，看起來要比顧宗霖沈穩妥貼得多。

僅僅一眼，溫氏一直懸著的心就莫名其妙的放下了一半。

這裡並沒有外人，容辭也沒有裝模作樣的起身行禮，她懶懶的倚在迎枕上隨口答道：「是我母親，她與你一樣怕我被欺負呢。」

謝懷章從進來起就一直投注在容辭身上的目光終於注意到了旁人，溫氏連忙起身要行大禮，被謝懷章穩妥又不容置疑的扶了起來。「都是自家人，岳母不必多禮。」

溫氏心中不免惶恐。「臣婦怎麼敢當。」

謝懷章坐到容辭身邊。「您坐吧，在皇后這裡，無須太過拘謹。」

等溫氏有點不安的依言坐下，謝懷章便對已經撲到母親懷裡的圓圓道：「太子，魏國夫人是你母后的娘，你該叫什麼？」

圓圓窩在容辭懷中向溫氏看去，兩人的目光撞到一起，溫氏微微一愣。

容辭的長相挑了父母的長處，但是五官中也能看出與溫氏相似的地方，她又有最討孩子們喜歡的那種溫柔毫無稜角的氣質，加上她的身分，讓圓圓一見便很有好感，難得的在人面前顯出了害羞的神情。「外祖母好。」

看著這個漂亮又懂禮貌的小男孩兒，溫氏心中有一瞬間竟然真的覺得他就是自己的外孫，而不只是女兒的繼子而已，她的表情柔和得不能再柔和。「太子殿下真是個懂事的好孩子。」

圓圓這除了父母誰的帳也不買的小魔頭竟然破天荒的臉紅了，他害羞的躲進容辭懷裡，惹得他爹娘都忍不住笑了。

容辭笑得最凶，讓溫氏摸不著頭腦。「娘娘，這是怎麼了？」

「哎喲哎喲，」容辭好半天才忍住笑，她摸著兒子的圓腦袋樂道：「母親您不知道，這孩子也就是外表看起來乖，在外頭不言不語的，讓外人覺得十分穩重，其實背地裡搗蛋起來也讓人頭痛得很……還有，我還從沒見過他在誰面前這樣害羞過，如今竟然羞得臉都紅了，可見是血……」她說到這裡頓了一下，接著不動聲色的改了口。「可見跟您是有緣分的。」

溫氏聽了這話，也不知道想到了什麼，面色微妙了一瞬，隨即又擔心皇帝會不會怪罪容辭這樣打趣太子，剛想要開口描補一下，就見謝懷章怕容辭笑岔了氣，正用輕柔的力道拍撫她的脊背，之後又順手遞了杯茶過去，偏容辭不想喝水，還隨意的往外推了一下，皇帝竟也毫不在意的將茶杯放了回去。

過沒一會兒就到了午間，謝懷章便留溫氏一起共用午膳。

皇帝的餐桌本來是個長方形，足有丈許長，一頓普通的膳食按制有數十道菜，謝懷章登基時便精簡了一些，但用膳的規矩還是沿用了之前的，就是主子喜歡哪道菜，便用眼神示意，再由侍膳太監挾到眼前來。

但後來接了圓圓進宮，父子倆一起吃飯，謝懷章便怕兒子人小脾胃弱，若按之前的規矩難免傷胃，就乾脆改長桌為圓桌，菜品減了一多半，也就比尋常人家多了幾道菜，又更加精緻了些而已，也不需多一道旁人挾菜的工序，讓孩子吃起來自在一些。

現在當然也是一樣，溫氏見這規矩也沒有她想像的那樣嚴格肅穆，就多少沒有那麼拘謹了。

她擔心女兒在宮裡的生活，便格外注意皇帝和太子的一舉一動。

這頓飯吃得並不怎麼安靜，謝懷章和容辭與天下絕大多數普通的父母一般，和孩子一起吃的時候總是顧不得自己，一會兒擔心湯太燙了，一會兒覺得哪道菜今天做得格外好，就掛念著多給太子挾兩次，過些時候又怕孩子挑食，得了空還得嘮叨一句。

容辭愛吃魚，但是統共沒吃幾口，因為太子也是這個口味，他偏又不喜歡乳娘幫著挑刺，容辭就時時刻刻留心注意太子碟子裡的魚刺有沒有挑乾淨。

「不許這樣吃！」容辭讓圓圓把嘴裡的魚肉吐出來。

見溫氏的眼睛瞬間睜大，以為她不明白這是怎麼回事，容辭便對她抱怨道：「這孩子喜歡吃魚，可是不知怎的從小就有這怪毛病，吃急了喜歡連肉帶刺整塊一起含在嘴裡，嚼一會兒再把魚刺吐出來，稍不留神就容易留刺在嘴裡，我和陛下糾正了好久才稍好了一點。」

圓圓吐了吐舌頭。「一時忘了嘛，下一次不敢了。」

溫氏的筷子尖已經在不知不覺中落到了桌子上，她怔怔的出了一會兒神，又緩緩抬起眼，若有所思的注視著正在吃飯的一家三口。

等這一頓飯吵吵嚷嚷的吃完，溫氏看著女兒低著頭正輕柔又仔細的替太子拭去他嘴上的油漬，那種溫柔慈愛，情真意切得彷彿要從她眼睛中溢出來。

愛是藏不住的。

就像她之前說過的，親生的和旁人生的又怎麼能一樣？

溫氏暗嘆了一聲，想說什麼，卻最終也沒有真的開口。

這一次的皇宮之行沒有出什麼意外，溫氏的一雙眼睛並不是擺設，她在一旁瞧著這夫妻兩個相處的情景，稱得上「情深意重，不分彼此」，遠不是當初與顧宗霖的那段婚姻可比，再加上……她心裡最後的一點若有若無的隱憂也消失了。

之後她又與女兒閒聊了幾句，就提出了告辭，容辭即使不捨也不好再多留，只能點頭同意。

溫氏臨走時忍不住向坐在女兒懷裡的小太子看了一眼，見他也睜著一雙烏黑的眼睛一眨不眨的看著自己。

溫氏猶豫了一下，還是道：「陛下、娘娘，可否讓太子殿下送臣婦一程？」

容辭怔了一下，隨即笑道：「自然可以。」而後低頭看著圓圓道：「太子，你替母后送一送外祖母好不好？」

圓圓這一天當真是乖巧，他毫不猶豫的重重點了點頭，從容辭的腿上跳下來就主動上前拉住了溫氏的手。

溫氏與圓圓一老一少兩個人手牽著手，一路走到了靠近內外宮分隔的地方，溫氏不敢再讓圓圓往前送了，就轉身蹲在他面前，使自己的視線與他平齊。

「好孩子，」她沒再用「太子」或者「殿下」這樣帶著恭敬卻疏離的稱呼。「外祖母就要離開了，你能答應我一件事嗎？」

圓圓點著頭應道：「您說。」

他長得確實跟皇帝十分相像，這是所有見過太子的人的共識，但溫氏卻從他的臉上尋到了另一個人的影子，不是五官，而是那種認真的神態，她眼中一酸，忍耐了片刻，還是忍不住伸出手輕輕摸了摸圓圓的臉。

「孩子，你年紀雖小，但我能看得出來你已經什麼都懂了，皇后娘娘才進宮不久，必定有很多不習慣，你幫我多照顧照顧她好不好？」

圓圓毫不猶豫的拍著小胸脯道：「您放心，孤會把母后照顧好的。」

溫氏不禁笑了一下，手在圓圓的髮頂停留了好長時間才捨得放下來。

等她剛要直起身子時，面前卻又傳來了那孩子稚嫩的聲音。「外祖母，您是母后的親娘嗎？」

溫氏愣愣的看著他，只聽他繼續問道：「就像母后生了孤一般，您是生下母后的母親嗎？」

這句話讓溫氏勉強維持的理智瞬間崩塌，眼裡的淚水再也控制不住，她一邊捂著嘴不讓自己哭出聲，一邊拚命點頭。

圓圓伸出自己的小手替溫氏將淚水擦乾。「您別哭，也不用擔心，就像母后不會忘記她的娘親是誰一樣，孤也不會的……」

溫氏將圓圓抱在懷裡，忍著哽咽在他耳邊道：「我記得你……我記得你……你叫圓圓對不對？」

「嗯，」圓圓將頭枕在她肩上。「是母后取的，她說希望我們一家人團團圓圓，永不分離……」

晚上，容辭將圓圓哄睡了，這才回到正殿的臥室中。

謝懷章從大婚以來就不再熬夜批摺子了，而是每天儘量在白天就將公務處理完，若是實在有做不完的事就乾脆搬到立政殿來處理，不過幾天的工夫，立政殿中容辭的物品就被挪到了一側，和皇帝搬過來的東西擠在一處。

容辭沐浴完換好了寢衣，正對著鏡子有一下沒一下的梳著自己的長髮，謝懷章見了走過來彎下身圈住她道：「想什麼呢，這麼入神？」

容辭與他側臉緊貼，慢慢的說：「我在想……圓圓這幾天好聽話啊。」

「這有什麼？」謝懷章嗤笑了一聲。「他在妳身邊總是格外好說話，不像平時那麼難伺候。」

「你說什麼呢，」容辭聽他這樣說先不滿了，用胳膊頂了頂他。「他又哪裡到難伺候的地步了？」

謝懷章禁不住笑了。「剛才說孩子聽話反常的是妳，現在聽不得這話的還是妳，」說著低頭親著她的臉頰與耳畔，低低道：「我看最難伺候的就是阿顏了。」

容辭本想跟他說正事，不想又是沒說兩句就被壓在妝檯上，她禁不住閉著眼睛回應了片刻，這才想起來自己原來有話要說，便勉強偏過頭去壓下喘息。「等、等一等！我還沒說完呢。」

謝懷章便停住，見容辭眉頭微蹙，知道她在這裡不舒服，便將她抱到窗下的小榻上，兩人並排坐了。「怎麼？」

容辭靠在他懷裡低聲道：「圓圓平時就挺懂事的，但這幾天確實比之前更……你不知道，今天我跟尚宮尚儀們多說了幾句話，他竟然知道給我端茶來……」

圓圓到底還小，常人像他這麼大的時候還是懵懵懂懂話都表達不清楚的幼童，他即使再聰明，有些事情沒人教還是不能面面俱到，他之前見娘辛苦時也會心疼，卻還不知道如何把想孝順母親的這份心表達出來，可是這幾天毫無徵兆的，他突然就懂了。

謝懷章心裡還有些好笑。「這小東西，我把他養到這麼大，還從沒受用過他一口茶呢。」

容辭當然也是很感動，但她還有其他事沒想明白。「這也就算了，但今晚我問他怎麼知道給我遞茶時，他竟然說是我母親託付他照顧我的……」

「這有什麼不對嗎？」

「當然不對！」容辭解釋道：「我母親生來膽小謹慎，她一直以為……並不知道圓圓是我親生的，怎麼會跟他說這話呢？」

謝懷章聽了便沈思起來，容辭撫著胸口，不安道：「她……該不會是看出什麼來了吧？可是我也沒露什麼破綻啊。」

……這真的沒有破綻嗎？謝懷章想起溫氏來時的表現，心裡已經有了答案，他寬慰容辭道：「妳先別急，別說岳母不一定就知道了，就算她真猜到了什麼，也不一定是壞事。妳不是一直擔心這謊話在她那裡圓不下去，卻又不知道怎麼開口嗎？讓她自己慢慢想明白，不比咱們絞盡腦汁的想辦法好嗎？」

這樣瞞又不知道怎麼瞞，坦白也不知道該從何說起，還不如順其自然的好。

容辭心中也有所覺，便也只能這樣了，就是不知道母親到底是如何想的，竟然沒有露半點聲色，甚至連問也沒有問一句。

謝懷章摟著容辭半倒在榻上，輕聲道：「擔心完了兒子又擔心岳母，我這小人物本不配得皇后娘娘垂憐一二……」

容辭回過神來，臉色就變得泛紅，但到底也沒有硬推，只是道：「別在這兒啊……」

謝懷章的安撫聽上去倒不急切。「別怕……過一會兒就回去。」

「你、你輕些……我有點疼……」

至於到最後有沒有「回去」便不好說了。

由於帝后新婚，司禮監的一干內侍到底有了忌諱，不敢放手施為，以至於竟讓呂昭儀兄妹咬牙挺了數日，這在方同等人眼中不亞於奇恥大辱，於是就先將這件事壓下來，沒再糾纏，就當讓呂氏兄妹鬆快鬆快。

然後等新婚的十天一過，方同幾個就像是脫開了束縛的餓狼，對著幾天沒受刑罰的兩人上手就是一個狠的。

這次沒什麼意外，不管是呂昭儀還是呂俊都不是那等經過嚴格訓練、精神堪比鐵打的人，沒多久終於鬆了口。

「不是為赤櫻岩而去？」容辭驚訝道。

方同此時有些尷尬，再沒什麼比卯足了勁要立大功一雪前恥，卻發現一開始的方向就找錯了更令人難堪的事了。

「回皇后主子的話，奴婢等當真仔仔細細的問過了，依照我們的經驗，他二人確實沒有說謊。」他遲疑道：「據呂昭儀的供詞，她是聽說西南方的小國中有一秘法，說是可以令……可以令……」

「怎麼樣？」

方同無法，只得苦笑著一咬牙將問出來的事委婉的吐露出來。「那秘法傳說可以令男子對本來不喜歡的女子傾心，言聽計從……」

容辭一愣，隨即反射性的看向謝懷章。「二哥，你……」

謝懷章還沒來得及發怒就被容辭弄得哭笑不得，他緊握著她的手打斷了她的話。「這不過是江湖術士騙人的話罷了，妳要是當真就上當了。」

容辭未必不知道那些騙子是如何行騙的，可是圓圓中毒一事讓她有些草木皆兵，赤櫻岩這種藥物也十分神奇，比大梁的藥品要古怪不少，她便不由自主的覺得坡羅國的東西都這麼神奇。

方同道：「陛下所言不錯，據當地人所言，確實有人以此騙過不少女子錢財，但其實所用的招數與大梁境內的無二，不是什麼新鮮法子。」

說到這裡事情就清楚了，呂昭儀一開始死活不肯說清楚的原因就是這個，赤櫻岩的事確實與她無關，但是她本身的心思也絕不能擺在檯面上，這種對夫君施法以博得寵愛的做法在尋常人家也就是愚昧無知，頂多被人罵一句「蠢婦」。

但這是在宮廷，這種事一旦查出來便是巫蠱之罪，往大裡說說不定要誅九族，因此呂昭儀才寧願背著謀害太子的罪名也不肯招供。

畢竟謀害太子那事情不是她做的，說不定過幾天真凶找到了自然就能洗脫罪名，但對皇帝行巫蠱之事卻是板上釘釘，一旦招認，就全然看皇帝對她情誼如何，肯不肯高抬貴手了。

可是皇帝看她比看陌生人也強不了多少，這點自知之明呂昭儀還是有的，要不然也不會鋌而走險做出這種蠢得要命的事。

謝懷章現在倒是沒空追究這種事，他沈吟片刻，與容辭對視了一眼，兩人都直覺呂氏身上還能挖出東西。

容辭道：「這未免太巧了，坡羅國又不是什麼出名的國家，好巧不巧兩件事都撞在同一個地方……」

「世上的巧合十個有九個都是人為。」在昌平帝後宮五花八門的陷害中摸爬滾打了十來年的謝懷章深切的知道這一點，他冷冷的瞥了方同一眼。「再去問問呂氏，她究竟是從哪裡知道這種秘法的。」

方同痲溜的領命退下。

呂昭儀最隱秘的事情都已經招認，後面的自然不難問。

呂昭儀一開始能咬牙堅持那麼久不開口，是因為司禮監的人顧忌太多手下留了情，可是他們一動真格的，馬上就讓她嘗到了所謂求生不得求死不能的滋味。

現在她把關鍵的消息都一字不漏的招了，事已至此，正是坦白從寬，希望皇帝能從輕處置的時候，因此格外配合，絞盡腦汁的回想當初的細節。

「回陛下的話，妾身當時不過是去余才人宮裡串門子閒聊罷了，結果中途她被宮人叫走，說是『那件事』有眉目了。」呂昭儀話已經說不太索利了。「妾身、妾身原也不是那等多管閒事的好事人……」

司禮監幾個太監都面色古怪——若這呂氏不是好事的人，那全天下的人都是本本分分，從不多事了。

「只是一時好奇……」

謝懷章見她吞吞吐吐，還有力氣為自己辯駁，當即表情淡淡的說道：「來人，把她拖下去……」

「不不不！」呂昭儀立即面帶驚恐，不敢再說廢話了。「妾身當時就是想看看她們有什麼貓膩，想著抓余才人一個把柄……結果跟去了只聽到一句『坡羅國』什麼的，余才人一見到妾身就停住了話頭，妾身百般追問之後她才吐露了一點，說是……說是……」

容辭揉著額頭，覺得有點暈眩。「她說什麼妳就信了？」

這是容辭嫁進宮來之後，呂昭儀第一次見她，心態還沒有調整過來，眼見自己形容狼狽，而對方一個再嫁之女卻高高在上的與皇帝並肩而坐，臉色登時變得不好看了起來，一時也忘了回話。

謝懷章凝起眉頭沈聲呵斥。「呂氏，皇后在問妳話！還要朕撬開妳的嘴教妳怎麼尊敬主母嗎？」

昔日的尊卑顛倒，呂昭儀之前還敢與容辭為難，現在卻再也沒那個膽子去跟正宮娘娘作對了，她抽了抽鼻子，踟躕道：「妾身也不是全信……就是、就是想、想試一試……」

容辭嘆了一口氣，看了謝懷章一眼，謝懷章握著她的手。「來人，將呂氏關押拘禁，著人立即鎖拿余氏，不得耽擱。」

眾人聽命退下。

容辭這才道：「呂昭儀說得倒不像是謊話，若她所言為真，那余才人必定脫不了關係，不是故意讓呂昭儀聽見那番話，就是一時疏忽當真被她聽去了機密，為搪塞過去，這才隨口找了個理由以轉移注意。」

「應該是後者，」謝懷章道：「呂氏成事不足，本來天衣無縫的事情也能弄得漏洞百出，若我是幕後主使，也斷不會在有選擇的情況下多此一舉，找個隨時有可能牽扯出獵手的替罪羊。」

「也確實是這個道理，就再看余才人那裡能審出什麼來吧。」

第二十九章

余才人招了。

非常輕易，就在那些準備大展拳腳的施刑人還沒用上幾種手段時，她掙扎了兩下就全都認了，對謀害太子的事情供認不諱，甚至能清楚的說出赤櫻岩的名字、功效，招認的速度甚至比呂昭儀還要快。

就是太過容易，容辭反倒有些不敢相信，她近來被這事攪得寢食難安，胸腹中像是堵著什麼東西似的，吃飯都沒有胃口。

此時聽了這消息，更覺得反胃，放下沒沾幾樣菜的筷子道：「她處心積慮要害太子為的是什麼？居然一點掙扎也沒有，就這麼輕易的全都認了？」

謝懷章看她臉色不好看，心裡有些後悔在她用膳的時候放方同進來回話。

「妳再吃一點。」

容辭現在是一點胃口也沒有了，她將遞到跟前的飯碗推遠了些，搖頭示意吃不下。

謝懷章只得作罷。

容辭能想到的謝懷章也明白，他自然也對結果多有質疑，對著方同道：「你們莫不是將她屈打成招了吧？」

方同頓時委屈得什麼似的，嘴裡直喊冤枉。「奴婢什麼看家手段都還沒使出來呢，那點刑罰，別說是這種招了就要全族一起掉腦袋的事，就算是在朱雀大街上隨手偷了個錢袋子也不至於立時招認。」

他說著便是一愣。「對了，陛下，這余才人沒有全族……她是小門小戶出身，過不下去了才被送進宮當宮女，但是過沒幾年其父還是因為沒錢治病身亡，幾個男孩兒也沒活多久，等她當上東宮的侍妾時，家裡都死絕了。」

這身世算得上淒慘了，可是在容辭心裡，旁人再慘也抵不過那份愛子之心，想害自己兒子的人，不管能引得多少人同情，她作為圓圓的母親都動不了半分惻隱之心。

謝懷章和容辭異體同心，只覺得余氏可恨，絲毫也沒有憐惜的意思，他冷笑一聲。「原來呂氏不過是碰巧了，這余氏才是真正的替罪羊。」

容辭聽他話裡的意思，卻是已經認定了幕後主使另有其人。

余氏不過一個小小的才人，她便是想要做什麼齷齪事也沒那個能力，況且……若是太子出事，她也不會直接得到好處——她的位分實在太低了，一個宮女出身的六品才人，不論皇帝有沒有親生兒子，不論是誰將來繼承大統，和她都扯不上關係。

容辭看著謝懷章。「二哥，若是按照動機猜測，是後宮妃嬪作為的可能性就不高了。」

「事無絕對。」謝懷章想到妻兒當時所受的苦就覺得惱恨異常。「一般妃子這麼做的意義或許不大，但是有一個人……」

話還沒說完，趙繼達便在外間傳報道：「陛下，杜大人方才遞了摺子，說是有急事要稟報。」

杜閣老是內閣次輔，又人老成精，他說的急事必定真是十萬火急，謝懷章便准了他的請見。

容辭見狀想先迴避，卻被謝懷章按住了。「無妨，卑不抑尊，妳是皇后，沒有給臣子讓位的道理，在此旁聽就是了。」

因此等杜閣老進來時，見到正殿中不只有皇帝，還有剛剛被冊封不到一個月的中宮。他在心裡為難了只一瞬間就放下了猶豫，面不改色的向帝后行了禮，被叫起之後卻沒有動，拖著已經有些老邁的身子跪伏在地上。

「老臣前來請罪，請陛下治臣之罪。」

謝懷章的眼神一動，問：「卿何罪之有？」

杜閣老下頜緊繃，看得出來內心並不平靜，但還是硬著頭皮照實說了。「敢問陛下，前一陣子太子殿下有恙，是否當真是因為一種叫做赤櫻岩的藥石？」

知道赤櫻岩的事並不奇怪，畢竟當初為了救皇太子的命，大梁上下廣貼告示求訪民間名醫，後來太子果然痊癒，人多口雜，其實很多有門路的人都知道太子不是生病而是中毒。

但是偏在這個時候提起這事，肯定也別有深意。

如果說呂昭儀和余才人被抓是悄無聲息的，那麼德妃卻絕非如此。

皇帝心中對這三人的罪行輕重、誰主誰次十分清楚，抓呂昭儀時為了怕走漏風聲、打草驚蛇，是命司禮監悄悄行事，一絲風聲也沒有透出來，到了余才人時，雖沒有刻意封鎖消息，但也沒有大張旗鼓。

但德妃這次刑拘的負責人，卻不是內廷衙門，而是派了禁衛光明正大的拘捕。

德妃不同於之前兩個人，她是妃嬪中位分最高者，又做了數年實際意義上的後宮之主，這真是軒然大波，連朝堂中都為之悚然，更別說與此關係密切的後庭了。

妃子們紛紛惶恐，生怕是新后在對舊人發難，一出手針對的就是唯一的妃位，若真是這樣，那她們不更是砧板上的魚肉了嗎？

宋婕妤惶惶不安。「連德妃都能隨意擺弄，何況妳我了。」

「我冷眼瞧著，皇后娘娘倒不像是那樣的人。」戴嬪道：「就算真是有心為難人，也該過了新婚這段日子，站穩了腳跟才是，何必急於一時惹人非議呢？」

德妃下獄，呂昭儀偏又在這時候病重，剩下地位最高的是韋修儀，她也正拿不準主意。

鄭嬪在一旁捏著帕子聽了好半天，還是忍不住輕聲細語的插了一句話。「戴嬪姐姐說得不錯，皇后平時待人處事都很寬容，宮人們毛手毛腳犯了錯也從不苛責，反而會悉心安撫，咱們平時侍奉娘娘也很盡心，又沒得陛下額外眷顧，她不會有意針對的。」

「妳懂什麼？」韋修儀正煩躁，沒好氣道：「屋裡的花瓶看著礙眼都想換了呢，咱們與人家共事一夫，就是那些不礙事卻礙眼的花瓶……想摔碎那麼一個兩個的也沒準兒呢。」

幾個低位的妃嬪聽得臉都白了。

「哎呀不管了！」說著說著韋修儀就一拍桌子站起來。「我們在這裡又驚又懼的，還不如乾脆問個明白。」

其他人勸說不及，眼睜睜的看著韋修儀坐上步輦，向立政殿出發。她們面面相覷，最後在猶豫中還是跟了上去。

立政殿中，容辭這時候正抱著太子教他在紙上畫畫。

平常這個時候圓圓應該在紫宸殿跟著師傅們讀書，但謝懷章感覺容辭這幾天像是不太舒服，便特意給兒子放了假，讓他能空出時間來陪陪他母親。

可是容辭不知道是這些天……咳、休息得不太好還是怎麼著，一直打不起精神，大白天的抱著兒子都會犯睏。

圓圓還小，手指上的筋骨並沒有長全，因此還沒開始正式學習書法，握著筆的時候總有些吃力，好不容易照著母親畫的蘭花描了一朵歪歪扭扭的，抬起頭正要高興的討誇獎時，卻看見容辭的手臂支著頭，眼睛都半閉了起來。

「母后……母后！」

容辭一個激靈醒了過來，看見圓圓嘴巴都噘了起來，頓時有些愧疚。「圓圓，對不起，我不小心睡著了。」

又拿起他畫的那一張看不出是什麼的畫，面不改色的誇讚道：「我們圓圓畫得真好，這是蘭花對不對？畫得可真像！」

別看旁人眼裡太子很不好伺候，但他在容辭跟前的時候多數都是個聽話又好哄的乖寶寶，現在就很輕易的被哄得高高興興了。

這時，斂青進來室內通報。「娘娘，韋修儀並戴嬪、鄭嬪等求見。」

容辭想著有人來說說話提一下精神也好，就准了。

韋修儀幾個結伴踏進了立政殿的西側室，見到皇后正抱著太子坐在書案前畫畫，俱是一怔，隨即馬上行禮。「妾身見過皇后娘娘、太子殿下。」

「起吧！」容辭抬起頭放下手中的筆，邊拿著巾帕給自己和兒子擦手，邊溫和的對幾個女人道：「怎麼想起這個時候過來了？快來坐吧。」

其他人忙按照位分坐下。

容辭推了推圓圓。「太子，你應該做什麼？」

圓圓從容辭懷裡跳下來，拱手似模似樣的行了個禮。「諸位娘娘好。」

韋修儀等人張口結舌。「不、不用，殿下太客氣了……」

所以說太子和妃子之間的關係有些難說，按照天地君親師的禮法，皇太子身為儲君，一人之上萬人之下，除了帝后一體的正宮皇后，其餘妃子就算是貴妃，都只是妾室，可是按照人情，庶母也是母，長輩身邊的丫鬟都應該格外尊重，更別說父親的側室了。

謝懷章是個男人，之前在這些事上難免粗心些，可是容辭見這些妃子並不是難相處的人，也不想讓兒子平白樹敵，他現在年幼還不打緊，等再大些難免容易傳出什麼傲慢無禮的名聲來，到時候反而不美。

因此乾脆先是國禮後又人情，彼此尊重倒更和睦。

容辭重新將孩子摟在懷裡。「妳們今日怎麼都一起過來了，是有什麼事嗎？」

宋婕妤自己不敢說，用手頂了頂韋修儀的腰示意她開口。

韋修儀原來一直是心直口快，在謝懷章面前也多有口無遮攔的時候，可是今天不知怎的，頂著容辭柔和中帶著疑惑的眼神，那些質疑的話卻有些開不了口。

倒是鄭嬪與容辭多打了幾次交道，知道她的為人，也就沒那許多顧慮，見韋修儀罕見的支支吾吾，遲遲不肯開口，便輕聲道：「娘娘，是妾身聽說德妃出了事，想來問問您這事是否有什麼內情……自然，若是不方便就算了。」

容辭一聽便懂了，她沈吟了片刻，摸著圓圓的髮頂道：「這倒沒什麼不好說的，想來妳們也知道，前陣子這孩子病重，並非是什麼意外而已。」

幾個妃子默默的低下了頭——這事兒當初鬧得那樣大，皇帝為了照顧太子不眠不休數日，甚至連早朝都免了一段時間，前朝都知道得八九不離十了，何況她們身處後宮，距離紫宸殿這麼近，該知道的早知道，不該知道的也能猜出一二了。

要知道，在後宮中，孩童若莫名其妙的夭折，十之八九不是天災，而是人禍。這是所有人的共識，她們即使沒經歷過也聽得多了。

韋修儀倒抽了一口涼氣，忍不住問道：「您提這個……莫不是跟德妃有關？」

容辭點頭。「具體的還要審了之後再說，到時候我也不會瞞著妳們的。」

戴嬪用手絞著帕子，有些遲疑道：「怎麼會查到她身上——娘娘別怪妾身多事，德妃那個人謹慎得要命，行事一板一眼，也不怎麼機靈，不像是會鋌而走險做這種事的人……」

容辭嘆了一口氣，臉色變得沈重起來。「不是陛下跟我想懷疑她，是有人指證……」

「什麼？是誰？」

這人正是杜閣老的孫女杜依青。

杜依青曾是京中很有名的大家閨秀，才貌雙全又出身名門，不少人覺得她能入宮為妃甚至為后，可惜三年前因她在宮內元宵宴上謀害馮氏女未遂的事，刑部判處她出家為尼，終身監禁。

杜依青雖被迫關在清淨庵中不得自由，但是當時並沒有禁止她的家人來探望，她的母親心疼女兒，隔一段時間就會送去些吃的用的，再陪她說話解解心頭的苦悶。

杜依青出家時太子還沒回宮，但後來宮中朝堂上發生的大事杜母也會跟她提一提，因此她倒也不是對外界的事情全然無知，起碼皇帝立太子、封了原恭毅侯夫人許氏做皇后她還是清楚的，只是如今她被青燈古佛、粗茶淡飯的生活磨得雄心壯志全無，再沒了當時一心想當人上人，為此不惜害人性命的心了。

因此這些事她聽了也就在心裡不甘個幾天，就被逼得滿腦子都是怎麼才能躲過每日誦讀的千遍佛經和對青菜豆腐的深惡痛絕了。

就在某一次杜母與杜依青閒聊的時候，偶然說起了太子前一段時間得的病。

杜依青聽了臉一下子就白了。「您說什麼？太子中的是什麼毒？」

「赤櫻花……還是紅櫻花，記不清了……」

「您仔細想想，是不是叫赤櫻岩？」

「對對對！」杜母道：「就是這個，要說這藥還真歹毒，單單衝著小孩子來，這下毒的人也不怕損陰德，報應到自己孩子身上。」

杜依青臉色更加不好，整個人失魂落魄，連杜母偷給她帶的葷菜都全然沒有心思吃。

杜母見了難免起疑，再三追問。杜依青平日在庵裡連個說話的人都沒有，知道有些事若不跟母親說，那她就要一輩子憋在心裡，早晚為此落下心病，便忍不住將事情告訴了杜母。

原來杜依青是知道赤櫻岩的，她這個人表面上是一個溫婉嫻淑、與世無爭的大家閨秀，其實天生就對後宅陰私明爭暗鬥的事情格外感興趣，一個腦子十個彎，有九個都在想著怎麼不動聲色的打壓別人，讓自己得益。

杜家內院因為人多，總也說不上太平，但也沒有過於混亂，杜依青略微幾個小手段就整得她父親的幾個姨娘和庶妹跟鵪鶉一樣，話都不敢跟她說，她私下還搜羅了好些稀奇古怪的法子和藥物，預備著有朝一日入宮……或者嫁進哪家王府去一展拳腳，而赤櫻岩就是其中一種。

就因為她搜羅得多了，所以沒有把這些手段看得多嚴重。當時德妃以為她八成會入宮，又知道皇帝並沒有立后的心思，杜氏對自己的威脅不大，便有意籠絡她，時不時邀她進宮小坐，而杜依青在某天就不經意提到了赤櫻岩。

最重要的是，杜依青記得很清楚，除了心腹之外，她真的只跟德妃一人提過這藥！

這還有什麼好想的？當母親提到太子中了毒跟赤櫻岩有關，她立馬就知道了這件事的幕後凶手是誰。

杜依青既驚又怕，生怕這件事會牽連到自己，不忘叮囑母親千千萬萬不要把這事說出去，就當什麼也沒發生過最好。

杜母當時勉強應了，但回府後還是覺得畏懼難安——陛下為了查謀害太子的凶手，刑部、大理寺並司禮監上上下下忙了數個月，想不到這真凶還好端端的待在承慶宮裡，隨時可再對年幼的太子下手，她真能心安理得的揣著明白裝糊塗嗎？

這秘密一旦有第二個人知道，其實也就算不得秘密了，杜依青選擇透露給母親以解心事，杜母也忍不住向她最為器重的長媳說了，想一起拿個主意。

這個長媳不是別人，她姓許名容慧，正是容辭的大堂姐。

許容慧雖然有吳氏這樣的親娘和許容菀這樣的妹妹，卻實實在在是靖遠伯府大房中難得的明白人。

她知道自己的母親、妹妹與四堂妹有舊怨，但更清楚家族中出了一個皇后會帶來多大的利益——即使皇后本人與娘家並不親近也一樣。

只要不是殺父弒母的深仇大恨，皇后就不會在明面上與許氏一族斷絕關係，只要有這一點，他們就能從中得利。

其實許容慧到現在都在後悔當初沒有及時制止母親與四妹交惡，當時得罪人的時候是挺痛快的，現在人家飛上枝頭，自己娘家出了個皇后，竟然只能借個名頭蹭點好處，將這能讓整個家族飛黃騰達的好機會生生浪費掉了。

不過這一點隔閡並不影響許容慧日夜祈禱自己堂妹能盛寵不衰，畢竟他們壞了事不一定會影響皇后，但若皇后失寵，他們也就一起完了。

因此在聽了婆母踟躕著說出的真相，許容慧在吃驚之餘，連想也沒想就開始替容辭打算。

德妃資歷遠超皇后，又是唯一的妃位，算得上是可以威脅皇后地位的妃嬪，而太子是自家妹子得以封后的關鍵所在，一邊扳倒德妃，一方面保護太子，這對皇后來說是一舉兩得的事。

至於杜家，杜依青只是知情者，並沒有真的參與此事，就算聖上因此心有芥蒂，念在杜家主動告發的分上，也不會禍及杜家，這樣看起來是利大於弊。

她也聰明，並不直接說出自己的想法，而是委婉的勸婆母把這件事稟報杜閣老。「母親，這件事可不是小事，咱們不過婦道人家，事關國政，事關儲君，該請祖父他老人家拿主意才是呀。」

許容慧很瞭解這位歷經三朝的老人，杜閣老雖然有自己的小心思，也為自己和家族謀過私利，但在大節上確實不失為一個忠臣能臣。

他清楚知道太子作為皇帝唯一的兒子，地位有多麼重要，萬一有個三長兩短，大梁國本可能就此斷送，將來更會演變出朝局動盪、諸王奪嫡的風暴，他和幾個老臣都曾在冊立太子之後慶幸不已，認為皇帝此舉消弭了將要持續數年乃至數十年的腥風血雨。

如今為了他們一家的安穩，更不能讓太子處於危險之中。

杜閣老得知此事之後，把自己關在書房中猶豫了整整三天，最後終於拿定了主意，向皇帝稟告此一重大發現，將整件事情的經過原原本本的坦白了，這才真切的抓住了德妃的馬腳。

妃嬪們走後沒多久，謝懷章就回了立政殿。

他將圓圓從容辭手中接過來。「聽說今日妃嬪過來了，可曾有誰有不敬之舉嗎？」

容辭無奈道：「沒有，我說過她們人還不錯的。」

謝懷章對小時候庶母們層出不窮的手段印象深刻，因此十分怕容辭吃虧。

「知人知面不知心，」他抱著兒子顛了顛。「妳看德妃錢氏，不就是一副老實本分的樣子，連我都被騙過去了嗎？」

容辭的神情嚴肅起來。「怎麼，她認了嗎？」

謝懷章搖頭。「始終沈默，一言不發，呵，比呂氏之流難對付多了，往日倒是我小瞧了她。」

容辭便有些不解。「有件事我沒明白，這事還沒弄清楚，你倒像認定了是德妃似的，就為了杜依青的指證嗎？」

謝懷章坐到容辭邊上，把她擠到角落裡，兩人緊緊挨著。「也不單是因為這個，其實在牽出呂氏的時候我就有預感此事跟她有關，等到余氏招認的時候就更加肯定了，杜氏女的供詞不過是印證這種猜測罷了，現在德妃雖然不肯招認，但順藤摸瓜，她在宮中所倚賴的人脈已經牽連出來了——其他人可沒有她嘴硬。」

容辭的嘴唇微動。「是因為……只有她有資格做儲君的養母？」

謝懷章的眼中閃過一絲意外。「原來妳也猜到了……」

之前他們一直覺得妃嬪們的嫌疑不大，就是因為圓圓的存在對她們將來的生活是一種保障而非威脅，可是卻忽略了一點。

——只有德妃並非如此。

她是最高位的妃嬪，不論是親生的皇子還是過繼來的嗣皇子，在沒有皇后的情況下她就是唯一合適的養母人選，即便不是養母，繼位的皇帝為了顯示孝道，也會對她尤為尊重。

對旁的妃子來說，太子歸新后還是歸德妃沒什麼區別，因為怎麼都輪不到她們，可是德妃不同，這對她來說就是太后與太妃之間的天差地別。

容辭的手不由自主的攥了起來。「我只是覺得，她若起壞心思應該針對我才是啊，為什麼一定要對圓圓這麼小的孩子下手？」

「別想那麼多了，等最後人證物證都全了就什麼都清楚了。」他摸了摸容辭的臉。「妳這幾天總是沒有精神，說不定就是思慮過多了，有沒有叫御醫來瞧瞧？」

容辭抱著兒子靠在謝懷章懷裡。「李太醫三天一次平安脈，也沒看出什麼不妥來，只是說不可太過勞累。」

接著她就聽到男人在頭頂輕笑一聲。「這麼說來，是我的錯了……」

容辭一愣，隨即反應過來他這是什麼意思，心裡有些羞惱，面上卻不肯示弱，便用淡然的口吻說道：「既然知道是你的錯，便知錯就改好了。」

謝懷章輕輕一笑。「有些錯可以改，而另一些……原本就是明知故犯的。」

以德妃錢氏為中心，經過數日的調查，引出了後宮之中隱藏得很深的一批人。

但意料之外的是，這些人並不是德妃一手扶持的，而是昌平帝的繼皇后小郭氏，也就是謝懷章的姨母一派的人馬。

這卻又在情理之中，畢竟德妃心機再深，在後宮也不過才短短五年的工夫，這五年間她雖名義上有統領六宮之權，實際上也不過是管管後宮妃嬪宮女的吃穿用度、調解矛盾，都是些雞毛蒜皮的小事，大事上所有衙門都會直接上報聖上，根據聖意來各司其職，德妃並沒有多少插手的權力。

但小郭氏卻不同，她在孝成皇后薨逝之後，以貴妃的身分攝六宮事有好幾年，成為皇后之後更是大權在握，安插些人手是再容易不過的事情，德妃又是原太子妃郭氏一意主張納進東宮的，她若是小郭氏那邊的人也不奇怪。

謝懷章登基之後在大明宮清洗了數次，宮人間原本錯綜複雜的關係利益鏈已經斷得差不多了，但難免有幾條漏網之魚，他們身處不怎麼重要的衙門，平時派上的用處也不大，德妃是費了九牛二虎之力，幾乎用盡了所有能動用的人手，才讓謀害太子的毒計勉強成功。

「陛下，是臣等無能，罪人錢氏願意將一切供認不諱，甚至將宮內牽連此事的一干人等和盤托出，但是、但是……」

容辭蹙眉問道：「但是什麼？她提了什麼條件嗎？」

刑房的主管無奈道：「她說要娘娘親自去見她一面才肯開口……」

「荒謬！」謝懷章打斷了他的話，怒斥道：「如今證據擺在眼前，她招不招認都是死罪，皇后是何等人，憑她至微至賤之身也配國母屈尊？她是昏了頭你們也是嗎？竟真拿這等事來污皇后的耳朵！」

那主管雙腿一軟，跪倒在地上砰砰磕了好幾個頭。「是臣一時糊塗，請陛下、娘娘恕罪。」

容辭壓住謝懷章的手。「她當真是這麼說的，不求見陛下，而是見我？」

主管連忙應是，謝懷章見容辭若有所思，不由喚道：「阿顏……」

「我去見一面又有何妨？」容辭安撫道：「二哥，她若不肯將事情說清楚，現在未露面的人馬大小都是隱患，不若一勞永逸為上。」

謝懷章很不想讓容辭去見那種歹毒的女人，覺得這對她來說是委屈了，可是容辭打定了主意，他勸了幾次之後也只得同意了。

德妃雖在刑部走了一遭，但是因為身分特殊，最後還是被刑部轉交到了刑房。

容辭皇后之尊，當然不需要真的進去牢房見人，而是在刑房外的大廳中設了座，前方不怎麼近的地方圍著鐵欄杆，德妃被遷到了鐵欄之內，這是確保她無論如何不能傷及皇后。

容辭將其他人屏退，只留幾個心腹在內，看著與自己隔著一道鐵欄的女子道：「妳有什麼話就說吧。」

德妃現在的衣服是為了皇后駕臨而被強制換新的，但還是掩不住斑斑血跡，只見她十指腫脹，脖頸、手腕處也有鞭痕，已經沒力氣站立了，半趴在地上，昔日保養得很好的肌膚在這些日子裡已經爬上了細紋，看上去老了數歲。

但容辭甚至隱隱覺得有些不夠解恨，這個女人心腸何其狠毒，差一點……真的就差一點點，圓圓就要真的離自己而去了。

德妃察覺到容辭隱帶恨意的眼神，心中竟有了久違的愉悅，她理了理散落在腮畔的頭髮，勉強支起了上身，看著容辭輕輕一笑。「許氏……不、是皇后娘娘，陛下看來也是捨得，不然怎麼會讓妳這嬌滴滴的新嫁娘到這種地方來見我？」

她的笑容不再端莊，而是充滿了諷刺的意味，容辭對她的話卻並不回答，謝懷章對自己如何她心裡清楚就好，又不干旁人的事。

她這無謂的態度莫名的激怒了德妃，她的臉扭曲了一瞬，但卻立即恢復了原貌。「怎麼，妳到這裡就是為了一言不發的嗎？」

容辭道：「是妳要見我，有話要說的也是妳，我本與妳交集不多，想不出有什麼話要跟妳談。」

「交集不多？」德妃的眼底有著恨意。「妳踩著我的頭做了六宮之主，還說與我交集不多嗎？倒是真有底氣，可就是不知這底氣能撐妳多久。」

她說話已經很不客氣了，但容辭懶得與一個注定將死的人計較。「妳若沒有別的好說的那便算了，不需要再耽誤彼此的時間說這些毫無意義的話。」

說著就要起身。

「許氏，妳這麼囂張不就是以為陛下對妳動了幾分真情嗎？」

容辭緩緩回過頭，只見德妃的笑已經蕩然無存，她冷冷的盯著容辭。「妳以為自己有多特殊嗎？陛下當時對廢妃郭氏也是這般上心，噓寒問暖無所不至，甚至願意為了她不納側室，郭氏是他的親表妹，又有傾城國色，下場還不是淒慘得可笑。妳一個殘花敗柳、貌不出眾，連她的一根手指頭都比不上，哪裡來的臉忝居后位？」

德妃像是在笑，可是口中吐出的無疑是對一個女子最惡毒的羞辱。

「……也不知道是用了什麼齷齪手段討得陛下的歡心——莫不是從恭毅侯身上練出來的吧？」

「住嘴！」彩月在一旁臉色鐵青。「竟敢冒犯中宮，妳好大的膽子！」

容辭擺擺手，待彩月等人不甘不願的退到了外間，她才微微瞇起了眼睛，她沒有被這話激怒，而是探究似的看著德妃半晌，這才坐回座位上，歪著頭慢慢點評道：「口無遮攔，妳這是在害怕嗎？」

德妃呼吸一滯，隨即便道：「害怕？我有什麼好怕的，不過就是一死罷了，我下手的時候就預想到可能會有這麼一天，但我還是做了，因為只要想到孩子死的時候你們那悲痛欲絕的臉，我就控制不住興奮。」

聽她提起孩子，容辭驀地沈下了臉。「可是太子還好好的。」

德妃滿不在意道：「是啊，所以……真是可惜極了。」

這時容辭已經從剛才的對話中察覺出了德妃的目的——她不斷的試圖激怒自己，似乎自己憤怒不忿的樣子能使她愉悅似的。

容辭又怎麼會讓仇人如願？她克制住一時的怒意，臉上恢復了平靜，轉而用一種略微帶著好奇的語氣問道：「所以我才弄不明白——太子安然無恙，妳費盡心機策劃的陰謀沒有成功，反而要搭上自己的性命……呵，應該是全家人的性命，妳有什麼好得意的？」

德妃的嘴唇緊緊的抿了一下，容辭繼續說：「還有，妳剛才說我是殘花敗柳，可是陛下分明知道這一點，卻寧願要我這樣一個殘花敗柳來做他的皇后，也不想正眼看妳一眼，我們兩個，到底誰更可悲呢？」

容辭眼見德妃的手在身側開始不由自主的顫抖，便知她的內心也不像剛才表現出來的那樣平靜無畏——她也痛恨、也恐懼，只是就像她一樣，不管心裡想什麼，都不想在敵人面前示弱。

明白了對方也只是一個普通的階下囚而非無所畏懼的死士，容辭已經占了上風。

「妳……真是狂妄，」德妃的聲音有著幾不可察的顫抖。「連廢妃郭氏也沒有這樣狂妄自大……」

「為什麼總提起郭氏？」容辭道：「郭氏出身高貴、容貌不凡，與陛下感情深厚……妳自己沒什麼可以跟我比的嗎？只能靠一個被打入冷宮，現在連是死是活都不知道的廢妃來打擊我嗎？」

這一句簡直正中德妃的痛處，瞬間讓她面色慘白——確實如此，錢氏不過是個沒落家族，比之靖遠伯府自然多有不如，而容辭雖然算不上傾國傾城，但也是個精緻秀麗不可多得的美人，但德妃的長相卻是實實在在的普通，普通到若不身著華服，放在平頭百姓堆裡都不會引人注意。再說皇帝的心意，若德妃覺得自己可以與容辭比較，那才更是自取其辱。

這樣的她，在容辭面前毫無優勢可言。

「妳也不用太過得意，」德妃還強撐著一口氣。「不過就是一死，我認了，可是我死之後妳就能高枕無憂了嗎？陛下對髮妻都可以動輒遺棄，讓她變得人不人鬼不鬼的，妳認為妳算得了什麼？」

容辭神情微凝。「這是陛下的錯嗎？郭氏先不仁，如何怪旁人無義。」

德妃受過些刑罰，血跡現在正從衣料裡慢慢滲出來，她卻像是一點也沒感覺似的，用力揪住胸前的衣服，語氣變得相當激動。

「她如何不仁？我們不就是沒有與陛下共苦嗎？你們譴責別人的時候容易，可知我那時候有多麼艱難！夫君被廢，娘家一族都被牽連，人人都抬不起頭來，燕北苦寒之地又逢戰亂，我一個弱女子若是跟去了，我娘家如何面對郭皇后？我又如何在燕北生存？人不為己天誅地滅，我為自己考慮就那麼罪不可赦嗎？

「他回來的時候我高興得快瘋了，哪知道日盼夜盼的結果，就是潦草的依資歷封了一個妃位就再也沒有踏進承慶宮的大門，哈哈，一個妃位就把我打發了？」

嘴上說著郭氏，但到後來卻全是她自己，直到這時，德妃的那層偽裝才終於完全剝落，顯露出來她真正耿耿於懷的心結。「而妳呢？一個後來者，也沒陪伴他經歷最艱難的日子，不過一個黃毛丫頭，靠著不知道什麼辦法討得了區區一個稚子的喜歡，居然就能入主立政殿？」

「所以呢，妳就是因為這樣而謀害太子？」容辭咬著牙道：「妳衝著我來不行嗎？太子不過是個孩子，妳怎麼忍心下得了手？」

德妃冷笑道：「若是早知道陛下與妳有幾分真情意，就算太子沒了也不可能馬上將妳棄若敝屣，我當時針對的一定是妳，妳逃過一劫應該慶幸才是。」

容辭當真一點也不覺得慶幸，圓圓太小也太脆弱，萬一當時夭折，那還不如自己這個娘替他受這一回罪，即使死了能救回兒子算不得虧。

「冤有頭債有主，錢氏，妳要是真一門心思的對付我，而不是用那下作手段去害一個孩子，那我倒還要感激佩服妳。」

德妃冷哼一聲，剛要嘲笑容辭虛情假意，但看到她眼裡真真切切的恨意和後怕時，反倒愣住了，腦中像是有一道極細的閃光劃過，稍縱即逝。

「妳、妳……」德妃喃喃的低語。「一個女人真的能為了旁人的孩子捨棄性命嗎？我不相信……」

容辭沈默了片刻，用極緩慢又極清晰的言語一字一頓道：「或許真的有人能……但我做不到。」

德妃本就對這個極其敏感，幾乎立刻就反應過來這話裡有話的意思，她頓時一震，不可置信的看向容辭，正對上一雙鎮靜如常的眼睛。

她的嘴唇開合數次，終於開口問：「……孝端皇后……真的存在嗎？」

那個被所有妃嬪們嫉妒羨慕、為陛下生育了唯一子嗣的女人，她真的存在嗎？

容辭默然許久，才說道：「太子自然是有生母的。」

她這話像是什麼也沒有回答，但這種時候顧左右而言他不做正面回答，本身就是一種暗示。

從容辭出現以來所有違和又矛盾的疑惑在這一瞬間全都解開了，但在德妃看來，還不如讓她什麼也不知道就死來得痛快。

她發出一聲像是在哭又像是在笑的聲音。「原來如此，原來如此，陛下，你真是好手段，用一個莫須有的女人把所有人騙得團團轉……你寧願要一個有夫之婦，也不願讓我誕育皇子……哈哈……」

這件事給德妃的打擊超乎想像，她一會兒悲憤難言，一會兒又哭又笑，整個人萎靡了下來。

容辭還嫌不夠，她朝鐵欄走了幾步，蹲下身子靠近德妃，低聲道：「我聽說妳是郭氏不顧陛下反對，執意納進東宮的第一個側室，對她格外尊崇，甚至連郭家留下來的人脈也掌握在妳手裡，想來妳確實是廢妃郭氏的心腹，暗地裡應該替她辦過不少事，但有一件事，不知道妳是否知情？」

德妃即使在極度的悲憤之中，聽了這話也忍不住豎起耳朵，容辭微微動了動嘴唇，用極低的聲音說了幾句話。

德妃原本半閉的雙眼驟然睜大，仰起頭不能相信的看著容辭。「不可能！妳胡說！」

容辭站起身垂下眼。「信不信全在妳，但陛下面上冷情，其實很重情義，若郭氏僅僅是不肯跟他一起共進退，哪怕是落井下石呢，他頂多也就是像對妳們一般的冷落她，也絕不會像現在這樣，對結髮妻子下那樣狠的手。」

遍體的寒意讓德妃渾身打著擺子，面色像白紙一般，容辭看在眼裡，即使再恨也不由得泛起了一絲絲同情，她低嘆一聲，轉過身背對著德妃。

「妳好自為之吧，若執意要保護郭氏的人馬，儘管咬緊牙關好了，本來也就沒幾個人，現在折了大半，無論如何也成不了什麼氣候。」

說完便向外走去，德妃猛地反應過來，在容辭身後用力的拍打著鐵欄，發瘋一樣大喊著。「我不相信……妳說清楚！為什麼！為什麼她要那樣做？」

容辭腳下一頓，但最終也沒有停下。

鎖朱見容辭出來，立即帶人上前扶她，一行人一邊走她一邊道：「這承慶宮娘娘之前看著也挺老實穩重的一個人，怎麼不只心腸壞，還跟個瘋婆子似的。」

容辭從刑房出來之後胸口就一直有些堵，想吐又吐不出來，現在輕輕按著胸口道：「每個人都是複雜的，要真正瞭解一個人太難了，妳不過與她見過幾面而已，若真讓妳摸透了才是怪事。」

彩月在一旁見容辭的面色不太好，連忙使眼色讓鎖朱先不要說話，又差人將鳳輦抬得近一些，小心翼翼的扶著容辭上了鳳輦。

這裡離立政殿有段不近的距離，加上現在已經六月，天氣炎熱，容辭又因為和德妃見面之後心情有些不暢，這一路坐在鳳輦上越來越不舒服，好不容易到了立政殿，她迫不及待的下了鳳輦。

正巧謝懷章下朝過來，在門口撞見容辭，見她的神色便知她肯定有哪裡不適，急忙上前伸手扶住她。「阿顏，妳怎麼樣？」

容辭的頭有些昏沈，她半靠著謝懷章搖了搖頭。「還好，可能是剛才曬得頭暈。」

謝懷章想要責備她身邊的宮人，但又不敢耽誤，只能先將她扶進殿內。

容辭剛坐下，誰知底下就有宮女端了數盤點心上來，其他的倒還好，但其中有一道鮭魚卷的腥氣容辭一聞到彷彿被放大了數倍似的，反胃的感覺一下子達到了頂點。

她推開謝懷章就忍不住乾嘔了幾下，卻什麼也沒吐出來，難受極了。

謝懷章堂堂天子被嚇得手足無措，只能一邊高聲傳召太醫，一邊輕拍容辭的脊背幫她順順氣。「阿顏，阿顏妳怎麼樣了？」

容辭喘息著擺了擺手，示意不用。

謝懷章接過彩月捧來的茶盞，小心翼翼的餵了幾口給容辭。「好些了嗎？」

容辭還是說不出話來，只是點了點頭。

這時李嬤嬤聞訊趕來，也顧不得禮數，上前來將一顆酸梅子塞進容辭嘴裡。

容辭那種反胃的感覺稍稍緩解，邊嚼著梅子邊問：「這是哪裡來的？剛醃好的嗎？」

李嬤嬤點了點頭。「妳這幾天胃口都不好，我就去醃了幾罈梅子，是開胃用的。」

謝懷章鬆了口氣，道：「嬤嬤費心了，朕已經派人去請太醫過來仔細看看阿顏是怎麼了。」

李嬤嬤的神情有些微妙，她掐著指頭算了算日子，低聲道：「這時候，太醫怕是診不出什麼來……」說著就去探容辭的脈，過了一會兒，她的眉頭就越挑越高。「喲，看來還真有必要請人來瞧瞧，我這半路出家的假把式，把脈的功夫到底不比人家術業有專攻。」

謝懷章便以為容辭是生了什麼病，剛要緊張，就正與李嬤嬤望過來飽含深意的眼神對上了，那眼神既不焦急也不悲傷，反而是在揶揄中帶了掩不住的喜色。

謝懷章一愣，接著不可置信的一下子睜大了眼睛。

在等太醫來的時候，容辭依偎在謝懷章懷裡。

耳邊是皇帝劇烈跳動的心跳聲，一聲聲的彷彿要將胸腔震碎似的，容辭疑惑的抬頭看了一眼臉色發紅，隱帶緊張神情的丈夫。

「你這是怎麼了？我不過是沾染了一點暑氣罷了，怎麼像是生了什麼絕症……」

話還沒說完，就被謝懷章用手飛快的捂住了嘴巴。

「嗚……嗚嗚……」

片刻後才被鬆開，只聽到謝懷章沈聲道：「以後不許說這樣的話！」

容辭被他罕見的嚴厲嚇了一跳，連忙點頭靠得更緊去安撫他。「我不說了還不成嗎？二哥別生氣。」

謝懷章摟著她溫軟又纖細的身子，放緩了語氣。「舉頭三尺有神明，往後這些不吉之言不許再說了。」

容辭點著頭，卻忍不住有些委屈。「你怎麼這麼凶啊？」

謝懷章捧起她的臉，無比認真道：「抱歉，阿顏，我聽不得妳任何不好的事，下次再犯，我會更凶。」

謝懷章之前是從不信這些怪力亂神之事的，可是自從上一次容辭中箭受傷之後，他就開始冥冥中對鬼神之事有了敬畏，後來兒子病重，在他虔誠的拜祭了先祖之後，救命的谷餘竟然提前一天回了京，雖然理智上知道這大概是巧合，與先祖保佑關係不大，但是心裡未免留了個影子，覺得寧可信其有，不可信其無，因此便對這些事額外上了一分心。

容辭癟了癟嘴，有些哭笑不得。「好了，我知道了……」

這時李太醫到了，容辭將手腕放於桌上讓他診脈，卻沒有放在心上，而是心不在焉的想到了剛才與德妃的對話。

這一次談話德妃固然可恨，但容辭到底還是個女人，惱恨之餘不由自主的便對那傳說中讓謝懷章對她「噓寒問暖，無微不至」的郭氏起了一點好奇之心。

容辭自己經歷過他的關懷愛護，知道那確實可以稱得上「無微不至」，那種隱藏在嚴肅深沈下細膩如水的柔情，讓任何一個女子來承受或許都無法無動於衷。

他長相俊美，出身尊貴，身為儲君又愛重妻子，若不是郭氏不明緣由的強硬要求，他甚至可以真的只要她一個。

這樣的男人作為夫君實在是挑不出什麼毛病，郭氏不動心就算了，可是她對謝懷章竟然能下那樣的狠手，甚至不顧自己唾手可得的皇后之位，這絕對不是什麼性格不合就能做出來的。

如果說德妃的恨意還有緣由，那麼郭氏這邊就是羚羊掛角，無跡可尋了。

難道真如福安大長公主所言，郭氏是被先帝的繼后所籠絡，安排在謝懷章身邊的棋子？

不得不說，容辭雖然活了兩世，但在感情方面經歷得還不夠多。她不知道在身為側妃的錢氏眼中，夫君對正室的那種令她羨慕的出於責任與身分例行公事般的問候，和容辭自己感受到的發自內心的愛意，有著怎麼天懸地隔的差距。

容辭正百思不解，卻突然覺得不對——李太醫這把脈的時間未免也太長了吧！把完左手把右手，來來回回擺弄了四、五次，這一刻鐘都快過去了，還沒診出什麼東西來嗎？

李太醫雙眼緊閉，被皇帝那帶著期盼得像烈火一般有如實質的目光盯得額上冒汗，但他到底穩得住，在再三確認絕對不會弄錯之後，放下手端端正正的跪在了地上。

「回陛下，皇后娘娘這是喜脈，恭喜陛下、娘娘再得麟兒。」

容辭原本還在擔心自己是不是得了什麼重病，突然間整個殿中氣氛就是一凝，等她反應過來太醫說了什麼的時候，幾個在房裡近身伺候的人，包括李嬤嬤都已經跪在地上，人人眼中都是掩不住的喜色，個個口稱恭喜。

謝懷章隱約的猜測被證實是真的，更是欣喜若狂，他拚命壓抑著內心的激動，像是捧什麼易碎的瓷器似的小心翼翼的抱住妻子。「阿顏阿顏……妳聽見了嗎？我們要再有一個孩子了！」

在場的都是二人心腹，聽到這話在高興之餘不免將頭壓得低低的，裝作不明白皇帝口中的「再」一個孩子是什麼意思。

容辭懵懵的被人抱住，謝懷章急切又激動的態度讓她漸漸回過神，明白過來這意味著什麼。

繼圓圓之後，她居然又要與謝懷章孕育孩兒了……

容辭怔怔的摸了摸平坦的小腹，沒有感覺到一點起伏，她剛才也不是不高興，只是這消息太突然，讓她覺得有些突兀且不真實，現在回過神來，雖不像謝懷章這樣激動得不能自已，但是心裡也不免高興喜悅。

可她的嘴角剛剛彎起，卻突然想到了什麼，先從謝懷章懷中退出來坐直了身子，有些好奇的看向李太醫。

「太醫，我的孩子現在多大了？」

她懷圓圓的時候還是個什麼都不懂的小姑娘，圓圓在肚子裡又格外乖巧，什麼反應也沒有，懵懵懂懂的到四個月被李嬤嬤發現才知道自己有了身孕，就連這都是上一世——對容辭來說起碼是近二十年前的事了，實在想不起自己之前有孕初期是什麼樣子了。

李太醫臉上的笑意一頓，剛剛草草擦乾的汗卻又冒了出來，他顫顫巍巍的抬起眼，瞄到皇帝陛下那微妙又帶著暗示意味的眼神……

李太醫登時欲哭無淚，可是又被皇后盯著不能不回答，眼珠子一轉，便說了個討巧的答案。「回娘娘，您腹中龍胎月分尚小——僅一月左右……」

容辭一怔，若有所思的點了點頭，接著便察覺到身邊人緊繃的身子似乎鬆了一點。

就像謝懷章瞭解容辭一般，容辭也同樣對他的一舉一動頗為敏感。

李太醫剛剛低下頭，覺得糊弄過去了，就聽見皇后那特有的，像是溪澗山石一般的沁涼聲音一字一句的問道：「一個月『左右』？李太醫，你來跟本宮仔細說說——具體到底是『左』還是『右』？」

「……」

夾在帝后之間的太醫真的太難了，李太醫必須在真話和假話之間選一個。

說實話得罪了皇帝，但有皇后在自然相安無事，可是若說了假話，騙得了一時也騙不了一世，皇后身邊也有通曉醫術的嬤嬤，之後若是知道了實情，皇帝自己都沒轍，更何況他只是區區一個太醫了……

還不如早些坦白為好……

「……娘娘，一個來月的胎兒，若是醫術好還勉強能診出來，未滿一個月的話……是無論如何也診不出來……」

可是問題就在於帝后大婚後至今尚還不滿一月。

說完李太醫就伏在地上，果不其然，殿中安靜了有幾息的時間，隨即頭頂就傳來了皇后隱含怒意卻極力控制音量的聲音。「……謝睦，你當時不是說絕不可能懷孕的嗎？」

謝懷章摸了摸鼻子，總是沈靜的眼眸中也不禁透出了些赧然，那時確實是他克制不住慾念有意引誘，也確實在情熱時為打消心上人的猶豫而誇了海口，說他中了似仙遙的毒，即使容辭體質有異，也絕不會這麼容易就懷上，這才得償所願。

要不怎麼說男人在床上的話不可信，雖然他說的確實是實情，但若是正常時候，他若有理智就會思考世上無絕對之事，不會向容辭做這麼斬釘截鐵的承諾，可是當時他的理智早就被情慾淹沒，滿腦子都是怎麼成就好事，又哪裡能想得那樣周到。

李嬤嬤看著謝懷章堂堂一個皇帝手足無措的樣子有些好笑，但看著容辭就要發火，她又怕她怒氣傷身，連忙忍著笑意勸道：「娘娘，您暫且不必擔心……」

容辭抬頭看著李嬤嬤，李嬤嬤低下頭在容辭耳邊輕聲道：「只有在有孕最初期，這十天半個月的差距才能察覺，但是之後這點子空檔就跟沒有一樣，到了生產時提前或是推後十來天都是足月，妳怕個什麼勁兒？」
容辭這才鬆了口氣。
謝懷章見她將要爆發的怒意有熄滅的趨勢，便小心的解釋道：「這孩子是來得巧了，谷餘之前說我們再有子嗣的機會會比尋常夫妻小不少，我這才……是我沒考慮周到，誤導了妳……」
容辭知道這不會讓人對孩子有什麼非議，那點火氣也就消散了，況且當初要是自己把持住了，便是謝懷章那哄人的話說到天上去也沒用，這也不是他一個人的錯。
「李太醫，你知道該怎麼辦吧？」
「陛下放心，」李太醫就差指天發誓了。「皇后今日就是中了暑氣，微臣開服消暑的方子便可痊癒，至於其他，還要再過十數日才能確診。」
謝懷章滿意的點點頭。「對了，還有一事，皇后既然有孕，那為何前幾日還有月事呢，是否有哪裡不妥？」
現在容辭的身子如何，謝懷章比她本人還要瞭解些，因此也就更加敏感。
「陛下放心，這個臣是知道的，此為『盛胎』，有的婦人有孕前三月也會有經水，只是較以往少些，是正常的，娘娘懷……咳、的時候也是……」
容辭懷孕的事情讓謝懷章興奮異常。
幼年的經歷讓他對於父子親情格外渴望，他沒有享受過哪怕一天的父愛，於是就想讓自己的孩子沒有這種憂愁，十幾歲成親之後就做好了當一個盡責任的父親的準備，可誰知人算不如天算，最後竟然是那種結果。

他一直殷殷期盼著將要降生的孩子，已經注定不會出現了。

在遇到容辭之前，謝懷章初登皇位，表面上看來大權在握風光無限，其實心裡已為此鬱鬱許久、心結難解，直到容辭的出現才讓他對自己無嗣可繼的事情漸漸釋懷，到後來有了圓圓承歡膝下、兩人大婚，他如今是嬌妻愛子俱全，再無遺憾了。

原不敢再奢求還有更多孩子，現在容辭竟然再有身孕，不得不說這個消息讓他高興得不知道該如何表達，想要感謝容辭吧，自己的私庫鑰匙都在人家手裡，賞什麼禮物都沒有意義，只能過沒一會兒就問長問短嘮叨關懷一番，以宣洩自己的喜悅之情。

容辭雖被他煩得有點頭痛，但體諒他的心情，也就無奈的受了這一番過分的緊張和關愛。

第三十章

這天越來越炎熱，好在立政殿中隨處擺放冰盆，多少能緩解不少。

晚上容辭和謝懷章兩個人睡在一張床上，容辭近來容易睏倦，本已經睡著了，但不多一會兒覺得熱又慢慢轉醒。

她睜開眼卻見原來謝懷章也沒有睡，而是正輕手輕腳的低下頭靠在她的肚子上，怕將她吵醒，因此格外小心，並沒有發出任何動靜。

「二哥，你在做什麼呀？」容辭即使睡眼惺忪，見此情景也忍不住笑了。

謝懷章起身與容辭躺在一處，將手掌輕輕貼在她尚且平坦的小腹上。「我想聽聽孩子在妳肚子裡有沒有動靜。」

容辭哭笑不得。「這才多大，要等到四、五個月才有胎動呢。」

謝懷章在這方面沒什麼經驗，連頭一個孩子都是快到生產的時候才碰上的，又哪裡能知道懷孕初期是什麼樣子？

「妳懷圓圓的時候是什麼時候有感覺的？」

容辭仰面躺著，經歷了這麼多，回憶起當初的事情也不覺得難受了。「好像是快五個月的時候吧，圓圓在肚子裡就乖得很，一開始除了口味有一點點變化，和平時也沒什麼不同，我是直到四個月，身形有了變化才被李嬤嬤發現有身孕的。」

現在想想，那時圓圓像是在她腹中就有了思想似的，知道若是被母親早些發現自己的存在，恐怕就無法存活，因此才那樣乖巧。

可惜，容辭並不是因為月分大了，落胎有生命危險就輕易罷手的人……

未婚的少女，婚期就在一、兩天之內，卻突然發現自己已經有了四個月的身孕，這樣的絕望光是想想就讓人覺得可怕，謝懷章聽著容辭這語氣平淡的話，心裡很不是滋味——這樣的痛苦，竟然是他本人一手造成的。

謝懷章側過身去，將容辭整個摟進懷裡，輕聲問：「害怕嗎？」

容辭想了想。「自然是怕……但是說實話，我當時早就打定了主意要向顧宗霖坦白那事了，不管有沒有身孕都一樣，無論如何都要死，並沒有什麼區別。」

謝懷章早就知道她的性情外熱內冷，可是現在才更深刻的瞭解她性格中天然帶著的孤注一擲的固執與堅定——她自然也像普通人一樣畏懼死亡，但是為了認定的覺得正確的事，她卻能帶著這種畏懼將生死置之度外，不因任何事情而動搖。

小事很好說話，但是真正關鍵的大事，卻極有自己的主意，任誰來勸都不作數。

謝懷章在心中低嘆了一聲——這樣的一個女子，到底被他暖熱了，現在她懷著自己的孩子，就安靜的伏在他懷中，還有什麼好求的呢？

「懷孕時辛苦嗎？」

「我倒不覺得，除了上了月分時覺得容易累，其他也沒什麼特別的。」

謝懷章略微放了心，他輕輕吻著容辭的臉頰，安慰道：「我明日再召太醫來問問，一定照顧好妳。」

結果容辭輕視了兩次懷孕間明顯的差異。

懷著圓圓的時候在孕婦中確實算得上是很輕鬆了，可是這第二個孩子卻不怎麼乖，是個天生的搗蛋鬼，容辭還沒診出懷孕就已經有了反應，隨著時間流逝，這些不適症狀不僅沒有緩解，反倒越來越嚴重。

反胃、嗜睡、頭暈還有情緒急躁，有一個算一個，通通沒有落下，諸如此類的症狀容辭全都有。

皇后剛進宮就懷孕，最高興的除了帝后本人外，就是立政殿的諸多宮人了，他們與皇后一榮俱榮一損俱損，主子的地位穩固了，他們也就能高枕無憂。

誰知這次高興得太早了，容辭這一胎懷得很不安穩，她自己不舒服，整個立政殿都一起提心吊膽，一邊擔心她的身子，一邊戰戰兢兢的防備皇帝的怒火。

謝懷章也確實被這種強烈的孕期反應嚇到了，當時容辭保證懷孕並沒有常人說得那麼辛苦，他就信了，誰知過沒幾日她的反應日漸強烈，甚至聞到飯菜的味道都覺得想吐，肉食的味兒更是一點也聞不得，每次吃飯都讓謝懷章很擔心。

見此情景，皇帝自然有些害怕，逼問了太醫數次，每次太醫都說這是正常的反應，還說個人體質不同，身體情況也不同，懷孕的時候什麼千奇百怪的反應都可能出現，勸皇帝不要大驚小怪——因為看皇后這一胎也不像是順趟的，這才不滿兩個月，之後八個月還有得磨呢。

謝懷章被這話弄得格外謹慎，德妃那邊已經將謀害太子的前因後果招了，全家都被關押，還有一切涉案的人都在刑部大牢中等死，結果皇帝一心撲在容辭的孕事上，把旁的都拋諸腦後，讓那些人就這樣掙扎在絕望和希望之間等待得生不如死。

容辭本想等這胎坐穩了，至少也得滿了三個月之後再透露懷孕的事，可是她畢竟是皇后，萬不能因為一點孕時的反應就放下她該盡的職責，因此新婚滿了一個月之後，就開始以皇后的身分管理諸公主王妃、內外命婦，也要時不時的辦個宴會什麼的，與臣下之妻女拉近關係，互通有無，通過內幃的交際來安朝臣之心。

這天京中剛剛下過雨，是六月中難得的涼爽天氣，容辭就命在御花園太液池旁搭棚設宴，召了各府女眷進宮說話。

容辭身為皇后自然是坐在最上首，周圍妃嬪、宗室女眷幾人一組的坐了幾桌，再就是外命婦們也以身分高低圍著圓桌坐了，因為這只是一次頗為輕鬆的私宴，有的還想帶女兒或是孫女進宮來長長見識，容辭也不過分嚴厲，就准了。

這次除了溫氏被容盼的婚事絆住了腳沒進宮，來的人很多，不光是高階的命婦，今年春闈的前三甲入了翰林院，正幫襯著幾個老大人教太子讀書，容辭便也將他們的妻子一同召進宮來見一面，每人說了兩句話以示重視，也讓這年紀大小不等的三人受寵若驚。

「我等身分低微，承蒙娘娘錯愛，實在是感激不盡，愧不敢當。」這是三人中最年長的狀元之妻蔣氏，看著已經有三、四十歲了。

容辭便笑道：「什麼低不低的，妳們夫君侍奉太子盡心，就是大功勞，我與陛下都要謝謝妳們呢。」

蔣氏等品級雖低，但經驗年紀都不小了，此時聽著皇后的話便知她這是真心的，紛紛感激不提。

等這些人坐回原位，其他人都在跟身旁相熟的人說笑時，前面離得很近的一張桌子旁鑽出了一個紮著雙丫辮的小女孩，甩開奶娘的手竄了出來，又哭又叫的往這邊跑。她離得主座很近，眨眼間就跑到了容辭跟前。宮人們都吃了一驚，想也沒想就上前將容辭擋住，反令那孩子撞到人倒退著跌了一跤。

小女孩不過三、四歲大小，登時跌坐在地上打著滾嚎啕大哭了起來，所有人都被這尖銳刺耳的聲音嚇了一跳，紛紛停下談話，向這邊看過來。

彩月一個奴婢將明顯是宗親的孩子撞倒，但絲毫不顯得擔憂——若是陛下知道了此事，說她不該以皇后腹中皇子為重，反而要去心疼那外八路的親戚，她的名字就倒過來寫。這事絕不會遭責備，說不定回去還要領賞。

彩月沒顯出絲毫惶恐，還氣定神閒的低聲在容辭耳邊提醒。「娘娘，這是齊王府的裕寧郡主。」

容辭一時都沒想起來這孩子是誰，還是頓了一瞬才明白過來，這就是圓圓曾提過的那個十分刁蠻任性的堂妹。

果不其然，齊王妃吃了一驚，拉著身邊的小兒子面色發黑，對著女兒驚叫一聲。「裕寧，妳這丫頭還不快起來，這成何體統！」說著也不上前抱女兒，而是呵斥乳母道：「還愣著幹什麼，快去把她抱回來。」

乳母哪裡經過這些，平常裕寧郡主撒潑不是在自家府邸，要麼就是和其他小主子們一起玩樂的時候，大家都是小孩子，鬧起來也不顯眼，誰知今天竟然在中宮主子跟前失了這麼大的禮，頓時怕得待在原地不敢動彈。

可是王妃又這般吩咐，乳母不敢違抗，只得硬著頭皮上前去想要將小郡主抱回來。裕寧郡主哭得撕心裂肺，又哪裡肯依，左躲右閃坐在地上不肯起來，把一身漂亮的華服弄得污穢。

齊王妃被妯娌命婦們詫異的目光看得面上無光，覺得丟臉極了，一邊捂著兒子的耳朵，一邊咬著牙呵斥道：「連個小丫頭都拉不起來，養妳們幹什麼吃的！」

乳母一個哆嗦，下手就不由自主的重了幾分，扭得裕寧郡主哭得更加厲害。

容辭在一旁看得目瞪口呆，沒想到女兒哭得嗓子都啞了，當娘的居然只覺得丟臉，身子還穩穩的坐在椅子上看乳娘動作。

她看著眼前雞飛狗跳十分不像樣，也不再袖手旁觀了，而是跟彩月使了個眼色。「妳去瞧瞧郡主。」

彩月長得面善、行事也最穩妥，便走到裕寧郡主跟前蹲下身子，先把揪著郡主的乳母拉開，一邊使了巧勁不拖沓，乾乾脆脆的將小女孩抱起來顛了顛，一邊哄道：「哎喲，咱們郡主不哭了，哭了就不漂亮了。」

裕寧郡主還沒反應過來就被抱了起來，視線都高了一截，整個人懵懵的，哭聲也小了不少。

齊王妃見皇后身邊的人出手，把自己給女兒選的乳母比得拖拖拉拉，辦事一點也不麻利，不由更覺得沒面子。

偏偏現在皇帝都要把立政殿當作自己的寢殿用了，日日和皇后黏在一起，聽宮裡人傳出的消息，人家就像是普通夫妻一樣過日子，又有德妃的事做前車之鑒，後宮剩下的幾個妃子都跟鵪鶉似的，每日都爭先在皇后身邊奉承，一點子歪心思都不敢想。

齊王妃雖然尊貴，以往在德妃、呂昭儀跟前都敢出言不遜，也是看著這些人不過是區區妃妾，還不得寵，一般這種不得寵的妃子與宗室正妃起了口角，王妃占上風的情況還更多些，她自然有恃無恐。

可是中宮不比妃妾，人家母儀天下，是一國之母，就算不得寵也不敢輕易冒犯，何況現在皇后如日中天，任誰也沒那個膽子敢直攖其鋒。

容辭見小郡主臉上掛著豆大的淚珠，黑一道紫一道的，哭得抽抽噎噎還在打著嗝，不由有些憐愛，便伸手叫彩月抱著孩子到自己身邊來。

宮人見了，連忙將一個厚厚的墊子搭在容辭肚子上，這樣就算孩子不小心蹬蹬腿兒什麼的，也傷不了她的肚子，這段時間就算是圓圓挨著容辭，他們也都是這麼幹的，絲毫不敢掉以輕心。

將裕寧郡主接過來安置在自己身邊，容辭抽出帕子沾了沾茶水，親自捧著這女孩的臉蛋給她擦拭淚痕。

她的動作輕柔細緻、表情溫和，那軟軟的巾帕在臉上擦過，讓裕寧呆呆的看著面前的女子，叫了一聲：「娘娘……」

「好了。」容辭將她的臉擦乾淨。「妳瞧這小臉兒都哭成花貓了，告訴娘娘，為什麼這麼傷心好不好？」

這裕寧郡主乃齊王妃嫡出，生來貴重，但她娘卻一門心思撲在她兩個哥哥身上，對她多有敷衍，以至於底下的人行事都不經心。

若她是個軟弱性子，說不定也就這樣湊合的過下去，可是她偏又十分壓不住性子，稍一受怠慢便大哭大鬧，讓下人們叫苦不迭，不敢得罪又想偷懶，便乾脆事事順從，這樣一來二去，就養成了她一有不愉快的事便動輒吵鬧、隨意責打下人的習慣。

她沒有姐妹，身邊女人只分兩種，一種是齊王妃，對她的關心只是興致來了隨口問一、兩句，從不真正上心；另一種就是滿院的丫鬟僕婦，對她就是懼怕的同時又厭惡，還從沒遇過像容辭這樣溫柔又有耐心的女性。

裕寧郡主不由自主的停下哭泣，往容辭身邊依偎了過去，狠狠抽了一下鼻子，磕磕絆絆道：「裕、裕寧想吃、想吃團團，母妃不理，奶娘不動……」說著覺得委屈，又忍不住掉了幾顆金豆豆。「想吃團團……」

這宴席是容辭一手操辦的，自然知道每桌都上了一道翡翠玉丸，那是青菜汁做的，味道清氣，顏色也很鮮豔，很受小孩子們喜歡，圓圓也愛吃這菜。容辭知道幾個王妃公主都帶了自家孩子來，這才添了這道菜，沒承想又引起了這場風波。

齊王妃那一桌就在容辭身邊，容辭打眼一看就明白是怎麼回事了——這道菜離裕寧郡主很遠，她人小不會挾菜，齊王妃只顧著照顧兒子，便沒把裕寧的要求放在心上，而奶娘只是個下人，在這種場合中是不敢伸胳膊替小主子挾菜的，這不就讓孩子發脾氣了嘛。

裕寧郡主其實長得十分可愛，雪白的肌膚，紅撲撲的臉蛋，一雙大眼睛還含著一泡淚，要哭不哭可憐兮兮的看著容辭。

容辭自懷孕以來一直想要個漂亮的女兒，現在見她的樣子，不由自主的產生了一點移情般的喜愛，她將小姑娘抱起來放在自己腿上，溺愛的刮了刮她的鼻頭。「咱們郡主不僅是個小花貓，還是個小饞貓啊……」

她的懷抱又香又軟，讓這平常任性經常撒潑的小女孩像隻被順了毛的貓，乖乖的蹭在容辭懷裡老老實實的不肯動彈了。

容辭笑道：「娘娘餵妳吃好不好？」

齊王妃從剛才看了心裡就有些不得勁兒，此刻連忙推辭道：「娘娘不必理她，小孩子家家的，想什麼就要什麼，吃點旁的也餓不著。」

容辭詫異的看了她一眼。「無妨，不過是想吃兩個丸子罷了，如何就短了她呢？」心中卻想這王妃也確實與眾不同，若是一般母親這時候要推辭，說的也定是「我來餵就好」一類的，結果人家說的卻是讓女兒少吃這一口，還真是不走尋常路。

而裕寧郡主難得的有些害羞，小心的看了容辭一眼，這才點了點頭。

容辭便執了湯匙盛了一個圓滾滾、綠油油的丸子，吹涼了，熟練的餵到裕寧郡主嘴邊，小姑娘便「啊嗚」一口，將丸子咬下一多半，嚼嚼嚥下去之後又將剩下的月牙兒吃了。

「好吃嗎？」

裕寧重重的點了點頭。「好吃呀！」

容辭禁不住笑了，又盛了其他的菜一一餵給裕寧吃，直到伸手摸到她肚子變得有些鼓，這才不許她再吃。

旁人看皇后三下五除二就將這混世魔王收拾得服服貼貼，不由得嘖嘖稱奇，心中都道怪不得她與太子處得也那樣好，原來天底下果然有這樣自來就投小孩子眼緣的人。

就在這時，圓圓下了學，被奶娘湯氏牽著來找母親。

結果一過來就看到自己的母親懷抱裡，竟然坐了別的小朋友，這人還是他很不喜歡的裕寧郡主，頓時就不高興了，甩開奶娘的手噔噔噔的跑到容辭跟前，伸開手。「母后抱抱我。」

他平時在外人眼中一直像個小大人一般，是同他爹一個模子刻出來的模範太子，這樣直接對人撒嬌的情景真的相當少見，在場的女人們見了很是眼熱。

容辭的腿上已經坐了個孩子，就拍拍旁邊。「太子坐在這邊吧。」

圓圓一聽就不樂意了，對著裕寧郡主道：「母后是我的娘親，裕寧妹妹去找妳自己的娘好不好？」

裕寧還是個幼童，尚不懂得敬畏這個太子堂兄，聞言撇了撇嘴，縮在容辭懷裡任圓圓怎麼說都不下去。

容辭笑著將兒子摟到身邊。「太子要跟妹妹好好相處啊。」

圓圓小聲嘟囔了一句。「她脾氣可不好了。」

「妹妹也不是故意這樣的，她還小呢。」容辭嘆了口氣，摸了摸圓圓的小腦袋瓜。「你教教妹妹好不好？」又低聲道：「把裕寧妹妹教好了，以後再帶母后肚子裡的小妹妹。」

容辭懷孕的事從沒有瞞著圓圓，而他對這還沒出生的弟妹相當期待，頓時眼睛亮了起來，但嘴上還要多說一句。「明明就是弟弟。」

容辭對跟過來的班永年叮囑道：「這些小孩子應該都吃飽了，過一會兒怕是要坐不住，你帶太子和他們到浩揚宮玩一會兒，若有人睏了，就在那裡午休片刻——看緊一點。」

班永年連忙應了。

容辭笑著將裕寧郡主放下來。「小乖乖，妳跟太子哥哥和其他兄弟們去玩一會兒吧。」

裕寧這次倒聽話，戀戀不捨的跟容辭告了別，就被班永年牽著，跟一群宗室王孫、郡主們一併走遠了。

等這些孩子帶著各自的乳母、丫鬟浩浩蕩蕩的離開，永康公主便笑道：「可算把這些小祖宗們打發走了，真是的，每次孩子在就總是牽腸掛肚，吃也吃不好，玩也玩不盡興。」

「不是有句話叫做兒女都是債嗎？」韓王妃接了話頭。「真是一點也不錯。」

這話得到了在場大多數女眷的認同，便像打開了話匣子，妳一言我一語的抱怨起了孩子難帶，聽得幾個妃嬪心裡直泛酸——這話說的，妳們嫌孩子煩，我們這裡還一個也撈不著呢。

齊王妃從剛才起便坐立不安，猶豫了許久，還是開口道：「剛才多謝娘娘關照裕寧，那丫頭性子拗得很，鬧起來真是讓人頭痛。」

容辭道：「我倒瞧著小郡主不是講不通道理的孩子，王妃妳已經是三個孩子的母親了，應該明白不患寡而患不均的道理——王子是金貴，但是郡主也是謝氏皇族的血脈，容不得任何人怠慢。」

這話容辭說得很和氣，聽上去也不重，但直接點明了齊王妃重男輕女、對裕寧郡主生而不教的事，讓她臉上火辣辣的，還得起身上前謝恩。

「多謝皇后娘娘教導，妾身……記下了。」

她這時離容辭很近，又在上風口，容辭剛點了點頭，便覺微風一過，帶著齊王妃身上濃郁的熏香味直撲鼻端，讓容辭胃中當時便有些翻騰，強忍著叫了平身之後卻再也沒忍住，側過頭乾嘔了幾聲，嚇得彩月等人急忙替她拍背。

「娘娘，您怎麼樣？」

齊王妃以為她這是故意嫌棄自己，臉色就是一黑，但還沒發作出來，突然就腦中靈光一閃，脫口而出。「皇后……莫不是有孕了吧？」

這話讓全場為之一靜，接著便是巨大的喧譁聲。

後宮的女人們首先坐不住了，韋修儀更是迫不及待的問出了聲。「娘娘……您這真是……」

不管正在做什麼，所有人都停下了動作豎著耳朵聽這邊的動靜——即使她們都不認為皇后是真的懷孕了。

原因連想都不用想，皇帝自從在東宮娶郭氏為妻到現在總有十幾年了吧，膝下尚還只有太子這一根獨苗，而皇后也有不能生育的傳言，這兩人在一處，說難聽了就叫天聾地啞配一對，能生育的機會太小了。

況且許后進宮這才個把月，就算夫妻身體都沒問題，若是現在查出身孕，不就是說剛剛大婚就已經坐下胎了嗎？這未免運氣太好了些，讓人不敢相信。

而容辭那一邊好不容易止住了吐意，就聽見韋修儀這莽莽撞撞的一問，她沈吟了片刻，覺得若是這時候否認了，到時候真的公開的時候反讓人覺得矯情，不若趁此機會直說便是。

容辭飲了一口溫水，在含義各異的目光中輕描淡寫的說了一句。「這是昨日才診出來的……」

不只韋修儀張口結舌，其餘女眷也一併驚得瞪掉眼珠。

「娘娘……您、您這話當真嗎？」

容辭慢條斯理的用帕子擦了擦嘴角，挑眉笑道：「這有什麼真的假的，女子孕育胎兒本是平常事，何須大驚小怪？」

這一點都不平常好嗎？

皇帝不是子嗣艱難嗎？

妳不是不能生育嗎？

妃嬪們不管性情如何，每一個都失魂落魄，嫉妒、羨慕與難以置信交織，糾結得她們臉色變得一個比一個怪。

現場一片寂靜，人人都目瞪口呆，被這驚天的消息震得說不出話來，還是永康公主機靈些，先從那種難以言喻的心情中回過神來，結結巴巴的奉承道：「這、這真是天大的好消息。」

話說出來就漸漸恢復了鎮定，永康公主滿臉帶笑。「您怎麼不跟咱們說呢？要是早知道您有孕在身，我們可不敢讓您如此辛勞招待我們，若是累著了，臣妹又去哪裡賠陛下一個皇后和小皇子呢？」

容辭微微笑了。「倒也不是有意瞞妳們，只是這才一個月出頭，到底怎麼樣尚還兩說，這就迫不及待的宣揚出去，叫人家笑話咱們家行事輕狂。」

這話就純是站在謝家媳婦的角度上說的了，一句「咱們家」，還挺讓在場的謝氏公主們心裡高興。

巴陵公主緊跟著說：「這又是什麼話，皇室添了皇子，就是普天同慶的好消息，八妹說得不錯，您正該好生休息才是，怎麼能再為這些瑣事操心勞神？將來您生的小皇子必定聰明伶俐，咱們姐妹來看看他也沾沾光。」

接下來其他人也反應過來，紛紛不甘落於人後，妳一言我一語的將容辭肚子裡還沒有黃豆大的「小皇子」誇得天上有地上無，活像這些人都能預知未來，斬釘截鐵的斷定這孩子將來一定文武雙全，天縱奇才。

容辭當了這些日子的皇后，再也不像當初那樣聽人兩句奉承就羞愧臉紅得不行，她現在聽多了已經有些麻木，這些話就當掠耳清風，聽著高興一陣子，再拋之腦後當作沒聽過就是了。

容辭道：「行了，妳們且住一住吧，本宮倒更想生個小公主，除了太子，本宮見過的男孩兒都調皮得很，不如女孩子乖巧貼心呢。」

今日容辭的二伯母，承恩伯夫人陳氏也被邀請進了宮，陳氏身分不夠，但因為是皇后的娘家人，也沒在末座，而是被安置在一張不遠不近的桌子上，她這些日子交際頗多，也鍛鍊出了一些本事，漸漸的也不像一開始被賜誥命時那般放不開了，此時聽了姪女的話就接口——

「娘娘莫不是說的許岩那小子？」許岩是陳氏的次孫，她笑道：「您可別被他嚇著了，岩哥兒的皮實勁兒尋常男孩子三個捆在一處也頂不上他一個，實在不能以常理論之，旁的小子可沒他那麼能鬧騰，像是太子殿下，可不就沈穩有禮嗎？」

這話雖不是有心奉承，但聽在耳朵裡，卻比剛才那許多人的溜鬚拍馬更能讓容辭高興，她忍不住附和。「伯母說得不錯，太子從小……自來就懂事，偶有調皮也只讓人更覺可愛，偏又會疼人，每日請安時噓寒問暖，比他父皇還妥貼些。」

謝懷章聽了這話可不得冤死，圓圓再懂事也不過是個孩子，論照顧她，怎麼比得過皇帝本人？只不過容辭愛子心切，每每能把兒子的優點放大十倍罷了。

至於聽到這話的其他人，則在心裡使勁的回想了一番皇帝的日常舉動，很是想問一句，皇后是怎麼把「妥貼」二字跟他聯繫起來的……

這次宴會收穫頗豐，眾命婦們在第一時間聽到了個能震驚朝野的消息，紛紛覺得不虛此行。

回府的路上，幾個年輕點又彼此交好的婦人坐在一輛馬車中談論方才的事。她們不像妃嬪們心情複雜，也不像宗室王妃覺得不痛快，自然心情輕鬆沒什麼負擔，畢竟皇后這一胎跟她們沒有利益衝突，就算將來有個什麼奪嫡之爭需要站隊，那也得起碼是十幾年後了，現在說什麼都還太早。

「皇后這運道未免也太好了，剛進宮就懷上，這後宮的娘娘們好幾年了也沒得個一兒半女……」

「話也不能這麼說，這陛下不臨幸，光是女子也生不出孩子來的。」

「妳又知道了？」

女子特意壓低了聲音。「咱們也不是閨中不知事的少女了，這誰承了恩露誰沒有……那還看不出來？」

「說什麼呢，好不害臊。」另一個又羞又臊，兩人打鬧了一番。

又一人說：「她說得也不錯，皇后未進宮時，陛下日日在紫宸殿守著太子，聽說批摺子要到深夜，要想寵幸誰，得有三頭六臂才行呢。有次宮宴，我眼瞅著他連誰是戴嬪、誰是宋婕妤都分不清楚——這得多久沒打交道才這樣生疏啊，我們家老爺連打簾子的丫鬟稍有姿色都能記住人家呢。」

「這不更說明皇后運道好嗎？別說天子至尊，就算是尋常男子，有了兩吊錢還琢磨著要去納妾呢。天下男兒，不好色貪花的頂多有五指之數，她偏偏就占了裡頭最高不可攀的一個，這人的命數可真是難說……人家可還嫁過人呢。」

「……對了，妳們猜恭毅侯府得到消息會作何反應？換了我可不得嘔死，怕是想撞牆的心思都有了。」

「以後謹慎些吧，提起中宮就不要再提那邊了，免得招惹事端。」一個三十來歲的婦人比較穩重，在此時才開口。「不論如何，皇后算是把位置坐穩了。」

恭毅侯府的反應自然可以猜得出來。

王氏聽到中宮有喜的消息之後，關起門來把屋裡所有能砸的東西砸了個稀巴爛，足足半個時辰才鐵青著臉從裡面出來。

她的大兒媳王韻蘭守在門口，見此便問道：「母親，這是出了什麼事？可別氣壞了身子。」

王氏沈著臉，留下一句。「許氏有孕了。」便甩袖大步朝三省院走去。

王韻蘭愣在當場，她腦海裡浮現出一張許久未曾見過略帶稚氣的面孔，那漂亮卻冷淡的眸子涼沁沁的望過來，對自己說——

「大嫂，妳比誰都清楚，並不是妳嫁了誰，就會喜歡誰。」

「我會離開這裡。」

「若是反悔，便叫我死無葬身之地。」

她確實做到了當初的承諾，便如同一隻與這充斥著虛情假意的侯府格格不入的鳥兒，毫不猶豫的鑽出籠子，再也沒有回來。

並且，飛到了另一個對她珍愛有加的人掌心中……

王韻蘭並不嫉妒容辭的地位，但是卻對自己的處境迷茫極了。

如同枯木一般困在這死氣沈沈的侯府中，每日唯一期盼的事情就是遠遠的看那人一眼，這樣的日子，原本以為自己會甘之如飴，可是人到底並非草木，這樣日復一日年復一年的困守，真的是自己想過的日子嗎？

王氏不顧小廝朝英的阻攔，強硬的把正房的門推開，顧宗霖正在東次間的書房中。

他正提筆在宣紙上寫著什麼，聽到門「啪」的一聲拍在牆上的巨響也不做任何反應，直到王氏怒氣沖沖的走過來要奪他的筆，顧宗霖這才抬起頭，表情十分平靜。

「母親有什麼事情要吩咐嗎？」

王氏即使現在滿腔的怒火，看到兒子古井無波的眼神也不由得有些犯怵，她停了一停，把話嚥回肚子裡，用儘量平和的語氣道：「劉氏那邊，娘已經替你說好了，你若嫌她身分低微，就納作良妾也是一樣的，到時候生幾個兒子，你心裡想著誰我都不管了。」

顧宗霖重新低下頭盯著紙張。「您不用忙了，就算是八抬大轎把她抬到門口我也不會娶的，何必白費工夫……還耽誤人家女子終身。」

他嘴上說的是劉舒兒，其實真正指的是誰王氏心知肚明，那一肚子火眼看就要壓不住。

「你不用跟我這樣指桑罵槐，我當初那麼做又是為了誰？況且你是因為娶那女人用的手段不乾淨才難過的嗎？你自己的心事自己知道——你不是後悔用了手段娶她進門，而是後悔失去了她，你別忘了，是我把人騙進來的沒錯，可是，將人逼走的明明是你自己！」

顧宗霖抿住了嘴唇，手下用力，幾乎要將手中的筆捏斷，好半晌才沙啞著聲音道：「母親所言不錯，我自作自受，與人無尤。」

他這一副樣子讓王氏又心疼又著急，不禁放緩了語氣，甚至帶上了哀求。「霖兒，除了不能挽回的，你想要什麼娘都答應，咱們先納個妾室，至少有個血脈，不然……」

「我不會再娶任何人，母親不必再多說了。」

「你這是做什麼！」王氏提高了嗓門。「又要為一個女人斷子絕孫嗎？可人家根本不稀罕，你知不知道——中宮有孕了！」

顧宗霖的身體狠狠一震，筆尖重重的落在紙張上，留下一道醜陋又扭曲的痕跡。

他緩緩抬起頭注視著王氏，王氏忍不住移開了視線。「你是不知道外頭是怎麼傳的……霖兒，娘知道你心裡難過，可咱們爭口氣不成嗎？」

出乎意料，顧宗霖並沒有如普通男人一般發怒甚或失去理智，他漸漸平復了急促的呼吸，但眼中的情緒如同碎裂的冰川一般，悄無聲息卻驚心動魄。

「帝后和睦，自然會誕育皇嗣，我……區區一介臣子，有什麼資格難過？」

容辭懷孕的消息很快傳得天下皆知，各人所站的立場不同，有人欣喜若狂，有人滿心憤恨，有人心情複雜。

但不管如何，皇帝都將妻兒護得嚴嚴實實，這一場孕事雖反應不小，但總算順順利利地熬過了前四個月，到了第五個月，容辭的孕吐也開始好轉，食慾慢慢恢復了。

這天，謝懷章守在一邊，看李嬷嬷用手掌丈量著容辭的腰腹。

容辭雙臂平舉。「如何？是長得太快了，比懷圓圓的時候大了不少呢。」

李嬷嬷比劃了半天才扶著容辭將她送回了皇帝身邊，思索了一會兒才道：「若是比其他人，也就是稍大了一點，但上次生太子的時候就能看出來妳子藏生得靠後，不易顯懷，可是這次竟比常人五個月的時候還大了些許，妳吃得又不多，確實有些不對。」

謝懷章一手貼著容辭隆起的腹部，有些擔憂的問道：「莫不真是雙胎？」

容辭懷孕時比之常人更加不易顯懷，直到近來才被太醫診出不同。

李太醫當時就一個激靈，便一刻也沒敢耽擱，將太醫院內所有擅長婦產的大夫全都叫了來，排著隊給皇后診脈，但是各有各的說法，誰也不敢拿準。

李嬷嬷臉上也有些憂慮。「不說十分，六、七分的把握總是有的。」

兩人的擔憂是有道理的，女子懷胎本就不易，若所懷乃是雙生兒，不僅容易早產，就連產育的危險也高了不止一倍。

人人都盼麒麟雙胎，但是這其中的風險誰也沒辦法替產婦承擔。

容辭倒不怎麼憂慮，反而還有些期待同時降生的兩個孩兒，她看著謝懷章整日坐臥不安，很想勸他生死有命，非人力可能企及，但是又知道這話說出來肯定又要惹他生氣，便只在心裡想一想，沒有說出口。

謝懷章心裡正有些焦急，突然就感覺手底下突然被誰狠狠踢了一下，容辭也張口叫了一聲。

「哎呀！」

「孩子又在鬧嗎？」謝懷章俯下身子，將臉貼在她的腹部，果然不一會兒就又感覺到了裡面的動靜。

容辭扶著腰呻吟了一聲，無奈道：「也不知道是男孩兒還是女孩兒，竟然這樣調皮好動。」

謝懷章摸著這圓滾滾的肚子，輕聲道：「好孩子，安靜些，你母親可辛苦了。」

話音還沒落下，他手掌下的肚皮就被頂起了一個小小的凸起。

「這孩子……」

「快別招他了。」容辭取笑道：「人家才不聽你哄人的那一套呢。」

李嬤嬤見狀道：「都說兒子疼母親，所以懷胎時安分一些的就是男孩兒，我瞧這從懷上這孩子起就沒消停過的動靜，莫非真是個公主？」

「哪有這樣的說法？」容辭不信。「母親說姨娘懷盼盼的時候就沒什麼動靜。」

「那是人家七姑娘自來就老實，太太有妳的時候鬧得也是天翻地覆，人仰馬翻。」

容辭轉頭靠著謝懷章道：「二哥，你想要個皇子還是公主？」

她此時散著一頭長髮，保養得像是綢緞一般的髮絲絲絲縷縷的落在謝懷章手臂上，讓他忍不住細細摸索，之後一邊替她整理一邊認真道：「若說是頭一個的話，我會希望是個兒子，這對妳更好些，可是咱們現在已經有了圓圓，那男孩兒女孩兒都一樣，我都喜歡，但若是個小公主，與太子湊成一個『好』字，那就再好不過了。」

這也正是容辭心頭所想，她低下頭感受了片刻那個……或者說兩個小生命活躍的動靜，這才抬起頭對著謝懷章微微笑道：「若真是雙胎，那一雙一模一樣的兩個公主才有趣呢。」

看著容辭帶著憧憬的眼神，再幻想一下兩個長相如出一轍的女兒對著自己撒嬌的景象，即使謝懷章仍然有些擔憂，也忍不住笑了起來。

李嬤嬤見他們兩人相視而笑，空中瀰漫的都是靜謐卻溫馨的氣氛，不禁抿嘴一笑，悄悄帶著宮人們退出了殿內，讓夫妻兩個單獨相處。

處置了德妃一黨後，後宮變得前所未有的乾淨，容辭腹中的孩子雖鬧騰，好歹平平安安的長到了將要生產的月分。

在懷孕七個月時，太醫院便確了診，斷定皇后腹中懷有雙生胎。

按理說雙胎大多會早產，但是容辭這次確實紮紮實實的挨到了足月才開始發動。被謝懷章抱到產床上時，容辭異常冷靜，明知道皇帝和太醫都為了她這一胎憂心忡忡，她卻一點也沒有感到害怕。

即使謝懷章已經經歷過一次容辭的生產，這時候還是緊張難言，握著容辭的手不停顫抖，額上也開始冒汗。誕育雙生子非常艱難，越到臨產期，他就越害怕，這時更是到了頂峰。

容辭深吸了一口氣，招手將圓圓喚到床邊。「好孩子……」

圓圓被父親的緊張所感染，又見所有人都是一副如臨大敵的樣子，心中更是驚懼異常，此時趴在母親床邊啪嗒啪嗒掉起了淚。「娘，圓圓不要弟弟妹妹了，不要生孩子了好不好？」

容辭溫柔的摸了摸兒子的髮頂，又將他的眼淚擦乾。「圓圓不怕，乖乖聽你父皇的話，將來幫娘照顧小弟弟小妹妹好不好？」

圓圓抽抽搭搭的吸了吸鼻子，重重的點了點頭。

容辭察覺到腹中的疼痛，強忍著面不改色，溫聲對奶娘吩咐。「將妳們小爺帶出去吧，我、我怕是要生了……」

圓圓很不情願的被抱走後，容辭才忍著痛對謝懷章道：「二哥，你、你也快些出去。」

謝懷章自來鎮定的雙眸中盛滿了驚慌，一意想守在產房中，還是容辭苦笑著道：「你在這裡、在這裡我用不上勁兒。」這才一步三回頭的出去了。

等他一走，容辭立即皺緊了眉頭，咬著牙挺過了一陣陣痛。

斂青、鎖朱端著雞湯來想讓她喝一口，容辭搖了搖頭，示意兩個丫頭近前來。

「我在西殿中放了好幾個箱子，裡頭不少東西，是專門留給妳們的，妳們這些年一直陪著我，死活不願意嫁人，這些東西是我、是我給妳們攢的嫁妝……」

鎖朱本就害怕，聽了她這一番話更是忍不住紅了眼眶，和斂青兩個跪在床邊啞聲道：「姑娘這時候說這些做什麼！」

容辭雖不害怕，但到底怕有萬一，若挨不過這一遭，便想將她們安頓好罷了。

又過了一會兒，溫氏聽了消息，帶著李嬤嬤急匆匆的闖進來，見到女兒疼得有些泛白的臉，立即撲上來握住她的手。「顏顏，妳覺得怎麼樣？」

容辭這次發作得很快，這時候疼得有些說不出話來，她緊緊的攥住母親的手，終於忍不住叫了出來。「娘……娘，好疼！」

溫氏這一輩子除了生容辭的那一次外，就只見過容盼的姨娘生孩子，偏那一次還趕上了難產，大人直接死在了產床上，現在看女兒這麼痛苦，不免又恐懼又傷心，慌張得不知道該做什麼好。

反倒是容辭在疼痛中掙扎著湊到溫氏耳邊，斷斷續續道：「娘……妳、妳答應、答應我一件事。」

溫氏忙不迭的點頭，就聽到容辭痛得語不成調的聲音。「圓圓……圓圓是……」

溫氏忍不住哭了出來。「我知道、我知道……」

容辭疼得滿臉是汗，艱難的露出一個笑來，繼續道：「您疼疼他……多、多疼疼他，那孩子……我、我對不住他……」

等溫氏捂著嘴應了，容辭這才終於放了心，聽著穩婆和太醫的指揮，全心的應付眼前的生產。

雖然她怕出意外，早早的將身邊所有人都不放心的安排了個遍，太醫們也一直擔心她這雙胞胎不好生，但實際上容辭這是第二回生產，身體健康又年齡合適，雖懷的是雙胎，實際上比生圓圓時快了不少。

一夜過去，謝懷章心煩意亂的免了第二天的早朝，在所有人焦急的等待中，大梁的二皇子和三皇子終於出生了。

尾聲

容辭進宮後就將原本妃嬪們到立政殿請安的時間從一天一次改為了每月初一、十五兩次，這樣也不必人人都起個大早，彼此都方便。

但是妃嬪有大把的時間，成日裡除了吃喝玩樂就沒什麼正經事做，總是閒得發慌，皇后又是她們的頂頭上司，掌握著日後她們的生死大權，因此即使沒有到請安的日子，也總是隔三差五就到皇后宮裡跟她說說話，其實目的就是混個臉熟，好拉近關係。

特別是兩個一模一樣的雙生小皇子出生後，眾妃對立政殿的熱情就像是火山一般，那熱切勁兒比容辭這個被孩子折磨得不輕的親娘都要多。

容辭久居深宮，輕易不得外出，這又出了月子不久，自然也會覺得無聊，因此對這些妃子們的造訪也不反感，況且這些女子也都是心裡有數的人，過來總是揀著皇帝不在的時間。

這倒也不是她們多識趣，聖寵當然人人作夢都想要，可是人貴自知，就算一開始沒有自知之明，這麼多年來也被謝懷章的態度打擊得有所長進了。

當年青春正盛、貌美如花的時候都沒引得君王側目，現在人老珠黃，跟在年輕貌美還和人家情投意合的皇后身邊，就是再自大的女人也沒那個臉說自己能勾引到皇帝了。

偶爾還有人不慎撞見謝懷章也在，那一次的經歷就足夠讓人避之唯恐不及了——

原因很簡單，皇后性子很寬和，和妃嬪們一處閒聊的時候，對方偶有言語不當也不過一笑置之，並不放在心上，相處起來倒像是閨中的密友，讓人忍不住吐露心事，可謝懷章卻全然不是那麼回事。

他從小長於深宮，又沒有生母庇佑，被迫看了無數庶母們互相明嘲暗諷、彼此陷害的戲碼，有時自己還會捲入其中，因此對後宮裡的鬥爭格外敏感——可以說是敏感過了頭，每每聽見誰跟容辭說話時出了差錯，或者有歧義，他就會不由自主的腦補人家不懷好意，要欺負他的皇后，這讓在他眼皮子底下跟容辭說話的妃嬪，每時每刻都能感受到皇帝審視懷疑的目光，壓力大得讓人冷汗都能流下一缸。

更別說自打兩個小兒子出世，皇帝看外人只覺得個個得防，深怕稍一不慎就害了他的寶貝蛋，他在的時候，妃嬪們連皇子的頭髮絲兒都見不著。

這一來二去，有皇帝在時的立政殿就像是紫宸殿一樣，雖讓人嚮往，但無異於龍潭虎穴，讓人不敢靠近。

這日趁著早朝的工夫，已經晉封為淑妃的戴嬪，便瞅準了謝懷章在宣政殿聽政，插空過來跟容辭說說話，正碰上她倚在榻上給圓圓和才滿月的兩個孩子做衣服。

容辭的針線其實非常一般，跟謝懷章認識後過了差不多五、六年，統共也就給他做過三件衣裳，做得還非常普通，也虧得他當個寶似的，隔三差五的就穿一穿。每當容辭想到他就穿著那種針腳都不一樣長短的衣服，跟閣老們在紫宸殿正殿議事，就覺得丟臉丟到家了。

「司制局那麼些人，何必娘娘親自動手呢？」淑妃行禮之後坐在容辭對面。「妾身不請自來，沒打擾到您吧？」

容辭道：「近來無甚大事，閒著也是閒著，就得空縫兩針……妳來了正好陪我說說話，我高興還來不及呢。」

她在公開場合總是華服美飾，顯得凜然不可侵犯，但此刻私下裡只穿著一身淡青色的家常衣衫，頭髮鬆鬆綰在髮側，淑妃已經見慣了，知道她其實是個溫和平易近人的性子，輕易不發脾氣，對她們這些妃子也格外厚待，近來後宮一個也沒落下，集體升了位，想也知道不可能是皇帝的主意。

搖床裡並排躺了兩個小男孩兒，這兩個比他們哥哥調皮得多，更難纏百倍，白天呼呼大睡，晚上比賽似的哭著讓人抱，還非挑親娘不可，把皇后折磨得欲生欲死。

可再怎麼磨人，這圓滾滾的兩個團子閉著眼睛睡覺的情景都依然招人疼愛，淑妃怔怔的看了半晌，好半天都沒說話。

容辭疑惑道：「怎麼了？哪裡不對嗎？」

淑妃猶豫了好久，這才踟躕道：「娘娘，有些話妾身憋了好久……要是再不說出來，就要難受死了。」

容辭一愣。「什麼話？妳說就是了。」

淑妃苦笑道：「妾身知道您的為人，這才敢開口的，若是入了第三人之耳，妾身便死無葬身之地了。」

容辭便放下手中的針線以示鄭重。「妳說。」

淑妃張了張口，遲疑了片刻還是說了。「娘娘，您知道當年我們姐妹都是廢妃郭氏選進來的，自然日常服侍她與陛下，但是長久以來一直未有身孕。這麼些年來，妾身雖渴望誕育皇子，但沒有也從未覺得恐慌，就是、就是因為……」

她咬了咬牙，還是一狠心說了出來。「就是因為上到太子妃，下到柳氏等侍妾都沒有生育，妾身便以為……便以為是陛下的龍體出了問題，錯不在我們。」

容辭聽到這裡便有些明白她的意思了。

只聽她又道：「可是，前有孝端皇后，後有您，都能輕易孕育皇嗣，這、這是不是說，其實有問題的是我們？」

淑妃抬起頭看著容辭，眼中沒有悲傷，有的是滿滿的驚懼。「滿東宮的女子都不能生育，世上怎麼會有這麼巧合的事？妾身知道您與陛下如同一體，有什麼秘辛他瞞誰也不會瞞您，求您跟妾身說句實話——是不是當初郭氏使的手段，或是一開始選側室就專挑不能生育的，或是後來對我們動了什麼手腳，利用我們來陷害陛下？」

不得不說淑妃其實很聰明，她憑空猜的居然有那麼兩分意思，可惜再怎麼發散思維，也沒有想到人家郭氏用的是釜底抽薪的手段。

容辭自然可以順水推舟騙淑妃說她猜得都對，可是面對這樣一個惶惑不安的女子，她怎麼能用這樣惡毒的謊言去傷她？

有時言語便如利刃，傷人心肺更勝刀劍，這她比誰都清楚。

容辭沈默了片刻，在淑妃緊張的目光中緩緩搖了搖頭。「並非如此。」

淑妃猶自不信。「您說實話就是，妾身受得住，其實當初見到太子殿下的時候，妾身就有了猜測，郭氏那個人有些邪性，看著挺正常的一個人，其實心裡想什麼旁人都捉摸不出來，她行事本就古怪得很。

「當初明明是她不顧陛下的反對執意要納我們進門的，應該很大度才是，可是除了錢氏以她馬首是瞻，我們誰跟陛下相處，哪怕一小會兒，她就鼻子不是鼻子眼不是眼的，非要找個由頭來搓磨人——您說這不是有病嗎？別人倒罷了，若是她，做出什麼事來都不足為奇。」

容辭嘆了一口氣。「真的不是。」她看著淑妃的眼睛。「妳想一想，若真是妳們的問題，陛下會這麼替妳們背黑鍋嗎？」

這個理由很強勢，一下子把淑妃說服了，但她仍然不解。「那為什麼……」

容辭自然不能和盤托出，她斟酌了片刻，挑了一些能說的說了。「陛下子嗣確實有些艱難，孝端皇后……我不太清楚，但我是清楚自己的，太醫曾說我的身子適宜產育，更加了一點運氣，這才懷上的。」

淑妃終於信了，她鬆了一口氣。「不是就好，不是就好。」說著突然一頓，有些畏懼的對容辭道：「娘娘，妾身求您千萬不要把這話告訴陛下，不然……」

身為妃妾，聽到不易生育的是夫君而非自己居然是這種高興的反應，若是被皇帝知道了，那……

容辭好笑道：「妳整日裡胡思亂想些什麼呢。」

淑妃輕鬆了不少，此時看容辭更不由自主的覺得親近，不由道：「人一閒下來就忍不住想些有的沒的，讓娘娘見笑了。」

容辭聽了這話，笑容反倒消失了，她沈默了一會兒，猶豫道：「妳們身體是沒有問題的，若是覺得在宮裡耽誤青春，我或許可以……」

「您是說……」淑妃瞪大了雙眼，然後馬上就苦笑出聲。「娘娘啊，妾身知道您是好意，可是從我們這些人選擇進入東宮開始，就已經沒有退路了。」

她回想起自己那心比天高，自以為能脫穎而出，為自己、為娘家掙一條榮華路的少女時代，真的是感慨萬千。「這是我們自己選的路，本來依著先帝後宮的狀態，鬥得剩下一個勝利者之後，其他的不是死就是比死更不堪。

「誰知道陛下與先帝截然不同，不說現在了，當初在東宮，郭氏有意無意總是想挑起兩方爭端讓陛下裁決，後來妾身猜想，她大概是想試探陛下心中屬意於誰，又偏向於誰。」

容辭本來聽得很嚴肅，但聽到這裡卻忍不住笑了。「陛下怎麼說的？」

淑妃道：「看來您很瞭解陛下——他連一分注意也沒分過來，就跟問今晚吃什麼點心是一個反應，留下一句妳作主吧，就忙公務去了。」

淑妃想到當時郭氏難看的臉色，心裡也覺得好笑極了。

容辭想，這倒真是他能做的事。

「後來陛下被貶為燕王，我們惶恐得就像是過街老鼠一般，就怕什麼時候被牽連，死得不明不白。」說到這個，她的笑意漸漸暗淡下來。「我到現在都記得那段有今天沒明天的日子……雖然後來曾後悔沒有追隨陛下去燕北，但是……若再選擇一次，我照樣沒有那個勇氣，照樣會想盡辦法逃脫。」

容辭搖頭。「這不是妳們的錯。」

若是兩情相悅就罷了，可是為了一個明顯心裡沒有自己的丈夫甘願赴死，這才是稀奇的事。

淑妃眼中的光漸漸亮起，她看著容辭抽了抽鼻子。「我就知道您能理解的……」

她擦了擦淚，繼續說：「所以，現在的日子已經再好不過了，錦衣玉食、無憂無慮。不管得不得寵愛，之前對著我橫挑豎挑的命婦現在見到我，都要恭恭敬敬的行禮喊我一聲娘娘……或許無聊了一點，可是沒有挑剔的公婆，沒有難纏的小姑，也沒有要我做牛做馬伺候、還要花我的嫁妝納妾的丈夫，我才不想自找苦吃。不只是我，就說鄭嬪……現在是鄭淑儀了，她當初進東宮時一臉不情願，天天擺著一張苦瓜臉，可是說現在要放她出宮，她若是不跪下來痛哭流涕請求留在宮裡，我的名字就倒過來寫。」

容辭抿了抿唇。「……我說句實話，若有一天，妳們得到了陛下的垂青，我不會因此憎恨妳們，也不會害妳們，但即使我不討厭妳們，也絕對不會因為憐憫或者別的什麼，主動將陛下讓出來——我做不到，很抱歉。」

淑妃笑了。「您放心，陛下銅牆鐵壁，若是能鑿穿早就穿了，我可沒那麼大本事。」

今天前朝有些忙，謝懷章在紫宸殿待了一天才得空。

他出了殿門沒有直接回立政殿，而是去了位於大明宮北邊的攬月樓。此樓是太宗年間為慶孝淑皇后生辰所建，是整個宮城……或者說整個帝都最高的建築。

謝懷章上到樓頂，果然見到自己的皇后正扶著欄杆向遠處眺望。

容辭聽到了身後的腳步聲，但是不用回頭也知道是誰，便繼續怔怔的望著皓月下滿城的燈火輝煌。

謝懷章走上前去，將手裡的斗篷披在容辭身上，從她身後摟住她的腰。

容辭正好站得有些累了，也不客氣，直接向後靠在他懷裡。「這裡看得真遠。」

謝懷章道：「當年孝淑皇后抱怨她做了皇后之後，再見世間燈火的機會就少了，太宗皇帝聽說後，立即命人斥鉅資修建了這座高數丈的高樓，作為她的生辰賀禮，讓她得以不出宮門便能望見整個帝都，並為這座高樓取名『攬月』，攬的就是孝淑皇后這尊無雙明月。」

這故事很美。

但還沒等容辭感動，謝懷章便一盆冷水潑了過來。「然而，就在這座攬月樓建成的同一年，先帝出生了，而他之前還有好幾個比他還年長的皇子。」而孝淑皇后只有一絲血脈，便是福安大長公主謝璿。

太宗皇帝固然愛重皇后，可是帝后和諧的同時，也不妨礙他納了後宮三千，生育皇子公主數人。

謝懷章捏著容辭的下巴將她的臉抬起來，自己低下頭與她貼近。兩人的距離很近，容辭感覺到他的呼吸溫熱的撲在自己臉上。

謝懷章用聽不出情緒的語氣道：「有人得到我的垂青，妳也不會憎恨？」

容辭驀地睜大了眼睛。「你怎麼……」

謝懷章淡淡道：「有妃嬪要跟妳單獨說話，妳該不會以為我會放心地不派人看著吧？」

容辭不知道該說什麼，上午剛答應了淑妃不會將談話的內容告訴皇帝，晚上就發現人家早就一字不差的知道了個清清楚楚。

但謝懷章卻並不把淑妃私下說的話放在心上，他在意的只是容辭的任何反應。

這個節氣天氣其實還有點冷，他輕輕在容辭唇邊烙下一個冰涼的吻，抬頭固執的問：「若我真的寵愛旁人，妳真的不會有恨嗎？」

容辭定定的看著他比夜色還要幽深的眸子，隨即垂下眼。「我不會憎恨那個女子。」

謝懷章呼吸一滯，眼中的光采暗淡了下來，還沒等他說些什麼，就聽容辭在耳邊道：

「我只會恨你。」

謝懷章抬起頭，見到容辭雙眼中映的全是自己的影子。

容辭手下用力，將謝懷章的胳膊擰起，嘴裡狠狠道：「你要是喜歡誰就去跟她過日子吧，看我到時候還看不看你一眼！」

謝懷章就像感覺不到手臂上被發狠擰的痛楚似的，愣了好一會兒，就在容辭的怒火即將爆發時，那親吻便像是要吞了她似的，用力的落了下來。

「唔……唔、你……」

容辭被男人用手固定住頭，連稍微偏頭都做不到，只能被動的承受那驚濤駭浪一般凶猛的親吻。

直到氣息用盡才被放開。

容辭腳一軟，被謝懷章接了個正著。

他將容辭被風吹亂的髮絲抿在耳後，輕聲道：「這是妳說的。」

容辭原本不明白他的意思，可直到對上了他眼中無盡翻湧的情緒，心中卻似有所覺，她的神情就慢慢堅定下來。「是我說的，謝懷章，你記住我的話。」

謝懷章笑了，便如同容辭第一次對他產生感情時一般，那笑容動人心魄，似乎整晚的皓皓月色都盛在其中，讓容辭如當初一般驚豔難言，不知所措。

他手中的力道恢復了輕柔，攬著容辭的腰與她一同看著樓外的景色。

在這滿城燈火之上，他的話輕輕掠過耳畔：「我不知道若是當初我們沒有相遇，現在會是怎樣的情景。上蒼垂愛，讓我如此幸運能與妳相守，我會以一生守護妳和孩子們，絕不讓任何人破壞這一切。」

容辭知道他這是在以承諾索取承諾，她並沒有多說什麼，只是將手放到他的掌心。

這便是一切盡在不言中，兩人就在這皓白明月之下看著彼此，相對一笑。

萬年明月，千里江山，萬家燈火，百年一生。

這就是愛了吧……

——全書完

風 文創 860

正妻無雙 3 完

國家圖書館出版品預行編目資料

正妻無雙 / 含舟著. --
初版. -- 臺北市 : 狗屋, 2020.06
冊 ; 公分. --（文創風）
ISBN 978-986-509-117-0（第3冊：平裝）. --

857.7 109005621

著作者 含舟
編輯 李佩倫
校對 黃薇霓
發行所 狗屋出版社有限公司
地址 台北市104中山區龍江路71巷15號1樓
電話 02-2776-5889～0
發行字號 局版台業字845號
法律顧問 蕭雄淋律師
總經銷 知遠文化事業有限公司
電話 02-2664-8800
初版 2020年06月
國際書碼 ISBN-13 978-986-509-117-0

本著作物由北京晉江原創網絡科技有限公司授權出版

定價250元
狗屋劃撥帳號：19001626
網址：love.doghouse.com.tw E-mail：love@doghouse.com.tw